Questo romanzo è interamente frutto della fantasia dell'autore.
Nomi e riferimenti a fatti, luoghi e persone realmente esistenti sono da considerarsi accidentali o, se reali, utilizzati in modo fittizio.

Marco Lugli
L'Ultimo Tatuaggio

www.marcolugli.name

L'Ultimo Tatuaggio

una strana storia di sesso, amore e morte

«La ragione per cui indossammo il tatuaggio sul nostro viso era di mostrare a tutti chi eravamo: la nostra famiglia, la tribù e la nostra classe sociale.
Utilizzando un complesso sistema di segni fatti con inchiostro ed incisi nella pelle, ognuno poteva determinare l'identità di un'altra persona.
Praticare od indossare il *Moko* e non capire il suo linguaggio equivale a violare il più antico copyright del mondo.»

Ritorno

Settembre 2005

Stavo fissando l'insegna dell'*Oetzi Tattoo* da almeno venti minuti, al di là della strada, ben protetto dalle auto parcheggiate. Non vedevo né sentivo Mauro da un anno. Non certo per volontà sua. Sapevo che questo periodo di lontananza sarebbe terminato oggi e che a breve sarei entrato a incontrarlo. Sapevo che non me ne sarei andato ancora una volta da vigliacco, ma questa consapevolezza non rendeva più semplice affrontare la cosa. Il mio migliore amico avrebbe trovato il modo per trattarmi malissimo anche se ero certo che fosse troppo migliore di me per non accogliermi di nuovo, seppure coi suoi modi e coi suoi tempi. Purtroppo, più passavano i minuti e più mi convincevo che quest'ultima certezza non fosse tale. Era in realtà figlia della paura che le cose non sarebbero andate così, che mi avrebbe pregato di allontanarmi e che la nostra amicizia fosse sfumata per sempre. Per colpa mia. Per colpa di ciò che accadde negli anni seguenti alla sparizione dal mio corpo di tutti i tatuaggi. Per colpa, soprattutto, delle decisioni che avrei preso il mattino seguente la loro sparizione, uscendo dal quel bagno in cui mi ero rifugiato per decidere se e come possedere Laura, la donna che avevo inseguito per due lustri e che si trovava nel mio letto ad attendere che io la facessi mia.

Quel mattino di sei anni prima.

Il nuovo mattino

1999, Sabato

Nudo, appoggiato di peso al lavandino, con le braccia tese e l'uccello moscio, vidi allo specchio un volto da cinico porco osservare imbambolato il proprio corpo schifosamente pallido, mestamente privo dei segni dei suoi trentatré anni. Fu in quel momento, mentre constatavo che quell'espressione non si sarebbe mai più levata dalla mia faccia, che lo vidi nascere, per la prima volta. Dapprima fu un punto scuro, proprio sopra l'ombelico, poi una macchia indistinta che si diffondeva a spirale prendendo colore, fino a plasmarsi nella sua forma e dimensioni definitive, su tutto l'addome.

Era enorme e disgustoso.

Ed io lo salutai, di nuovo potente, con una fragorosa risata.

- Michele, tutto bene? - sentii domandare da Laura al di là della porta.

Tutto, negli ultimi dieci anni, aveva ruotato attorno a Laura. O meglio, all'assenza di Laura. Tutto. Compresa la conoscenza di Roan, colei che, prima di andarsene e con lo stesso gesto di andarsene, tre anni prima, mi aveva fatto davvero comprendere quali fossero i segni distintivi del profondo amore. Mi ero rifugiato in quel bagno forse anche per quel motivo, perché mi ero domandato inconsciamente se proprio a Laura, che era riapparsa da poco, anche se davvero innamorata e devota, io dovessi dedicare la mia nuova verginità epidermica. Se anche per lei, che certo non se li era meritati, io potessi in coscienza dire di riconoscere in me quei segni distintivi del profondo amore.

Il nuovo tatuaggio appena apparso, il primo che io avessi mai visto disegnarsi in diretta sul mio corpo, mi aveva appena risposto. Il solo fatto che esso fosse presente significava che la mia relazione con Laura era terminata e il soggetto del tatuaggio rimarcava questa certezza. Un grosso orologio deforme, spalmato su tutto l'addome e pescato dalla mia mente forse da un quadro di Dalì, aveva un significato assai chiaro per me, ora, predisposto ormai da tempo a interpretare i tatuaggi come la più sincera espressione delle mie emozioni: il tempo era scaduto. Il tempo di Laura e forse pure il mio, dedicato a inseguire chimere di felicità sentimentale e succedanei di Roan come sola possibile alternativa alla solitudine cui i tatuaggi mi condannavano. Troppo tempo avevo impiegato in quell'occupazione. L'orologio stesso si stava disgregando, stanco di scandire l'incongruenza delle mie azioni, di fissare nuovi appuntamenti d'amore che nulla avevano a che fare con l'amore ma che, appagando il mio ego di cacciatore, mi consentivano di dimenticare la mia condizione di orrendo mutante.

Cosa avrei fatto di quella nuova verità che avevo scoperto di me non mi era chiaro, in quel momento, ma molto chiaro era ciò che avrei dovuto fare immediatamente. Così uscii dal bagno, richiusi la porta alle mie spalle e mi ci appoggiai, con le braccia dietro alle natiche e il pube nudo spinto in avanti a mostrare in modo esplicito che ogni traccia di eccitazione era scomparsa dal mio corpo. Attesi che gli occhi di Laura fossero ben fissi nei miei. Le dissi due sole parole, cercando di fare in modo che il mio sguardo le desse sufficienti ragioni per non chiedere spiegazioni.

- Devi andartene.

Poi andai a sedere sulla poltrona che stava a pochi metri, in silenzio guardai il suo corpo perfetto uscire nudo dalle lenzuola, raccattare gli abiti, vestirsi e scomparire dalla mia vita per sempre.

L'uomo tatuato

1999, Sabato

Le prime parole del romanzo furono scritte nel fumo della sigaretta che mi accesi poco dopo l'uscita di scena di Laura. Altre parole e altre sigarette sarebbero seguite copiose nei mesi a venire. Furono infatti le cose che avrei avuto più voglia di fare per molto tempo, scrivere di me e fumare. Da una parte credo si trattasse di un tentativo disperato di modificare gli eventi: urlare al mondo la mia diversità per smettere di mentire a me stesso. Dall'altra sapevo che smettendo di nascondermi, avrei potuto sentirmi meno solo. Avevo troppo a lungo evitato di credere che i miei tatuaggi davvero mi rappresentassero e avevo sostenuto questa tesi pure con le poche persone che avevo amato, come Mauro e Roan. Da loro avrei forse potuto avere più riscontri se solo non mi fossi atteggiato a vittima di una maledizione per così tanto tempo.

Già, la maledizione…

Benché avessi metabolizzato da anni la stranezza che il mio corpo si decorasse spontaneamente di un nuovo tatuaggio al termine di ogni mia relazione, benché la mia convivenza con quel fenomeno fosse evoluta dal rifiuto dei primi anni verso l'accettazione acritica degli ultimi, una maledizione gravava senza ombra di dubbio sul mio destino.

In tutta onestà l'anatema era stato lanciato quando non lo meritavo proprio, eppure il mio atteggiamento di fronte ad esso era stato per troppo tempo passivo. Mi ero rassegnato a essere così: contagiato da una malattia che portava sulla mia pelle le cicatrici della mia emotività sentimentale e sessuale. Fare i conti con le motivazioni per le quali io, unico essere al mondo, avessi meritato di contrarre un simile morbo, non era mai stato incluso fra le mie occupazioni prevalenti. Avevo stupidamente dedicato più tempo a capire come conviverci che a comprenderne l'origine. Ma quella notte era successa una cosa imprevista. Forse più imprevista della loro stessa perpetuata apparizione. I tatuaggi erano spariti e io mi ero ritrovato all'improvviso privo della mia memoria emotiva, vergine ed esposto alle insidie dell'amore e del sesso come se le mie esperienze non fossero mai avvenute. Cosa poteva esserci di più assurdo dell'apparizione autonoma di tatuaggi, se non la loro scomparsa altrettanto autonoma? Che fosse stato il pentimento e il ritorno di Laura a chiudere una fase, poco importava. Era sempre al sadismo del destino che aveva creato la trama della mia storia con Laura che io attribuivo la responsabilità di ogni cosa. Quando poi, quella sera, la trama si era fatta oltremodo malvagia portandomi, assieme al ritrovato amore di Laura, il rimanifestarsi della maledizione, avevo finalmente capito quale sbaglio era stato mantenere un atteggiamento passivo per così tanto tempo.

Avrei potuto cambiare punto di vista e considerare la mia natura mutante non come una maledizione, ma come un avvertimento preventivo sulle conseguenze della mia indole; come il messaggio di Dio in persona che voleva farmi vedere con largo anticipo quale sarebbe stata la pena ultraterrena per i peccati che il mio DNA mi avrebbe portato a commettere. Non sarebbe cambiato molto, però, visto che quel DNA peccaminoso *in fieri* me lo aveva fornito Lui stesso. No, l'unica cosa era smettere di nascondersi, ribellarsi e mandare Destino, Dio e DNA tutti a fanculo, mostrare all'umanità ciò che ero e trarne vantaggio.

La sigaretta che mi accesi sperando che lassù venisse interpretata come disprezzo per la vita, anche se non lo era, fu la prima parte di quel fanculo. Scrivere un libro in cui avrei descritto come ero pian piano arrivato ad essere fiero di una maledizione celeste, fregando così le intenzioni dell'Altissimo, ne sarebbe stato il completamento.

Cominciai, com'è ormai noto a molti, descrivendo ciò che era accaduto pochi minuti prima, da quello sguardo sul nuovo mattino appena iniziato:

> *"Nudo, appoggiato di peso al lavandino, con le braccia tese e l'uccello moscio, stavo immobile davanti allo specchio del bagno ad osservare imbambolato il mio corpo schifosamente pallido, mestamente privo dei segni dei miei trentatre anni."*

Scherzo della natura

Dicembre 2000

Sarei arrivato in largo anticipo, a quell'hotel immerso nel parco, se non mi fossi nascosto dietro alle siepi che lo circondavano a guardare le persone parcheggiare le auto, percorrere il vialetto di collegamento ed entrare a prendere posto per la presentazione del mio libro.

Molte erano persone conosciute. In parte le avevo fatto invitare io stesso dall'editore, in parte erano giunte dopo aver letto gli articoli della stampa cittadina. Ne vedevo affluire più di quante mi sarei aspettato. Molte di più. E non facevo fatica a capirne il motivo. L'editore era piccolo ma sembrava avesse saputo giocare bene le sue carte per dare all'evento grande rilevanza a livello locale. Mi aveva detto che non avrebbe mai potuto dare al romanzo una distribuzione nazionale capillare a meno che non si fosse sparsa a tal punto la voce da far sì che fossero le librerie nazionali a domandare il volume. Alla mia domanda su quale fosse la voce da spargere, era stato conciso e a suo modo didascalico:

- Che si tratta di un romanzo davvero autobiografico. E che tu sei davvero uno scherzo della natura, no?

Mi accesi una paglia. Cercai di ricordare per quale motivo non mi fossi opposto a quell'idea. La scrittura del romanzo era in effetti iniziata come un *coming out* liberatorio e catartico, ma era fin troppo evidente che il destinatario di quel *coming out* ero io stesso e che la verità, per tutti gli altri, era resa incerta dallo strumento stesso utilizzato per raccontarla. Romanzo, nel pensiero comune, era sinonimo di finzione. Nessuno, leggendo il libro, avrebbe mai potuto immaginare che quel mutante esistesse davvero se non stimolato a crederlo. Nessuno avrebbe mai pensato di leggere una mera cronaca invece di un'allegoria della colpa e dell'insensibilità umana.

- Non dirmi che te la stai facendo sotto?

La voce di Mauro risuonò alle mie spalle. Mi voltai e vidi lui, mostruoso come sempre, e la sagoma fluida ed elegante di sua moglie Luba stagliarsi sullo sfondo del tramonto assieme alla silhouette del passeggino della piccola Katerina, imbacuccata a protezione dell'aria frizzante.

- Da dove sbucate, voi tre? - domandai un po' sorpreso, non avendoli visti entrare nel parcheggio.

- La macchina della cacca, qui, aveva delle scorie da smaltire e ci siamo dovuti fermare in camporella... - rispose Mauro puntando l'indice verso la figlia.

Benché non riuscissi a spiegarmi come un uomo con quell'aspetto e con quella sorta d'intelligenza psichedelica potesse esercitare da padre, non potevo far altro che meravigliarmi ogni volta della naturalezza e dolcezza del suo rapporto con Katerina.

- Sai che proprio non ti ci vedo, a cambiare i pannolini? - dissi con estrema sincerità.

- Beh, guardala... - disse indicando Luba, - tra me e mia moglie, chi pensi sia più in sintonia con la merda?

Salutai Luba con la mano, sollevando le sopracciglia per testimoniare che non potevo dargli torto.

- Ciao Michele, - rispose Luba rendendo morbido con un sorriso il suo duro accento russo. - Vieni dentro con noi?

- Andate pure, fra poco arrivo. Sono la star della serata, immagino di dovermi far desiderare...

Mauro guardò la consorte, mosse il capo, e Luba si allontanò, china sul suo fagottino, lasciandoci soli.

- Una canna? - domandò appena Luba sparì all'interno dell'edificio.

- Bah, non credo sia il caso... Tu sì?

- Sai, ci sono pure io in quel libro...

- Se hai paura che possano riconoscerti, mettiti pure il cuore in pace. Con quei cenci neri addosso, la barba fatta l'ultima volta il secolo scorso (al contrario di te che invece sei fatto *dal* secolo scorso) direi che puoi starne certo.

- Mmm... - mugugnò con aria preoccupata mentre le sue palpebre si abbassavano del primo millimetro assecondando la cannabis.

- Di che ti preoccupi. È tutta pubblicità per il negozio, no?

- Prendi per il culo? Uno ha un amico tatuatore e preferisce farsi tatuare da un cazzo di fenomeno soprannaturale... Non è che si possa pensare che il tatuatore sia *'sto granché*, non pensi?

- Io non *ho deciso* di farmi tatuare...

Il mio amico non disse nulla. Le sue palpebre si abbassarono oltre la metà dall'occhio e la testa si reclinò all'indietro.

- Mauro?

- Roba nuova... - disse accennando un sorriso di soddisfazione. - Ottima, direi.

- Mauro!

- Dicevi?

- Non mi svenire proprio stasera, eh? Dicevo che non ho deciso di farmi tatuare e tu lo sai bene.

- Sono dettagli… Tu pensi che io sappia disegnare solo struzzi!

Era un po' che non lo vedevo così svalvolato, ma avevo smesso da tempo di preoccuparmi troppo per questi suoi comportamenti. Mi ero convinto che fossero proprio queste allucinate estraniazioni a preservare la sua umanità e che fossero proprio le droghe, paradossalmente, a mantenerlo incontaminato. Tuttavia, il fatto che fosse finito *ko* nel giro di pochi istanti era davvero inusuale e mi fece comprendere quanto fosse agitato e quanto di conseguenza fosse pesante quello che stava fumando. Il riferimento allo struzzo era pure un segno del potente effetto della droga. Lo struzzo Bip Bip era per me il simbolo della causa scatenante della mia odissea. Avevo temuto, in quegli anni, che la mia storia sessuale sarebbe stata costellata di umiliazioni a causa di un problema di eiaculazione precoce. Per marchiarmi come il *Fulmine della Sborrata* mi ero rivolto a Mauro affinché mi tatuasse lo struzzo. Avevo sempre incolpato quel gesto e attribuito al fatto di aver desiderato per un attimo che sul mio corpo fosse rappresentata la mia sessualità, che un Dio a corto d'idee e con i maroni girati avesse deciso di comminarmi la maledizione eterna dei miei tatuaggi prendendo spunto dalla mia azione. Mauro sapeva benissimo che di altri segni oltre a quelli indesiderati che mi avevano devastato pian piano ogni centimetro di pelle non ne avrei certo desiderati. Quando poi i tatuaggi erano spariti, pochi minuti dopo che Laura mi comunicasse la sua disponibilità ad amarmi e pochi minuti prima che approfittasse del mio corpo per la prima volta, non ebbi il tempo di rivolgermi a Mauro per suggellare con un suo tatuaggio la chiusura di un ciclo. L'orologio colante era apparso sul mio addome e io avevo compreso subito che tutto sarebbe ricominciato.

- Vieni, andiamo dentro… - dissi prendendolo per il braccio. - Ci penserà tua moglie a farti il cazziatone.

- Lu… ba… - farfugliò mentre stavamo per varcare la soglia della villa.

- Sì. Ti porto da lei, ma cerca di dire il suo nome mettendoci meno di cinque secondi o si accorgerà che sei cotto come una mela d'ospedale.

- Ha detto che non si capisce se mi vuoi bene oppure no, - disse fermandosi e strattonandomi il braccio.

- Non si capisce se ti voglio bene? In cosa non si capisce?

- Nel libro. Ha letto il libro.

- Tua moglie non parla bene l'italiano. Non può cogliere le sfumature. Tu sì.

- Io non l'ho letto.

- Ma a te non serve leggere quel libro, cazzo! Non lo vedi tutti i giorni?

Mi guardò con i suoi occhi spenti che sforzava di tenere aperti. Era difficile scorgere una risposta in quello sguardo, ma non fu difficile notare che evitò di rispondere continuando a rimanere in silenzio.

- Mi hai fatto fare il tuo testimone di nozze, - ricominciai, - mi hai fatto assistere al parto di tua figlia, sei venuto qui stasera… Mi spieghi perché condivideresti con me tutto questo se non sapessi che ti voglio bene?

- Perché te ne voglio io?

- Sei una piattola, - gli risposi per evitare di pensare alla sua risposta. - Non ti sopporto quando sei strafatto ma sciorini logica come fossi Aristotele.

Lasciai il suo braccio. Gli indicai Luba, che aveva preso posto nell'ultima fila di sedie, affinché la raggiungesse da solo. M'incamminai nel corridoio tra le persone sedute e raggiunsi il mio editore già seduto al tavolo dei relatori. Feci quindi una meticolosa scansione dei volti dei presenti per verificare se vi fosse qualche persona menzionata nel libro.

Non riuscivo nemmeno a mentire a me stesso. Se mi ero fermato all'esterno della villa a spiare le persone che entravano, se ora scorrevo uno ad uno i volti, il motivo era uno solo: speravo di vedere Roan. Non c'era alcun modo di sapere se dal Messico o dovunque si trovasse nel mondo, avesse potuto sapere che avevo scritto un romanzo e che lo avrei presentato quel giorno, ma dentro di me la speranza parlava forte e chiaro. Di Roan però non c'era nemmeno l'ombra. Nessun viso, nemmeno pensandolo con occhiali da sole, capelli di lunghezza e colore diversi, me la ricordava minimamente. In compenso notai che Mauro non aveva fatto molta strada rispetto al punto in cui lo avevo lasciato. Era arrivato soltanto fino alla parete laterale, in fondo alla sala. Lì si era appoggiato con la fronte, in stato catatonico, fungendo quasi da contrafforte alla struttura della villa.

L'editore aveva iniziato a parlare senza che io me ne accorgessi. Fui scosso da un brivido di adrenalina poiché realizzai che non lo avevo per nulla ascoltato. Se mi avesse dato la parola in quel momento, non avrei saputo come organizzare il discorso. Anche perché di discorsi non ne avevo preparato nessuno. Per fortuna ne avrebbe avuto ancora per qualche minuto. Stava infatti facendosi bello sviscerando messaggi messianici sull'amore e la morale che lui sosteneva essere nascosti tra le righe del libro, ma che forse aveva nascosto lui stesso in fase di editing perché di certo io non li avevo scritti.

La storia che avevo raccontato si sarebbe potuta riassumere in poche parole: per anni avevo creduto che i tatuaggi fossero una maledizione e avevo rifiutato del tutto l'idea che essi raccontassero la verità su chi ero e su come vivevo le relazioni. Convinto di essere una vittima del destino, avevo fatto il carnefice di donne per vendicarmi dell'amore che Laura provava per me, ma che non aveva voluto darmi dopo aver visto i disegni sulla mia pelle. Poi era arrivata Roan e pian piano avevo preso coscienza della realtà. Roan era riuscita a spiegarmela, ma il modo che aveva scelto per rendermela chiara era stato quello di andarsene. Punto. Non c'era altro.

- I romanzi che sono qui sul tavolo sono stati tutti autografati e per l'occasione sono messi a disposizione a un prezzo davvero promozionale, - disse il mio editore catturando finalmente la mia attenzione. - Credo però di aver rubato all'autore anche troppo tempo. Perché, diciamocelo, al di là della qualità letteraria di questo romanzo, che è, lasciatemelo dire con sincerità, anche una bellissima storia d'amore, se qui stasera sono intervenute così tante persone è per dare una risposta alla domanda che io stesso mi sono posto nel momento in cui ho deciso di interessarmi a questo libro, ossia capire se la storia raccontata è vera in ogni sua parte, come l'autore ha dichiarato, compresa la patologia di cui dice di soffrire. Lascio dunque la parola all'unica persona che può dirci se esiste davvero *L'uomo tatuato* e se questa, - disse sventolando il libro in una mano e rallentando la cadenza delle parole, - è davvero *l'odissea erotica di un mutante.* Signore e signori, Michele Licometti!

Un applauso, che interruppe il brusìo nella sala, partì energico ma si esaurì un po' troppo in fretta. Era arrivato il mio momento. Seduto dietro il tavolo guardai i presenti per qualche secondo. La mia testa era ancora drammaticamente leggera di idee e di parole. La delusione, seppur prevista, dovuta alla non ricomparsa di Roan aveva ulteriormente eroso il mio entusiasmo e la voglia di lanciarmi in un articolato discorso. Capii in quel momento che persino la scrittura del romanzo aveva avuto tra le sue ragioni la speranza di richiamare Roan a me dal suo esilio volontario.

Voltai il capo a destra, incrociando lo sguardo preoccupato del mio editore che già temeva una scena muta. Ripensai alle sue parole, al fatto che la voce da spargere fosse quella che ero davvero uno scherzo della natura, mi sollevai in piedi andando davanti al tavolo, di fronte al pubblico. Poi mi sbottonai la camicia e rimasi a petto nudo. Un mormorio sordo accompagnò la visione del disegno dell'orologio sciolto stampata sul mio addome.

- Non vado con una donna dalla notte in cui ho iniziato a scrivere il libro e questo è il risultato di quella notte, - dissi puntando l'indice verso il tatuaggio. - Se qualcuna, qui in sala, stasera avesse voglia di scoparmi, domani potreste vedere un nuovo tatuaggio. E ci sarà di sicuro, quel tatuaggio, perché sarà una scopata senza futuro, che io farò solo per saziare la vostra curiosità morbosa. Come ho detto non vado con una donna da quasi un anno, per cui è un sacrificio che faccio volentieri. Stanotte dormirò qui, ho preso una stanza. Non ricordo il numero ma potete chiedere alla reception. Solo una cosa vi domando, una cortesia e uno sforzo di obiettività: se siete dei cessi, non venite. A tutto c'è un limite.

Mi buttai la camicia sulla spalla e attraversai la sala con gli occhi delle persone puntati su di me come una contraerea che mi braccava da destra e da sinistra. Mentre spingevo il maniglione antipanico della porta di uscita vidi riflessa sugli specchi che ornavano il fondo della sala l'espressione felice e concupiscente che l'editore tentava invano di cancellare dalla sua faccia per sostituirla, immagino, con un finto sdegno dovuto alla sfrontatezza e alla maleducazione del mio intervento.

La nottata fu interessante, il tatuaggio non fu peggiore di tanti altri e il libro, nella settimana seguente, vendette le prime cinquemila copie.

Proposta indecente

Dicembre 2000

L'espresso del risveglio si stava raffreddando nella tazzina.

Poco male, visto che avevo da poco acceso la macchina del caffè e sapevo per certo che sarebbe stato una schifezza colossale. Di lì a pochi minuti avrei alzato la serranda del bar che il mio titolare mi lasciava più che volentieri gestire nelle prime ore del mattino. A distrarmi dalle mansioni quotidiane era l'articolo apparso su un settimanale locale e, ancor più di esso, la foto della sua autrice.

> *Metti che una mattina ti fermi in un bar diverso dal solito a fare colazione. Ti aspetti che il barman nella vita faccia il barman e invece scopri, dalle locandine appese alle pareti, che è anche uno scrittore. E pensa un po', non scrive di cocktail (tanto è quello che istintivamente pensano tutti), bensì dell'odissea erotica di un mutante. È questo, infatti, il sottotitolo del romanzo "L'uomo Tatuato" di Michele Licometti, barman e scrittore modenese che ha presentato il suo libro lo scorso fine settimana nella cornice di Villa Cortesi. Osservo l'autore mentre sforna cappuccini. Poiché mi sembra belloccio, memorizzo la data indicata nelle locandine e mi riprometto di andare alla vernice.*

La bella morettina dall'occhio vispo che appariva a fianco dell'articolo intenta a soffiare un bacio verso i lettori dal palmo della sua mano sapeva anche scrivere. Il mio sguardo rimbalzava tra lo splendido viso di lei e il ricordo della platea la sera della presentazione. Cercavo di trovarla in quel pensiero. Cercavo di capire come mai non l'avessi notata e soprattutto per quale motivo non fosse stata lei, anche solo per inseguire la notizia, visto che mi trovava belloccio, a raggiungermi in camera.

> *Non manco all'appuntamento e la mia curiosità, nonostante la logorroica introduzione dell'editore, viene in effetti premiata da sessanta secondi di predatorio cinismo animale che non ti aspetteresti certo da chi ti ha spremuto le arance la mattina, ma che scopri straordinariamente consono all'indole di uno sciupafemmine non umano. [...]*

Il dubbio che non si sia trattato di una messa in scena studiata ad arte per suscitare scalpore, ma che tutto quanto scritto nel romanzo possa essere reale, ossia che il protagonista davvero celebri involontariamente la fine di ogni sua relazione con l'apparizione di un tatuaggio sulla sua pelle, invade subito la mia mente, costringendomi ad acquistare il romanzo per portarmelo in fretta sotto alle lenzuola. [...]
Lo finisco in una settimana durante le mie due ore quotidiane di pendolarismo in treno. Aver voglia di aprire un libro alle 6.43 di mattina è già di per sé una buona recensione, direi. Fosse stato un semplice romanzo e non una storia di vita vissuta, lo avrei finito altrettanto velocemente? Sarei stata così vorace se non mi fossi lasciata cullare dal desiderio di poter coronare materialmente il sogno di ogni femmina, ossia di poter lasciare il segno per davvero sull'uomo che ama?
Certo è che da lettrice con un tatuaggio fatto di fresco e che si trova nel bel mezzo di uno tsunami sentimentale, è stato decisamente un bel fiume di parole su cui fare rafting.

Non la ritrovavo proprio, nei recessi della mia memoria visiva, ma non me ne rammaricai troppo. Avevo l'esperienza necessaria per sapere che si sarebbe materializzata molto presto al bar. Ciò che non potevo immaginare era che l'apparizione sarebbe avvenuta di lì a un paio d'ore, quando la rivista era già sparita dal locale.

- Desidera? - domandai quando ebbe gli avambracci appoggiati al bancone, cercando di eliminare dal mio volto e dalla mia intonazione ogni elemento di familiarità con la sua persona.

- Un cappuccino, per favore. E una *brioches* vuota, se ce l'ha, - rispose sorridendo.

La ragazza era esile nel corpo ma del tutto in armonia con il viso magro, dai lineamenti marcati ed eleganti assieme. Le labbra, generose ma naturali, calamitavano il mio sguardo. Notai una certa somiglianza con Laura, nell'insieme, anche se questa era più bella in volto. Non capivo se fosse proprio la loro somiglianza quel qualcosa che dentro di me si stava manifestando nei suoi riguardi come un elemento di disturbo e di attrazione assieme.

- Prego, - dissi porgendole la *brioches* su un piattino. - Le preparo subito il cappuccio.

Lei morse la pasta in modo piuttosto energico, si voltò, dandomi le spalle, per andare a cercare un quotidiano fra quelli appoggiati sui tavolini. Era vestita come Trinity di Matrix, con un cappotto lungo di pelle nera, jeans e maglia nera. Stivali neri. Un supporto molto efficace per la sua capigliatura liscia e corvina, raccolta in una coda selvaggia grazie a una bacchetta di ristorante giapponese.

- Il cappuccino è pronto, - dissi appoggiando la tazza sul bancone.

Lei si voltò di nuovo verso di me, tenendo mezza *brioches* in bilico tra i denti. Le mani erano impegnate nel tentativo di girare la grossa pagina del Corriere della Sera.

Capii in quel momento cos'era ciò che mi destabilizzava e m'incuriosiva assieme: era una gran gnocca, ma era ruspante come una gran gnocca non ti saresti aspettato che fosse. Se non fossi stato abbastanza di essere io l'oggetto della sua osservazione, avrei indugiato a guardarla a lungo e avrei concesso alla mia mente di domandarsi quanto valesse la pena tentare la sorte con un così bell'esemplare di femmina che sembrava non conoscere minimamente la boria e gli atteggiamenti tipici delle femmine di pari bellezza. La certezza della sua curiosità nei miei confronti, derivante dalla lettura del suo articolo, aveva annullato il potenziale brivido della conquista. In compenso mi aveva regalato la possibilità di verificare quando il disinteresse verso una bella donna potesse essere interessante per lei.

Tornai quindi alle mie mansioni, imbracciando una spugna per pulire il banco di lavoro. Quando alzai gli occhi, un paio di minuti più tardi, la ragazza mi stava effettivamente guardando.

- Desidera qualcos'altro? - domandai.

- Ero alla presentazione del tuo libro, - disse abbozzando un sorriso.

- Capisco, - risposi distogliendo lo sguardo apposta, come se mi preoccupassi che qualcuno potesse aver sentito le sue parole.

- Non si può dire? - domandò sottovoce dopo essersi avvicinata al banco e avendo allungato il collo verso di me.

- Certo che si può dire.

- Non è che ti vergogni? - domandò, incalzante.

Attesi qualche istante prima di rispondere. La fissai come se la stessi studiando e ne stessi prendendo le misure.

- Intende del libro o di ciò che sono? - domandai a mia volta continuando a usare la terza persona.

- Beh, del libro suppongo di no…

- Nemmeno del resto, - risposi cercando di assumere un'espressione conciliante.

La ragazza si sedette sullo sgabello proprio di fronte a me. Si muoveva e parlava con la naturalezza di una persona che mi conosceva da sempre e forse per questo motivo trovavo divertente comportarmi all'esatto opposto, in modo diffidente e distaccato, quasi avvezzo e infastidito da una notorietà stucchevole che in verità non avevo.

- L'ho comprato, il libro… - disse per rilanciare il discorso che io davo l'impressione di voler impantanare. Non poteva sapere che il mio scopo era farle ammettere di essere tornata per vedere se il tatuaggio dopo la scopata della conferenza stampa era comparso davvero.

- E quindi? - domandai.

- E quindi… Trovo che sia stato un bell'azzardo giocare commercialmente sul fatto di instillare nei potenziali lettori il dubbio che una cosa così… Che aggettivo usare? Così soprannaturale, ecco, possa essere vera. Perché in fondo è un bel romanzo e magari avrebbe potuto avere successo anche senza quel sotterfugio pubblicitario.

- Magari no, - chiosai cinicamente. - Se sia o meno un bel romanzo lo si scopre solo dopo…

- Magari no, - acconsentì. - Ma nemmeno la curiosità, in fondo, viene soddisfatta dal solo acquisto. E se uno è abbastanza intelligente, lo sa che leggendo il libro la curiosità di sapere se la storia è vera può solo crescere, non placarsi.

- Lei per quale motivo lo ha acquistato? - domandai ormai certo che i nodi stessero arrivando al pettine, che mi sarei ben presto divertito alle sue spalle.

- Beh, in parte perché è comunque insolito per una persona normale conoscere, anche se solo di vista, l'autore di un romanzo…

- … e in parte? - le suggerii.

- … e in parte… - continuò con un sorriso che era un'ammissione di essere stata colta in fallo. - Perché la conferenza stampa mi aveva incuriosito.

Sorrisi a mia volta, creando una pausa in cui furono gli sguardi a parlare e ridurre la nostra distanza.

- Me lo può chiedere, se vuole, - dissi cercando di non distogliere il mio sguardo dai suoi occhi.

La ragazza indugiò qualche secondo, si morse appena il labbro e infine parlò di nuovo.

- Ok. Mi umilierò. Ma in fondo me la sono cercata, - disse sospirando. - È davvero apparso?

- Sì. - risposi seccamente, senza evitare di sottolineare la mia vittoria con un nuovo sorriso.

- E cos'è?

- Un buco della serratura. Con un occhio che spia.

- Che significato gli dai?

- Ora che so che i tatuaggi appaiono, interpretarli è diventato quasi un gioco. La prima volta che ho sospettato che fossero legati alle mie esperienze è stata tutta un'altra emozione. Comunque, suppongo che sia legato al fatto che per la prima volta ho lasciato libero accesso alla mia privacy.

- Sì, è plausibile, - commentò dandomi l'impressione che la mia spiegazione fosse troppo logica per non essere costruita.

- Non mi crede, vero?

- Ormai la brutta figura l'ho fatta.

- In che senso?

- Nel senso che posso anche arrivare a domandarlo esplicitamente. Posso vederlo?

Se avessi potuto fare un salto andando a sbattere i talloni l'uno contro l'altro, alla Jene Kelly, lo avrei fatto. Contenni tuttavia la mia soddisfazione in modo ammirevole.

- Venga dietro al bancone, - dissi a bassa voce con un cenno del capo.

- È un sì? Posso vederlo? Dov'è?

- Sopra al cazzo.

La ragazza, che aveva iniziato a scendere dallo sgabello, si arrestò di colpo. Io cercai di rimanere del tutto impassibile anche se controllare il mio pomo d'Adamo risultò molto difficile. Fu dalla mia impassibilità che credo comprese che una sfida era stata lanciata e che ben poche erano le possibilità di uscirne vincente a meno di non stare al gioco senza tentennamenti. Fece un impercettibile cenno di assenso con la testa. Riprese a camminare raggiungendomi dietro al bancone.

- Che fai ora, ti abbassi le braghe? - disse perfettamente entrata in parte.

- Non posso, - risposi indicando i due clienti seduti in fondo alla sala.

- Andiamo alla toilette?

- Neanche questo mi è possibile. Non posso certo lasciare incustodita la cassa.

- E dunque come si fa?

- Beh, come saprai, i tatuaggi sono ferite che cicatrizzano, e come tali lasciano la pelle in rilievo...

Scosse ancora la testa, questa volta da destra a sinistra e ritorno, ripetutamente. La fatica che faceva a trattenere la risata dimostrava con chiarezza quanto si stesse divertendo. Mi appoggiai allora al banco di lavoro in modo da dare le spalle al locale e risultarle così comodo per l'ispezione. Lei si posizionò alla mia destra, rivolta verso la stanza, e con la mano destra, fingendo indifferenza, iniziò a farsi spazio fra il mio addome e i pantaloni.

- Senta, - bisbigliai.

- Che c'è, adesso?

- Visto che sta per infilarmi una mano nelle mutande, posso almeno sapere il suo nome?

- Sara, mi chiamo Sara. Piacere.

- Il piacere è tutto mio, - dissi sbottonandomi i pantaloni per agevolarle l'ingresso.

La mano fresca scivolò sul mio inguine. L'epidermide sulle mie braccia si increspò immediatamente. I polpastrelli grattavano la pelle per consentire alla mano di avanzare nonostante l'angolo di ingresso poco favorevole.

Lasciai che la mano scendesse a fianco della coscia all'altezza del mio testicolo destro, sfiorando sia questo che l'asta del pene, poi mi voltai verso di lei.

- Veramente ho detto *sopra* al cazzo, non *sul* cazzo, ma se vuole controllare l'intera area faccia pure.

Le dita si ritrassero di colpo all'altezza dell'inguine. Sentivo la loro punta sfiorare la base dell'asta mentre il polso premeva sull'ombelico.

- Qui?

- Sì, - risposi cercando di controllare i primi sintomi di un'erezione incipiente. - Lo sente?

- Qualcosa sento.

- Faccia pure con calma.

- Credo di averlo localizzato. Qui vero? - domandò esercitando una pressione un paio di centimetri sopra l'attaccatura del pene.

- Sì.

- Non è grosso, - osservò maliziosamente.

- No, non è grosso, per fortuna.

- Ora la sento proprio, la pelle in rilievo. Depilato per l'occasione?

- Per abitudine. Mi piace avere una visione chiara del mio corpo.

- Concordo pienamente, - disse estraendo con gentilezza la mano dai pantaloni e facendomi capire che anche lei era completamente glabra sui genitali. - Ti ringrazio. Subito ho pensato che avrei preferito vederlo, ma devo dire che anche così… È stata un'esperienza sensoriale molto particolare.

Feci un cenno di assenso, senza dire nulla.

Sara s'incamminò per tornare oltre il banco, come una normale cliente.

- Cosa ti devo? - mi chiese mettendo mano al portafogli.

- Due e cinquanta.

- Chissà perché ma mi aspettavo che mi offrissi la colazione.

- Posso offrire solo ciò che è mio.

- Suona come una proposta.

- Vede, credo che d'ora in poi non sarà facile distinguere fra donne che cercheranno un approccio per la sola soddisfazione di vedere il "loro" tatuaggio su di me e quelle semplicemente interessate a me. Sono molto indeciso se affinare le mie tecniche per distinguere le une dalle altre o se fregarmene e andare con quelle che mi piacciono a prescindere dal tipo di loro interesse.

- Io in quale caso ricado?

- Beh, com'è che diceva quella cosa che ho letto di recente? - dissi iniziando a frugare dietro al banco, - Ah sì, ecco! - balbettai portando davanti agli occhi la pagina dell'articolo che lei aveva scritto. - Io credo che lei sia *cullata dal desiderio di poter coronare materialmente il sogno di ogni femmina, ossia di poter lasciare il segno per davvero sull'uomo che ama.*

- Tu sei un bastardo! - esclamò ridendo.

- Su questo non ci sono dubbi.

- Tieni, - disse porgendomi il denaro. - Me ne vado con la coda tra le gambe.

- Io resto con un bel ricordo, tra le gambe.

Sorrise e dandomi le spalle s'incamminò verso l'uscita.

Aspettai che fosse sulla soglia, prima di chiamarla.

- Sara?

Lei si voltò e m'interrogò con un cenno del mento.

- Per il tatuaggio non basta quello che hai fatto oggi, - dissi dandole per la prima volta del tu.

Annuì, alzò la mano in segno di saluto, fece un passo oltre la porta, ritornò indietro.

- Anche questa suona come una proposta.

Abbassai lo sguardo verso il banco. Con una sensazione di onnipotenza che m'incurvò i margini della bocca, pensai che l'avrei presto rivista da quelle parti.

Romanticismo

Dicembre 2000

- Se infili un dito in un culo, non ti aspettare che poi esca senza puzzare di merda, - disse Mauro attirando lo sguardo terrorizzato della ragazza a cui stava tatuando un complesso disegno sopra l'osso sacro.

- Non preoccuparti, - dissi per rassicurarla. - Anche se non ho capito il messaggio, credo stia parlando con me.

Ero andato a trovarlo per raccontargli dell'incontro avuto il giorno precedente al bar. Il fatto che mi avesse fatto parlare nonostante fosse in compagnia di una cliente prona chiappe al vento non sembrava turbare né lui, e fin qui era tutto normale, ma nemmeno lei. Almeno fino alla sua ultima frase, per la quale la ragazza aveva sobbalzato sul lettino.

- Certo che sto parlando con te, - confermò Mauro.

- Ed esattamente, con questa metafora scatologica, che cosa vorresti dirmi? Perché non credo di aver colto il messaggio.

- Dico che non puoi pensare che iniziare una relazione con una ragazza che in un bar, due minuti dopo averti conosciuto, ti infila una mano nelle mutande mentre attorno i clienti sorseggiano il caffè, possa portare a qualcosa di buono.

- Dici?

La ragazza voltò di nuovo la testa all'indietro a fissare Mauro, curiosa della sua risposta. Quando lui disse di sì con la testa, pure lei mi fissò e annuì per ribadire che era d'accordo.

- Boh, a me la cosa è sembrata divertente. Il fatto che una ragazza così carina non si sia sottratta dal partecipare a un gioco così bizzarro, mi ha fatto pensare a lei come a una con le palle.

- Sì, le tue, di palle! Che lei terrà in una morsa.

- Vorrei ricordarti che tu ti sei sposato un'*entreneuse* che è stata *lì lì* per pisciare in bocca ad un cliente…

- Ma non lo ha fatto! - obiettò Mauro rivolto alla ragazza che era ormai interessatissima alla discussione e si era girata di nuovo per guardarlo rispondere. - Mentre la tua non mi sembra che sia stata *lì lì* per toccarti l'uccello in un bar. Lo ha fatto e basta.

Pensai che non valesse la pena insistere. Sapevo benissimo che Sara si sarebbe rifatta viva e che io avrei risposto alla sua chiamata. Cercare di spiegarne le ragioni a Mauro era impossibile. Gli ero grato di aver onorato per l'ennesima volta il suo ruolo di amico e consigliere, però da un amico mi sarei aspettato un po' più di goliardia. Da lui, poi, che mi aveva visto soffrire così tanto per l'abbandono di Roan, che aveva vissuto al mio fianco ogni minuto della lunga astinenza sessuale che aveva preceduto l'uscita del mio romanzo, una benedizione a godermela un po' con una ragazza bella e spensierata, credevo di potermela meritare.

- Che ne pensi? - domandò il mio amico, indicandomi il tatuaggio che stava ultimando e dandomi così una perfetta opportunità di cambiare discorso.

- È un gran bel sedere! - risposi fingendo di non aver capito.

La ragazza questa volta si girò dalla mia parte.

- Il tatuaggio! Dicevo che ne pensi del tatuaggio.

- È degno di stare sopra quel bel sedere, - risposi dedicando un'occhiata alla padrona di quelle natiche volitive. Lei abbassò subito lo sguardo cercando di nascondere un debole sorriso. Mauro riprese a lavorare, io mi allontanai dal camerino per andarmi ad accendere una sigaretta in strada.

Le parole di Mauro non mi erano scivolate addosso come avrei voluto.

L'unico vero grande amore ricambiato della mia vita era stato Roan. Il ricordo delle modalità del nostro primo incontro venne spontaneamente a galla come se un raffronto con quello con Sara del giorno precedente si rendesse necessario per autorizzarmi a dare seguito alla cosa. Roan era apparsa, tatuata dalle spalle ai piedi, come una lesbica in fuga perenne. Era perfetta per recitare il ruolo di una donna impossibile da non desiderare e impossibile da avere, che avrebbe potuto capire meglio di chiunque altro le pene di un uomo rifiutato per via del suo corpo tatuato. Più di una volta mi ero chiesto se proprio il fatto che fosse completamente tatuata avesse acceso in me l'interesse per lei; se fosse stato il desiderio di avere al fianco un mio simile impossibilitato a schifarmi, a innescare l'amore; se fosse stato il suo orientamento sessuale a condire il tutto con il sale della sfida. Ma la potenza del nostro amore, che aveva, anche se temporaneamente, messo il freno all'istinto nomade di Roan e ne aveva ridisegnato la preferenza sessuale, mi aveva sempre dato risposta negativa. Persino il suo abbandono era riuscita a vendermelo come un segno d'amore e come a una pena d'amore io mi ci ero ormai rassegnato.

Rientrai nello studio. Mauro era assente, probabilmente in bagno.

La ragazza era ancora con le natiche per aria. Dal sacro in su era tutta impomatata in attesa che la pelle si sfiammasse. Mi sedetti dalla parte in cui non avrei voluto, ossia da quella della testa, per non sembrare scortese. Aveva davvero un gran bel culo.

- Io la capisco, quella ragazza, - disse timidamente. - Cioè, non so se mi sarei azzardata a fare quello che ha fatto lei in pubblico, però la capisco. Insomma, è una cosa troppo strana. Anche io adesso muoio dalla curiosità di vederlo, quel tatuaggio. E verrei probabilmente persino a letto con te solo per vedere che cosa succederebbe sulla tua pelle. Non vale: hai una sorta di vantaggio nei nostri confronti, di noi donne, dico. Hai un fascino che magari nemmeno meriti.

- Hai ragione, - commentai. - Sono come un attore famoso. Ho un fascino che prescinde da ciò che sono. Che questo però sia un vantaggio è tutto da vedere. In fondo è sulla mia pelle che le donne vorrebbero giocare. E quando dico sulla mia pelle, lo dico in senso letterale. E poi si sa, quando le aspettative sono alte, il rischio di brutta figura aumenta di molto. È come avere la possibilità di scopare con Bruce Willis per poi scoprire che non ci sa fare per niente.

- Cioè anche tu potresti essere un bluff?

- La cosa ha perso importanza, è questo il problema. Da quando ho fatto *coming out*, ciò che le donne vogliono suppongo sia vedere il "loro" tatuaggio. E lo vedranno di sicuro. Che io le scopi bene o male, non importa più a nessuna. E questo non è sano per la mia autostima.

- Quindi hai intenzione di non andare a letto con nessuna.

- Ho intenzione di andare a letto con qualcuna solo dopo aver verificato che mi desidera a prescindere dai tatuaggi.

- Suona molto romantica, questa cosa.

- Lo so, l'ho detta apposta.

- Apposta per cosa?

La maniglia della porta del bagno si mosse. Aspettai allora qualche secondo per far si che Mauro apparisse nella stanza. Quando fu a portata di sguardo ma non a portata di orecchie, risposi alla domanda della ragazza.

- Apposta per riuscire a scoparti, ovviamente.

Sorrisi, godendo della sua espressione confusa, poi, con un cenno della mano, mi allontanai. Sfilai accanto a Mauro. Gli sussurrai che lo avrei chiamato più tardi e uscii dal negozio.

L'uomo numero cinque

Dicembre 2000

Come previsto, una nuova apparizione di Sara non si fece attendere.

Una delle cose che avevo imparato negli anni, era che la situazione migliore in cui trovarsi quando si desiderava sedurre una donna era quella di non generare in lei alcuna aspettativa. Non avendo avuto la possibilità materiale di telefonarle o di scriverle, non avevo corso il rischio di deluderla. Il gioco era nelle sue mani e lei decise di prendere l'iniziativa anche prima di quanto mi sarei aspettato quando l'avevo salutata.

Arrivò poco prima dell'orario di chiusura di un giorno in cui facevo il turno del pomeriggio. Il locale era semivuoto. Solo una coppia di amiche che stavano sorseggiando una tazza di the e un uomo sulla sessantina che sperperava monete a una macchinetta del videopoker.

Trascinò uno sgabello dalla parete opposta al bancone, venne a sedersi a banco, come aveva fatto la prima volta. Non avevo fatto caso, durante il primo incontro, a quanto fosse giovane. Doveva avere poco più di vent'anni e non sapevo come giudicare questa cosa relativamente al suo spudorato comportamento di pochi giorni prima. Quanto diverso ero stato, io, in gioventù! La prima volta che avevo cercato invano di capire la meccanica necessaria a introdurre il mio uccello in una donna avevo un'età che non doveva essere molto diversa dalla sua. Era possibile che la giovanile fascinazione per un romanziere di dieci anni più vecchio avesse il suo peso, ma era evidente che ciò che le aveva consentito di mettermi una mano sul cazzo fra distratti sorseggiatori di caffè era davvero legata più alla curiosità sul mio stato di mutante e alla sua indole caratteriale che non al mio magnetismo. Ma se era vero che il seme di quella curiosità era nato per ragioni diverse dalla mia personalità, era anche vero che la mia personalità era ormai tutt'uno con la mia diversità; inoltre non era detto che questa personalità, una volta scoperta, non avrebbe potuto confermare in lei, come in altre donne, l'interesse iniziale. Non ritenni dunque di dover modificare nulla nel mio atteggiamento verso di lei, perché mal che fosse andata, la curiosità le sarebbe durata almeno fino al momento in cui, dopo avermi scopato, sarebbe comparso il suo tatuaggio. E se la mia rentrée alla pratica sessuale, la sera della presentazione del libro, era stata dettata più da ragioni di marketing che di pulsione fisica, in questo frangente era proprio Sara, il suo corpo magro, le sue labbra incastonate in quello splendido volto, a solleticare la mia fantasia e la mia libido.

- Fra cinque minuti chiudo, e certe cose, se non vengono fatte in pubblico, non hanno lo stesso sapore. Saresti dovuta passare in orario di punta, - dissi quando mi fu davanti.

- Perché ripetere esperienze già vissute? Passavo da queste parti, ho visto l'ora e mi son detta che magari non avevi impegni per la serata.

- Se penso alla fatica che devono fare la maggior parte degli uomini a rubarti un appuntamento o a strapparti il numero di telefono, mi sento quasi in colpa.

- Non lusingato?

- No, in colpa. Sarei lusingato se cedessi alle mie *avances*. Lusingato dalla mia capacità persuasiva. Ma così, con tutto che mi viene posto su un piatto d'argento, non posso che provare una certa compassione per il resto del mondo maschile che questa sera non uscirà con te.

- È un modo scorbutico per dirmi che usciamo?

- È un modo scorbutico per dirti che devi darmi un passaggio a casa, aspettare mentre mi faccia una doccia, e poi usciamo.

- Oddio se mi porti subito a casa non è detto che poi si esca.

- Correrò il rischio.

Sara si allontanò di nuovo dal banco del bar, trascinando con sé lo sgabello, si mise a sfogliare una rivista mentre io iniziavo le operazioni di chiusura. Feci una sorta di annuncio ad alta voce e in attesa dell'uscita dei clienti cominciai a pulire i piani di lavoro. Di minuti ne occorsero una trentina, ma la ragazza non disse una parola, continuando a leggere. Mentre chiudevo a chiave la serranda del bar, inginocchiato a terra, lei mi guardò dall'alto in basso, con le braccia conserte e sorrise scuotendo la testa.

- Certo fa un po' effetto vederti fare un lavoro così normale. Lo farebbe anche se ti conoscessi solo in quanto scrittore, ma pensandoti in qualità di essere con le caratteristiche descritte nel romanzo, non so, è come se la cosa stonasse.

Mi rialzai e con il capo le feci cenno di farmi strada verso l'automobile.

- Come mi vedresti bene? Con il mantello? Tipo eroe mascherato che esce la notte e durante il giorno, nella sua caverna super tecnologica studia i profili delle sue vittime?

- A parte il fatto che qui la vittima mi sembri tu, sì, hai capito il concetto. Lo hai espresso in modo un po' pittoresco, ma hai capito.

- Eh, mi sono informato da Peter Parker: mi ha spiegato che nella quotidianità serve un lavoro, perché fare il super eroe onesto è una vocazione che non aiuta a portare a casa la pagnotta.

Proseguimmo in silenzio sotto ai portici per altri cinque minuti, poi Sara armeggiò nella borsetta e le quattro frecce di una Panda nera lampeggiarono un paio di metri di fronte a me.

Entrammo e chiudemmo le portiere quasi simultaneamente. Girammo il capo ognuno verso l'altro nell'atto di agganciare le cinture di sicurezza e ci ritrovammo con le punte dei nasi a dieci centimetri di distanza. Mi bloccai, evitando di infilare la fibbia della cintura nell'apposito alloggiamento. Sara si fermò a sua volta e ci fissammo per una quindicina di secondi. Poi il rumore della cintura che si riavvolgeva dopo essere scivolata fra le dita di lei mi fece sbattere le palpebre. Fu in quel momento che le mani della ragazza mi avvolsero le guance e le sue labbra si appoggiarono alle mie. Fu un bacio lieve e straordinariamente casto che ebbe l'effetto di chiarire a entrambi che di lì a pochi minuti, non appena fossimo giunti a casa mia, di casto ci sarebbe stato ben poco. Mi staccai dalla sua bocca affinché l'avvicinamento avesse inizio. Ci allacciammo le cinture. Sara accese il motore. Si creò il silenzio. Quel silenzio meraviglioso che tradiva le nostre intenzioni. Non c'era altro da dire. Ci eravamo dati il reciproco consenso. L'unica cosa che rimaneva da fare era accoppiarsi. Quando la porta di casa si chiuse alle mie spalle e io afferrai Sara, che era entrata per prima ed era un metro davanti a me, per la cintura dei pantaloni, la girai e la portai a me, tenendola ferma con una mano dietro alla nuca, le dita tra i capelli e l'altra sulle reni, non avevamo ancora detto una parola. La sua bocca spalancata si fuse alla mia con un espiro rumoroso che era molto più sincero delle tante parole che avremmo potuto usare per arrivare lentamente allo stesso punto.

- Toccami subito! - le ordinai infine, respirandole in bocca. Lei ubbidì, mi slacciò la cintura mentre la sua saliva mi si spandeva esternamente alle labbra e m'afferrò l'asta del cazzo con la mano destra. Stetti un po' lì, con lo sguardo verso l'alto, a farmi leccare il collo, a godermi il su e giù della sua mano, poi la voglia d'agire prese il controllo di me e slacciai a mia volta la cintura dei suoi pantaloni. La girai invertendo contemporaneamente le nostre posizioni affinché lei potesse appoggiarsi con le braccia e il petto all'uscio di casa. Con entrambe le mani afferrai il bordo dei suoi pantaloni e delle sue mutandine. Li abbassai assieme fino alle caviglie. Quando mi risollevai sentii il desiderio di stringerla, più che di possederla. O forse di possederla stringendola. Così passai la mano sinistra sul davanti, la feci aderire perfettamente al suo sesso, come una conchiglia fra le sue gambe. E la lasciai lì, immobile, senza violare alcunché, a bagnarsi lentamente. La cinsi con il braccio destro, le afferrai il collo, stringendola a me mentre scorrevo le dita sulle guance, sui lobi delle orecchie, e mentre il mio cazzo duro faceva sentire la sua immobile presenza appoggiato alle sue reni.

Un suo sospiro appena più profondo degli altri mi svegliò da quell'abbraccio scatenando di nuovo il mio desiderio primordiale. Mi piegai sulle ginocchia e appoggiai le mani sul davanti delle cosce. Infilai il naso tra le natiche e attesi qualche secondo muovendo appena le dita in un impercettibile massaggio che le sfiorava l'inguine. Poi, allontanandomi un poco per guardarle il culo nel suo insieme, mi accorsi della piccola macchia biancastra sul salva-slip appiccicato alle mutandine. Sara doveva essere in attesa del ciclo e questo spiegava il delicato odore selvatico che arrivava alle mie narici e mi comunicava la necessità di accoppiarsi. Tra le natiche, poi, quell'odore di un sudore fresco, appena sprigionato, si mischiava a quello degli umori della vagina che iniziava a svegliarsi. Appoggiai le ginocchia a terra per allentare la tensione sui quadricipiti. Portai le mani sulle sua natiche tenendo i pollici all'interno. Quando li usai per divaricare la carne, sentii dapprima un fremito scorrerle lungo la spina dorsale, poi il rumore sordo delle palme delle mani che si appoggiavano aperte sull'uscio di casa. Inarcò la schiena in quella che mi sembrò un'offerta delle parti più intime di sé. Vedevo la vulva aprirsi appena per via dei pollici che continuavano a tirare la pelle delle natiche. Un sottile filo di liquido lattiginoso si formò fra le due labbra, poi si ruppe, lasciando piccole tracce su entrambi i lati. Spinsi il naso fra le natiche, verso l'ano, e con la lingua, alla cieca, andai a cercare l'ingresso della vagina. Sara non diceva una parola. La sua schiena s'inarcava sempre più cercando di offrirmi un facile accesso. Poi a un tratto mosse la gamba destra, sollevando il ginocchio. Senza abbandonare la mia posizione le slacciai allora la scarpa con la mano destra e gliela sfilai. Ci staccammo un istante cosicché lei potesse estrarre una gamba dai pantaloni e divaricare le gambe. Si girò di scatto, appoggiò le scapole all'uscio, tenendo una mano a fare attrito dietro la schiena e l'altra, a lato, a tenere lo spigolo del muro, mostrandomi così le gambe aperte e generose. La guardai in volto per un istante, dal basso verso l'alto, Vidi la lussuria nei suoi occhi. Ancor più preso dal vortice della passione usai le mie ginocchia contro i suoi piedi per aiutarla a mantenere quella precaria posizione e le dita per isolare una delle grandi labbra, la leccai, poi feci lo stesso con l'altra, infilai quattro dita al di là di quei lembi di carne e portai alla luce l'imboccatura rosea della vagina. Vi passai ancora la lingua, dal basso verso l'alto, dal perineo al clitoride, per sei o sette volte, lentamente, senza portare ogni volta la lingua in bocca ma lasciando che essa diventasse sempre più ruvida e stimolante, poi ne infilai con forza la punta all'interno, continuando ad estrarla e introdurla fino a quando i respiri di Sara si tramutarono in ansiti profondi. Le dita affondavano nelle natiche di lei, i medi, a turno, a solleticarle l'ano. Poi mi alzai e cingendola alle cosce la sollevai di peso e la spostai di qualche metro, fino al piano di legno che fiancheggiava i due piccoli gradini che conducevano nel salotto. Le spinsi il busto all'indietro. Rannicchiandomi nuovamente, ne tenni sollevate le gambe puntellandole con le mani sul retro delle ginocchia. Infilai il naso, poi la lingua nella vagina, alternativamente. Quando la lingua era dentro, cercavo di spalmarle gli umori col naso sul pube, fra i peli neri bassi e ben curati. Quando il naso era all'interno, con la lingua provavo a raggiungere l'ano con un'intimità che non poteva essere in alcun modo giustificata se non con la perdita totale di ogni inibizione. Era passato davvero tanto tempo da quando avevo fatto sesso con trasporto. Non era il trasporto dell'amore che aveva inglobato e portato all'estremo la mia passione erotica per Roan, ovviamente, ma un trasporto carnale puro, che capii essere possibile sì per la straordinaria freschezza di quella ragazza, ma soprattutto grazie al fatto che il mio pormi di fronte a lei era del tutto sincero, privo di quel senso d'impossibilità a mostrare la mia anima che avevo avuto per tanti anni, con la sola eccezione di Roan cui avevo raccontato tutto, e che si era dissolto il giorno dopo la presentazione del mio libro, quando la testimonianza della donna che mi ero scopato aveva definitivamente raccontato al mondo ciò che ero.

Mentre mi crogiolavo nella consapevolezza della mia ritrovata istintività, la guardavo. La guardavo guardarmi non appena avevo sensazione che lei abbassasse il mento per contemplare lo spettacolo offerto dalla mia lingua infissa fra le sue gambe. Si percepiva come ci eccitassimo a vicenda a osservarci eccitati. Era un volano di libido che poteva avere una sola conclusione, ma che volevo fosse lei a invocare.

- Mi fa male la spina dorsale, - disse invece, con un gemito divertito.

Mi scostai da lei affinché potesse mettersi in posizione seduta, poi mi liberai dei pantaloni mezzi calati e di tutto ciò che avevo addosso. Quindi l'aiutai a spogliarsi e poi, prendendola per mano, l'accompagnai verso il divano. Aspettai che si sdraiasse, poi presi il panno che tenevo a lato e mi coricai al suo fianco, coprendo entrambi i nostri corpi.

L'atmosfera era improvvisamente mutata, passando dalle tinte perverse di un amplesso tra sconosciuti a quello di un *post coitum* fra innamorati, coi nostri due volti a condividere lo stesso bracciolo di divano, a pochi centimetri l'uno dall'altro. E io non volli modificare la cosa, felice che il mio desiderio si stemperasse un poco nel tempo e magari proprio per questo s'amplificasse nell'attesa.

Sara mi guardava, posando il suo sguardo un po' dovunque sul mio volto, con espressione curiosa. Io seguivo il movimento dei suoi occhi, immaginandomi il punto che stava fissando e passando in rassegna i difetti del mio volto.

- Mi lasci così? - domandò puntando infine i suoi occhi nei miei e alludendo all'improvvisa distensione.

- Sì, - giocai.

Lei sorrise, disse *Okkei*, e chiuse gli occhi.

Mi divertiva pensare che stesse domandandosi se quanto avevamo fatto fosse sufficiente a candidarsi per il "possesso" di un tatuaggio, ma mi solleticava ancor più l'idea che non ci stesse pensando affatto.

- Quindi… Il finale del tuo libro... - disse invece - Vuol dire che poi non ci sei tornato nel letto con quella Laura…

- No, non ci sono tornato.

- E poi hai scritto il libro e sei stato casto per tutto il tempo.

- Esatto.

- Fino alla notte della presentazione.

- Esatto.

- E poi fino ad oggi.

- Sì. E tu?

- E io cosa?

- Quanto casta sei?

- Beh, non so se tecnicamente si possa dire che siamo stati a letto, ancora, visto che adesso siamo qui buoni buoni sul divano... - disse con tono sommesso ma strafottente. - Però se tu avessi continuato e fossimo andati a letto, saresti stato il quinto.

- Solo?

- Sono pochi?

- Non volevo dire quello. Non c'è un poco o un molto. È che sei così bella e non mi sei sembrata per niente poco avvezza alla cosa.

- È stato l'ultimo con cui sono stata, che mi ha, come dire? Fatto sciogliere. Che mi ha fatto capire che ci può essere sesso anche se non c'è una coppia.

- Quindi devo ringraziare lui se sei qui ora?

- In parte sì, - rispose sorridendo in modo molto dolce, lasciando intendere che c'era molta convinzione personale in ciò che stava facendo.

Ricambiai il sorriso. Istintivamente, in risposta a quel suo slancio di dolcezza, mossi il braccio destro, che avevo accartocciato sotto al mio corpo, in modo da riuscire a sfiorarle la guancia sinistra con le dita. Lei abbassò di nuovo le palpebre, al contatto. Io ne approfittai per avvicinarmi e baciarla delicatamente. Il bacio proseguì con altri piccoli movimenti di labbra che sfioravano labbra, con le lingue che si soffermavano solo sulle labbra stesse, timidamente. Avvertii subito il ritorno del sangue al mio membro e non potei far altro che desiderare di lasciarmi andare alla rinvigorita passione. Ma il bacio, così poco erotico e così emotivamente coinvolgente, era molto difficile da abbandonare. Le sue labbra, naturalmente ed elegantemente gonfie, rispondevano morbide al tocco delle mie che ne percorrevano i contorni generosi in un morso senza denti. Decisi quindi di non interrompere quel bacio ma al contrario di perpetuarlo, delegando al mio braccio sinistro, che poteva muoversi liberamente, il compito di dare sfogo a quella metà del mio cervello che invocava piacere. Appoggiai allora tutto il palmo della mano sinistra sul suo addome e poi lentamente mi feci di nuovo largo fra le gambe. Tutto l'interno delle cosce era bagnato dall'eccitazione di pochi minuti prima. Io ci giocai un po' prima di utilizzare il dito medio per percorrere la vagina in tutta la sua lunghezza. Ne spinsi dentro una falange e poi lo estrassi, portandomelo alla bocca quando fui sicuro che lei mi stesse guardando leccarlo.

- Ti va? - domandò alludendo al fatto di entrare in lei.

Assentii col capo mentre il mio dito continuava a intingersi. Attesi altri trenta secondi, godendomi lo sguardo perso di lei che filtrava tra le palpebre appena abbassate, poi mi alzai, andai verso il cassetto dove tenevo i medicinali, alla ricerca di un profilattico che non ero nemmeno sicuro avrei trovato.

- Poi però, torni, questa volta! - esclamò con riferimento alla situazione di cui mi aveva chiesto poco prima, quella in cui avevo abbandonato Laura nel letto per lo stesso motivo, senza però farci ritorno.

Trovai il preservativo. Tornai verso di lei. Ruppi l'involucro protettivo stando in piedi di fianco al divano, proprio davanti al suo viso e pronto a farle assistere da vicino all'operazione di "vestizione" che mi avrebbe fatto diventare il suo uomo numero cinque. Ma lei si alzò di scatto a sedere, mi disse di aspettare un attimo. Sorreggendomi i testicoli con una mano, e tenendo saldamente l'asta nel pugno dell'altra, iniziò ad avvolgere la punta del cazzo con le labbra protese e a sfiorare nascostamente il foro dell'uretra con il vertice della sua lingua.

In piedi, con il profilattico ancora arrotolato stretto tra la punta delle mie dita, mi sentii un po' buffo ma stranamente allegro. Non potei fare a meno di ricordare la frase che mi aveva detto Mauro a proposito della ragazza che mi aveva palpeggiato dietro al bancone del bar e che ora stava facendo entrare ed uscire ritmicamente il mio uccello dalla sua bocca.

- Se infili un dito in un culo, non ti aspettare che poi esca senza puzzare di merda, - aveva detto il mio amico per mettermi in guardia alla sua maniera, ma in quel momento, dopo essere stato dapprima travolto sulla porta da un'animalesca pulsione sessuale e aver poi goduto di una rilassata intima familiarità sul divano, avrei giurato che nonostante la ragionevolezza dell'osservazione di Mauro, nessuno, in quella stanza, si sarebbe mai sporcato di merda. Quindi mi scostai, incappucciai l'uccello, mi sedetti sul divano e la trascinai sopra di me, invitandola a ficcarselo tutto dentro.

Divaricatore d'orizzonti vaginali

Gennaio 2001

> *"Compro tutti i libri che leggo perché mi piace possedere fisicamente il volume di carta, ma di questo libro lo scaffale della mia libreria avrebbe fatto volentieri a meno."*

Scorrere le dieci mail che mi erano arrivate quella mattina, appena più numerose della media che ricevevo ogni giorno e che avevano come tema il romanzo e il suo autore, mi fece uno strano effetto. Non tanto le tre d'insulti vari alle mie doti letterarie, nemmeno le cinque di complimenti, quanto le due provenienti da ragazze che si offrivano di fare sesso con me:

> *"Sono bella (allego foto nuda, scusa non sono brava con gli autoscatti) e penso anche intelligente. Forse troppo intelligente visto che nella mia vita nulla e nessuno lascia il segno (l'intelligenza spaventa!). Il tuo libro ha rappresentato un'illuminazione e mi sono così immedesimata e rivista nella tua solitudine, che ho capito che noi dovremmo incontrarci e amarci. Io non ho il tuo dono, purtroppo, ma puoi usare delle lamette, durante l'amore, per segnare per sempre il tuo passaggio dentro di me."*

E ancora:

> *"Signor Licometti, buongiorno. Desidero farLe i complimenti per il Suo libro. A dire il vero io non l'ho ancora letto. Ma lo ha letto mio marito che non mi scopava da tre mesi. Nella settimana in cui lo leggeva abbiamo fatto l'amore tredici volte. E lui è stato anche molto più bravo di come io me lo ricordavo. Siamo sposati da cinque anni e non è che questi ultimi tre mesi siano stati un caso. Il sesso è saltuario e svogliato ormai da un paio d'anni. Ho notato che io e Lei viviamo nella stessa città e ho pensato che se Lei aveva scritto un romanzo capace di farmi trapanare così da quell'ectoplasma di mio marito, chissà Lei, che razza di amatore dev'essere! Immagino che Lei riceva molte richieste di donne curiose di veder spuntare un tatuaggio sul suo corpo. Ma se ho capito bene succede solo quando Lei smette di andarci a letto, giusto? Ecco, a me*

sinceramente del tatuaggio non mi importa nulla. Anzi. Io vorrei continuare a essere scopata il più a lungo possibile. Quindi La prego di valutare la mia offerta. Allego fotografia. Cordiali Saluti"

Erano le otto e trenta della mattina di un sabato. Mi trovavo al computer perché avevo esaurito la mia dose quotidiana di ore che potevo passare in orizzontale senza fare sesso. Io e Sara avevamo iniziato col sesso molto presto, la sera prima. Alle undici e trenta eravamo entrambi addormentati in un sonno che solo un orgasmo intenso e prolungato riesce a rendere così disteso e profondo. Era ormai un mese che frequentavo Sara e quella era già la quarta o la quinta volta che rimaneva a dormire da me.

Ero piuttosto stupito dal fatto che la presenza in casa di quella ragazza mi rassicurasse più che limitarmi e che la profusione d'offerta sessuale che mi giungeva tramite internet e posta tradizionale mi lasciasse tutto sommato piuttosto indifferente. Era una sensazione nuova quella che provavo. Quella di un legame che si stava creando pian piano senza che ci fossero stati i fuochi d'artificio iniziali. Oddio, a essere sinceri non si può dire che ricevere una mano sull'uccello nel bel mezzo del bar fosse qualcosa di diverso da un fuoco artificiale, ma quello che non era capitato era l'infatuazione incontrollata tipica dei primi giorni, quella tanto più intensa e totalizzante quanto più fallace ed illusoria.

Guardai nuovamente le foto delle pretendenti al mio cazzo. La psicopatica delle lamette era proprio una bella gnocca. L'idea di vedere una femmina rantolare di piacere mentre le autografavo il culo a sangue con un rasoio tentava la mia curiosità antropologica. Considerai che una situazione del genere sarebbe anche stata divertente purché fatta una sola volta e su un letto diverso dal mio, ma che se poi non avessi (e non avrei) proseguito nel tagliuzzarla, quella era la classica donna che poteva trasformarsi in una mitomane.

Un "*ci sei?*" rantolato proveniente dalle stanze superiori mi aiutò ad archiviare la pratica.

- Sì, arrivo, - urlai.

Spensi il computer e salii le scale.

Sara aveva gli occhi incrostati dalla notte, ma era comunque bella. Aggrappata alle lenzuola con le mani, sotto al mento, trasmetteva fragilità e tenerezza. Mi sdraiai sul letto di traverso, arrivando ad appoggiare il mento sulle sue scapole.

- Mi ha scritto una che vuole che la scopi e nel mentre la tagli con delle lamette, - dissi perplesso.

- Però! Non è che non concepisca varianti alla posizione del missionario, però le lamette…

- Non capisco se sia una che gode col dolore o se vuole soltanto tatuare il suo corpo in quel modo, per solidarietà. Probabilmente entrambe le cose.

- Forse è solo pazza, - sentenziò Sara.

- Credo tu abbia ragione, - conclusi, abbandonandomi con la guancia su di lei e chiudendo gli occhi.

- Comunque, - ripresi dopo qualche secondo di silenzio, - tu e la posizione del missionario mi sa che vi incontriate di rado.

- Diciamo che di recente ho allargato i miei orizzonti… - disse sorniona.

Sentii chiaramente suonare il campanello del primo momento delicato nel nascente rapporto con Sara. Chissà per quale motivo l'esperienza sessuale di un uomo e di una donna era così diversamente giudicata. Un uomo che non profumasse di figa non aveva alcun fascino, mentre una donna con un buon curriculum di cazzi suscitava sospetto. Certo non facevo mistero di non aver alcuna voglia di trovarmi nel letto una vergine, ma che Sara buttasse lì l'argomento delle sue recenti esperienze sessuali e le definisse tali da aver allargato i suoi orizzonti, mi sembrava eccessivo o quanto meno poco delicato nei miei confronti. Romanzo a parte, non lo avrei fatto nemmeno io. Mi chiesi se volesse ingelosirmi, ma non mi sembrava il tipo. Pensai, piuttosto, che amasse essere sempre un poco sopra le righe sforzandosi di mantenere un alto livello di originalità, come se pensasse che solo così avrebbe potuto interessarmi. Aveva già accennato al fatto che prima di me era stata con un tipo per solo sesso, ma lo aveva fatto in modo molto leggero e delicato, non con la strafottenza di qualche minuto prima. Poi valutai l'ipotesi che quel "*di recente*" si riferisse al nostro rapporto. Fu la forza di quel pensiero a spingermi a chiedere lumi.

- Di recente?

- Ma sì… Stavo frequentando un ragazzo, quando ho incontrato te, un romagnolo, una specie di Picasso del sesso.

Rimasi di stucco. Non tanto per la notizia in se, ma per quell'appellativo. *Picasso del sesso.* Non solo non ero io il divaricatore dei suoi orizzonti vaginali, ma questa ragazza non anteponeva alcun filtro alle sue parole, dimostrando di non porsi nemmeno il problema di come esse potessero impattare il suo interlocutore.

- Picasso del sesso? - domandai continuando nel mio pappagallismo.

- Eh, Andrea è un tipo proprio particolare. Fisicamente ti somiglia, - iniziò a dire mentre io già iniziavo a pensare quale definizione fosse la più adatta a descrivere le mie capacità amatorie, se anch'io meritavo un paragone con un artista o se ero stato scelto da lei in virtù della mia somiglianza con questo Andrea. - Però lui ha una visione della coppia tutta sua.

- Del tipo?

- Se pensi che quando gli ho detto che mi ero messa con te mi ha chiesto di conoscerti…

- A che scopo?

- Lui è fatto così. Siccome io gli interesso, se sa che qualcuno mi interessa, pensa che questa persona possa essere interessante anche per lui.

- Un transitivo, insomma.

- Eh?

- Nulla… Ma quando parli di interesse, intendi interesse intellettuale?

- Beh, sì. Anche. È uno molto curioso. Si è fatto le sue esperienze.

- Mi stai dicendo che si è fatto inculare da un maschio per pura curiosità? Per sapere quello che si prova?

- Sì. Oddio, non so se sia stato attivo o passivo o entrambe le cose, però so che qualcosa ha fatto.

- Per curiosità? Non perché è gay?

- Già, così mi ha detto. E comunque ti assicuro che non è gay…

Il risolino con cui accompagnò la sua ultima frase m'infastidì alquanto confermandomi la sua mancanza di tatto. Di solito ero piuttosto netto nei miei giudizi su questo genere di cose: se vuoi ferire qualcuno e ci riesci, sei intelligente. Se non vuoi ferire qualcuno ma lo fai, sei idiota. Sara aveva avuto un comportamento che non avrei esitato a definire idiota, che mi avrebbe normalmente allontanato, tuttavia c'era qualcosa di strano in lei, che rendeva il suo discorso più malizioso che maldestro e che mi faceva rimanere lì. O forse molto semplicemente era troppo gnocca per non essere comunque eccitato a pensarla nell'atto di scopare pur non essendone il partner. Sapevo dunque che l'avrei scopata di nuovo. Questa consapevolezza innescò automaticamente un nuovo interrogativo e una decisa erezine.

- Mi sembri ricordare la cosa con particolare soddisfazione.

- È stato un periodo strano, quello con lui. Penso di averne avuto bisogno. Ero uscita da una lunga relazione e in fondo mi ritrovavo senza grande esperienza in fatto di uomini, di seduzione, di sesso.

- Lui ti ha dato tutto questo?

- Mi ha fatto provare tante cose nuove.

- Mi pentirò della domanda, lo so. Cose tipo?

- Tipo…

- Ti vergogni, adesso?

- No, però non so se faccio bene a dirti queste cose.

- Sei andata già troppo oltre, nel racconto. Se non mi dici nulla potrei arrivare ad immaginare qualunque cosa.

- Ok. Tipo prendere dell'LSD prima di fare sesso.

Rimasi di sale. Mi ci vollero alcuni secondi per riprendere l'uso della parola. Sentii scendere la mia considerazione per quella donna sotto il livello di guardia. La nostra relazione era a rischio, lo avvertivo, perché il dubbio che fosse sana di mente stava prendendo possesso dei miei pensieri.

- Perdonami, sempre per non fraintendere… Ma tu con questo Picasso usavi il preservativo, vero?

- Sì, sempre. Era lui che insisteva.

- Un pittore previdente. Del resto da un cubista t'aspetti che sia pragmatico.

- Sei geloso?

- No, - dissi poco convinto. Ero certo di non essere geloso. La mia erezione lo confermava, ma la mia poca convinzione generale sul comportamento di Sara fece uscire il mio "*No*" in modo poco incisivo.

- Ma insomma, - disse iniziando a guardarmi come una gatta, - dovresti essergli riconoscente, no? E riconoscente anche nei miei confronti che sono stata una buona allieva, - continuò avvicinando la sua bocca al lobo del mio orecchio destro. - Avresti preferito… - disse affondando una lenta leccata e poi venendo a sedersi sul torace, - …una che non aveva la minima idea… - sussurrò mentre mi metteva le gambe a cavalcioni della faccia, - …di come si faccia a godere? -

concluse spostando di lato il tessuto della coulottina con cui dormiva affinché le sue grandi labbra venissero a lambirmi il naso.

Le sue grandi labbra erano qualcosa di irresistibile. All'olfatto, alla vista, al gusto e al tatto. Parenti strette delle labbra sul volto, ne superavano le dimensioni già considerevoli e si staccavano dalla vulva con facilità, penzolando come due lenzuoline desiderose d'aria fresca. Avessero fatto rumore, nel loro svolazzare civettuolo, anche l'udito ne avrebbe beneficiato. Al primo passaggio della mia lingua si gonfiarono e s'intrisero d'umori vaginali che testimoniavano quanto davvero lei avesse imparato a lasciarsi andare alla ricerca del piacere.

Sapevo che quella posizione e quella situazione non erano propedeutiche alla mia onestà intellettuale, non favorivano la purezza del mio ragionamento, quindi decisi di accantonare ogni elucubrazione, afferrarle le natiche con le mani tenendo i pollici all'interno, sul perineo e, stringendo quelle due bocce di carne, tirarla più profondamente a me per infilarle tutta la lingua dentro.

Non potendo cambiare le persone, tanto vale godere dei loro lati migliori.

Tentacoli e tentazioni

Gennaio 2001

A camminare lungo i marciapiedi di Modena, quella mattina, c'era da congelarsi il naso.

La temperatura, già di per sé molto bassa, si percepiva sul volto come una sorta di smerigliatrice di ghiaccio per via di una brezza tesa e insistente.

Sarei stato volentieri in casa, visto che avevo il turno al bar nel pomeriggio, ma Mauro m'aveva fatto sapere che sarebbe stato in negozio a completare il tatuaggio della tipa che aveva ascoltato il racconto del *rendez vous* fra il mio cazzo e la mano di Sara. La cosa aveva l'aria di un invito a fornire aggiornamenti in merito. A entrambi.

Fu con un certo stupore, quindi, che entrando nel negozio di Mauro vidi sua figlia Katerina che vagava per la sala dove al centro, sul lettino, svettava il solito splendido culo nudo della paziente che avevo conosciuto qualche settimana prima.

- Trottolina, che ci fai qui? - domandai alla piccola rivolgendo però uno sguardo severo e interrogativo a Mauro. Il laboratorio era pieno disegni e fotografie non propriamente educativi, per non parlare degli aghi e di altri oggetti pericolosi.

- Disegni, - rispose Katerina, che già diceva qualche parola.

- Fammi un po' vedere... - dissi notando che in effetti in mano teneva un quaderno e una matita colorata.

Katerina si avvicinò. La presi in braccio, andando poi a sedere dalla parte opposta alle belle natiche e sistemandomela sulle ginocchia. Sul foglio c'era una specie di omino blu con tre capelli in testa.

- Chi è?

- Zioele, - disse riferendosi a me.

- Questo brutto uomo spelacchiato sono io? - domandai con la voce da clown.

- Sì, - rispose ridacchiando.

Il riso della bimba non modificò l'espressione concentrata del padre, ma strappò un sorriso alla bella paziente. Avere una bimba in braccio era meglio che andare in giro da soli al parco con un cane. L'effetto erotico suscitato da un maschio adulto che faceva divertire una bambina piccola, specie non sua, era piuttosto evidente sul volto della ragazza. Sentii vacillare dentro di me la volontà di monogamia che avevo provato negli ultimi giorni quando Sara si fermava da me e io percepivo la sua presenza come un elemento che non stonava nella mia quotidianità. Restava da capire se a generare questa insicurezza era il puro istinto di animale cacciatore o il turbamento che mi aveva causato sentirla parlare del suo Picasso e immaginare le loro allucinate performance sessuali.

- E quindi? - domandò Mauro interrompendo il flusso dei miei pensieri. Sembrava essersi accorto solo in quel momento della mia presenza.

- Quindi cosa? - domandai a mia volta, sperando che non avesse davvero intenzione di domandarmi della mia storia con Sara.

- Anita, qui, - disse indicando la ragazza, - mi stava appunto domandando com'era andata a finire quella cosa... - concluse vanificando le mie speranze.

- Anita... Hai sentito che bel nome ha questa ragazza, eh, Trottolina? - divagai sperando che Mauro mi dedicasse almeno un neurone e capisse che il mio racconto avrebbe forse fatto eccitare la sua cliente, avrebbe probabilmente avvalorato la sua disapprovazione della mia relazione, ma certamente non sarebbe stato adatto alla bambina.

Mauro sembrò allentare un attimo la morsa, si allontanò dal lettino, gettando uno sguardo d'insieme al suo lavoro come avrebbe fatto un pittore con la sua tela. Tirai un sospiro di sollievo e incrociai lo sguardo collaborativo della ragazza, evidentemente disposta a tenere a freno la sua curiosità a fini educativi. Quando però risollevai gli occhi e traguardai lo sguardo oltre la sua testa verso il panorama collinare del suo sedere, l'orizzonte mi apparve nebbioso, come se una perturbazione meteorologica proveniente d'oltreculo stesse arrivando a me. Il mio amico artista stava di nuovo contemplando il suo lavoro, ma lo stava facendo avvolto dai fumi dello spinello che si era appena acceso. Scossi la testa. Mauro sembrò travisare il mio disappunto tanto che, mantenendo un'espressione molto seria, col dito indice mi fece segno di raggiungerlo al suo punto di osservazione.

- Katerina, - dissi alla bimba sollevandola dalle mie ginocchia e riponendola sulla sedia al mio posto, - perché non fai un disegno anche di papà? Però se lo disegni più bello di me mi arrabbio, eh?

- Va bene... - rispose remissiva.

Raggiunsi Mauro dall'altra parte del lettino. Guardai dove lui mi stava indicando, sul fondoschiena della ragazza.

- Trovi che stacchi troppo bruscamente? - mi domandò con aria professionale ma con palpebra già parzialmente flaccida.

Intuii subito a cosa si riferisse ma non riuscivo a far uscire una risposta dalla mia bocca tanto mi sembrava assurda la situazione. Per evitare di parlare dell'evoluzione delle mie scopate con Sara alla presenza di Katerina, ci trovavamo a commentare un disegno su un culo tumefatto, avvolti in una nube tossica che non poteva non raggiungere la stessa povera creatura. Il tatuaggio di Mauro era in effetti molto particolare. Un mare in tempesta tra i cui flutti si svolgeva una scena di lotta tra un marinaio a metà via tra Achab e Nettuno e un'enorme piovra era disegnato tra le natiche e le reni. Il disegno era stile giapponese, molto colorato e ricco di particolari. Al di sotto del livello del mare, però, lo stile cambiava completamente. I soli elementi visibili erano sei degli otto tentacoli della piovra rappresentati con solo pigmento nero. Essi si dispiegavano in stile tribale sulle natiche, tre per parte, e le loro estremità andavano a congiungersi verso il centro. Fu proprio quell'incontro di linee che Mauro volle farmi apprezzare andando a ridosso della paziente per abbassare sulle cosce quel poco delle sue mutandine che rimaneva a coprire gli orifizi intimi.

Rimasi impalato per un attimo, stranamente imbarazzato, ma la cliente di Mauro girò la testa all'indietro per nulla preoccupata. Inarcò un poco la schiena come a favorire una perfetta visione dei suoi genitali e guardare che effetto mi facesse la loro osservazione. Rinfrancato, feci un passo in avanti. Avvicinai l'occhio a dove Mauro mi stava indicando con il dito. Le punte dei tentacoli arrivavano fino al limite estremo dell'ano. Immaginai il masochistico piacere che quella donna doveva aver provato quando l'ago della penna da tatuaggio aveva lavorato in quella zona.

- Per staccare, stacca... - commentai. - Al contrario dei miei occhi che fanno abbastanza fatica a staccarsi, - conclusi per compiacere la ragazza ma non per questo meno sinceramente. Le linee tatuate sulla pelle avevano richiamato alla mia mente il corpo istoriato di Roan. Il ricordo malinconico di lei, mischiato alla visione della vulva della ragazza che faceva bella mostra di sé appena sotto la zona martoriata, crearono un mix che mi costrinse a distogliere lo sguardo e ad accettare che Katerina si sorbisse il mio racconto sul nascente amore per Sara e le sue quattro grandi labbra.

- Che cosa volevate sapere, voi due? - domandai per ufficializzare la mia volontà a non perdermi nell'adulterino pensiero che mi evocava quel sedere tatuato.

Chino sul buco del culo della ragazza, dentro al quale sembrava soffiare il fumo che gli usciva dal naso, Mauro era decollato verso mondi più interessanti e non dava l'idea di uno che avrebbe risposto alla mia domanda. Accortasi della cosa, Anita ruppe il silenzio.

- Mauro mi ha detto che ci sei poi stato, con quella tipa.

- Sì, infatti. Lo avevo detto e l'ho fatto.

- Hai già il tatuaggio?

Feci una pausa prima di rispondere. Pensai che la sfacciata ostentazione che faceva del proprio corpo, unita a questa domanda che mirava a sapere se la storia con Sara era terminata, togliesse il brivido della conquista e il terrore del rifiuto, tipici dei primi momenti di una storia. Questa stessa ostentazione, tuttavia, non riusciva a eliminare dalla mia testa l'aspetto puramente erotico del mio interesse per lei. Mi rendevo conto che fosse il tipo di donna che mi avrebbe interessato non oltre la seconda scopata, ma anche del difficile compito che m'attendeva per riuscire a non arrivare alla prima.

In passato avevo fatto molta fatica a non inseguire la copula con una donna interessante, ma avrei fatto altrettanta fatica a non ficcarmi nel letto di una donna noiosa o psicopatica purché fisicamente attraente. L'aspetto di me che però ritenevo più pericoloso, che credevo di aver combattuto e curato, era la mia tendenza a non rifiutare alcuna offerta a infilarmi fra le gambe di qualunque donzella me lo domandasse con schiettezza. L'attrazione sessuale era quanto di più democratico potesse esserci nell'universo dei rapporti fra me e le donne, e laddove questa attrazione veniva meno, la loro offerta di sé aveva spesso colmato la lacuna. *Una scopata non la si nega a nessuno*, sembrava essere stato il motto di tutta la mia vita con eccezione del periodo con Roan e fino alla ricomparsa di Laura. I tatuaggi che quella notte trascorsa con lei erano spariti dal mio corpo erano in un numero talmente elevato da confermare quella mia attitudine. Poi il problema non si era più posto. Dopo Laura mi ero chiuso nell'isolamento della scrittura e poco dopo la presentazione del romanzo avevo conosciuto Sara che mi aveva fatto di nuovo provare il piacere della monogamia. Eppure sentivo che solo mentre stavo con Roan la rinuncia non era stata tale. Ora, invece, essere monogamo richiedeva uno sforzo razionale. E se questo sforzo era tutto sommato lieve nei confronti di una pazza che mi domandava di sfregiarla con le lamette da barba, non lo era altrettanto nei confronti di Anita, una sconosciuta che, in quanto tale, non aveva ancora ai miei occhi una quantità sufficiente di difetti da riuscire a starle alla larga. Inoltre Sara era in quel momento un grosso punto interrogativo, nella mia testa. Quella cosa dell'LSD proprio non ne voleva sapere di essere digerita dal mio perbenismo, tanto che pensare a una fuga da lei mi risultava piuttosto facile.

- No, niente tatuaggio, - cercai di dire nel modo più virtuoso possibile.

- Ma se stai con una donna e la tradisci, ti viene un tatuaggio?

- Non ci sarebbe abbastanza spazio su quel corpo mingherlino, - rispose Mauro, improvvisamente ricollegato col mondo a causa della figlia che gli stava strattonando i pantaloni, infastidita da così poca attenzione a lei riservata.

- No, non mi viene, - risposi evitando di dar corda a Mauro.

- Sta mentendo, - fu la sua replica. - È vero, Ka, che lo zio Michele dice le bugie?

- Sì. - disse Katerina.

- È così che parli di me a tua figlia? - domandai stizzito.

- E che cos'erano allora quei due begli occhioni che rimiravano il tuo… gingillino, - farfugliò Mauro nel tentativo di mascherare il significato delle sue parole alla figlia, - da posizione alquanto privilegiata?

Si riferiva al tatuaggio che mi era venuto ben sotto l'ombelico quando avevo dovuto fare le corna a Roan su richiesta della stessa Roan. Un tatuaggio che avevo odiato perché non avevo mai compreso come Roan, solo per verificare che il suo amore fosse riposto in una persona che non le aveva mentito sulla questione dei tatuaggi, potesse accettare di farmi fare l'unico test che avrebbe comprovato la mia sincerità: andare con un'altra.

- Immagino che Anita si riferisca al tatuaggio relativo alla persona cornificata, non all'amante, o sbaglio? - obiettai.

Anita fece spallucce dandomi l'impressione di non aver ancora realizzato che la brutta favoletta dell'uomo colpito dalla maledizione dei tatuaggi spontanei corrispondesse alla realtà. L'aveva letta, ne aveva sentito parlare, ne aveva avuto conferma da me e da Mauro, ma nei fatti le mancava di toccare con mano la prova che davvero le cose stessero così. Notando la sua espressione perplessa, pensai che la sua indecisione nel rispondere poteva anche avere un'altra origine. Forse, dopo aver saputo che stavo ancora con Sara, si stava domandando se un eventuale ruolo d'amante sarebbe stato sufficiente a farle ottenere l'agognato trofeo.

- Ti puoi rivestire, - disse Mauro rivolgendosi a lei.

Anita scese dal lettino cercando di non appoggiare il sedere da nessuna parte. Ci mise così tanto tempo a ricomporre se stessa per evitare di farsi del male tirando su gli slip e infilandosi la gonna che tutti gli occhi, per almeno un minuto, furono fissi su di lei.

Merda, che belle gambe, pensai.

- Un tentacolo forse avremmo dovuto farlo scendere sulle gambe, - disse Mauro.

- Io e mamma no, - osservò Katerina puntando con il dito ai peli del pube della ragazza.

Ci guardammo tutti negli occhi, noi adulti, con l'immagine della passera glabra di Luba stampata nell'immaginazione mia e di Anita e nella retina di Mauro, e scoppiammo a ridere.

- Andiamo a trovare mamma a domandarle come mai, eh? - disse Mauro con le lacrime agli occhi. Pur essendo una cosa nell'ordine delle cose, non mi sarei mai aspettato che potesse avere atteggiamenti così normali nei confronti di una figlia. Era lo stralunato amico di sempre, trasandato nei modi e più o meno scientemente ficcante nelle osservazioni, ma era come se quella poca parte dei suoi neuroni non ancora contaminati dalla cannabis li avesse completamente dedicati a Katerina.

Ci avviammo tutti quanti verso l'uscita del negozio. Dopo aver chiuso la saracinesca Mauro e la figlia s'incamminarono velocemente verso l'automobile, mentre io e Anita ci trovammo impalati, l'uno di fronte all'altra, indecisi sulle modalità del commiato.

Vestita era un'altra cosa. Era come se la stessa espressione del volto fosse cambiata. Era diventata più seria. Potevo quasi attribuirle un fascino, quando fino a pochi minuti prima l'avevo giudicata come un conturbante ammasso di curve troppo timido per avere consapevolezza di sé. Indossava un tailleur gessato elegante ma formale, da manager. La borsetta, benché portata a tracolla, assomigliava più a una ventiquattr'ore. Quando, ancora in silenzio, s'infilò gli occhiali da sole e raccolse i capelli a coda di cavallo con un elastico, la trasformazione fu completa: la sempliciotta coi tentacoli nel culo era del tutto scomparsa.

- Caffè? - domandai abdicando così alla consapevolezza che quella donna fosse ormai una tentazione.

- Mi piacerebbe, davvero, ma ho guardato adesso l'ora. Sono in super ritardo. Ti posso lasciare i miei numeri, però, così ce lo beviamo con calma. Presto. Ok?

- Ok.

Anita infilò due dita nel taschino della giacca, per darmi il suo biglietto da visita.

Io lo afferrai, ci stringemmo la mano dicendo "*piacere di averti conosciuto*", poi ci allontanammo in direzioni opposte.

Non appena girai l'angolo diedi un'occhiata al biglietto. Sopra al suo nome, in rosso, si stagliava il nome della più nota casa editrice italiana. Sotto, in corsivo nero, la sua mansione: *editor*.

Fermai la mia camminata. Tesi l'orecchio interno per ascoltare il dialogo tra sordi che avveniva nelle mie viscere. Era il cazzo che spiegava al cervello che se una donna si disegna delle frecce che le puntano dritto nel culo e te le fa vedere, lui, il cervello, avrebbe poi avuto bisogno dello psicologo se avesse deciso di non approfittarne. Dall'altra parte il cervello, senza ascoltare una parola, stava cercando di convincere il cazzo a scoparla per non perdere l'opportunità che quella donna poteva rappresentare nella mia carriera letteraria. In mezzo a questi due tenori urlanti la medesima romanza, c'era la voce bianca della mia coscienza che continuava a dire *No! No! No!*

Ma né io né il mio cazzo e tantomeno il cervello riuscivamo a sentirla.

Bolle

Gennaio 2001

Pensai che la cosa migliore da fare fosse quella d'allontanarsi dai luoghi del possibile peccato, quindi proposi a Sara una giornata al centro benessere di Bressanone. Da sempre convinto fosse un luogo adatto alle scappatelle piccanti, decisi che fosse una buona idea andarci con quella che volevo considerare la mia ragazza. In fondo potevo considerarla tale, visto che lei sembrava voler stare nel ruolo. Dovevo solo relegare i racconti di lei, Picasso e dell'LSD in un luogo remoto del mio cervello. Lei era dolce, allegra, molto bella e porca. Non era difficile convincersi che fosse un rapporto da preservare. Un po' più difficile era convincersi che fosse diventata così allegra e porca grazie alle peripezie e alle droghe fornite da uno sciamano romagnolo e che per preservare tale rapporto fosse assolutamente necessario rinunciare al sesso con l'arrapante cliente di Mauro. Ma erano due fronti su cui stavo lavorando.

Andammo di lunedì, approfittando di un mio turno di riposo al bar e della sua relativa capacità di organizzarsi il lavoro giornalistico. Come ogni *spa* altoatesina, anche al centro di Bressanone nella zona termale si accedeva senza costume. Un asciugamano o un accappatoio venivano utilizzati negli spostamenti tra un trattamento e l'altro; nelle varie saune, bagni turchi e idromassaggi si entrava nudi. La clientela infrasettimanale era principalmente anziana per cui si assisteva a un *pout purri* di prolassi testicolari e di sbandieramenti mammari che per un trentacinquenne e una ventiquattrenne non particolarmente concentrati sull'inesorabilità del tempo rappresentava una bella botta di autostima. Non avevamo mangiato, quindi per prima cosa ci sedemmo al bar ed ordinammo due *muffin* e due centrifugati di frutta e verdura. Dal bar si aveva la vista sulla zona esterna, dove c'era una vasca idromassaggio a cielo aperto. Da lì era possibile accedere alla maggiore delle due saune finlandesi. Nello spiazzo fra vasca e sauna c'erano sedie a sdraio dove i corpi nudi e fumanti in uscita da quest'ultima si raffreddavano noncuranti del termometro sottozero. Sara non era mai stata in un luogo del genere e sembrava totalmente a suo agio e divertita.

- Ma qui come si paga? - domandò sorridendo. - In natura?

- Col braccialetto che ti hanno dato, - risposi scuotendo la testa.

- Peccato, - commentò con malizia facendomi contemporaneamente piedino.

Era sempre la solita storia, con lei: riusciva a farmi eccitare pur manifestando una libido ad ampio spettro. Che questa fosse davvero non incentrata su di me, o meglio sul suo uomo, era ancora tutto da dimostrare, però la situazione era comunque bizzarra. Era strano ai limiti della sfacciataggine che lei si permettesse di mostrarsi in quel modo e strano ai limiti del masochismo che, più che rimanerne scosso, io ne fossi in qualche modo attratto.

Mentre porgevo il braccialetto al barista, affinché mi addebitasse le consumazioni, mi domandai se una dinamica del genere potesse funzionare solo in quei primi mesi o se più in generale fosse quella la chiave per mantenere un rapporto frizzante nel tempo. Se è vero che in amore vince chi fugge, è anche vero che tale vittoria difficilmente conquista una felicità di coppia. Sara aveva la capacità di farsi credere in fuga pur mostrandosi assolutamente presente col corpo e col cuore. Non me la sentivo di escludere che fosse proprio quella la formula per essere felici e tali rimanere a lungo.

Mi alzai dallo sgabello e guidai Sara verso la sauna alle erbe aromatiche che poteva esse un modo graduale per iniziare il nostro pomeriggio di benessere. La sala era piccola, con posti limitati, ma la giornata infrasettimanale non aveva portato grosse folle, così trovammo facilmente posto vicino al braciere. Ci distendemmo sugli asciugamani che portavamo addosso, col corpo nudo rivolto verso la vetrata, potendo così godere dello spettacolo delle persone infreddolite che uscivano dall'edificio per gettarsi nella vasca a idromassaggio. Alla mia destra era sdraiato uno dei pochi giovani presenti nella struttura. Aveva muscoli ovunque e un quadrato di peli di due centimetri perfetti di lato proprio sopra la proboscide. Nonostante la temperatura aiutasse, non avevo nulla di simile tra le gambe ma pensai che solo il fatto d'essere glabro di ridicole geometrie mi consentisse di avere una dignità al suo cospetto. In fondo eravamo in un luogo dove tutti tacevano e tutti guardavano, dove, dunque, l'apparenza costituiva sostanza. Tentai di intercettare lo sguardo di Sara per comunicarle i miei pensieri, facendole dei microscopici cenni con gli occhi. Lei comprese che doveva guardare il cazzo del vicino e commentò con una smorfia di sincero apprezzamento. Mi stizzii del fatto che non avesse notato la vezzosa acconciatura dei peli pubici. Pensai non fosse il caso di contribuire a farla distrarre da se stessa e da me.

- Direi di buttarci nell'idro, che dici? - le dissi dopo una decina di minuti, quando la nostra pelle era completamente imperlata.

- Là fuori?

- Sì. Se andiamo subito fuori vedrai che non lo sentiamo, il freddo.

Sara si convinse, si alzò. Io guardai con una certa voluttà i rivoli di sudore scorrerle lungo il corpo. Il fatto di sapere Sara così curiosa di quel luogo mi convinceva che avrebbe accumulato pensieri impuri per ore, canalizzando poi quei pensieri verso di me non appena fosse stato possibile. Questa consapevolezza, assieme all'impossibilità materiale, in quel luogo pubblico, a dare sfogo immediato ai nostri istinti, era garanzia di uno stato di eccitazione che ci avrebbe accompagnato per tutto il giorno.

Uscimmo dalla sauna, ci avvolgemmo gli asciugamani addosso.

- Andiamo! Andiamo! - dissi per incitare Sara a buttarci all'esterno mentre il nostro corpo era ancora caldo. Aprii la porta a vetri. L'impatto con il gelo esterno non fu in effetti così tremendo, ma quando arrivammo a bordo vasca e ci sfilammo ciabatte e asciugamano per essere pronti ad immergerci, la leggera brezza che filtrava nel cortile si fece sentire. Feci fatica a conservare l'aplomb necessario a scendere con eleganza fra le bolle dell'idromassaggio.

- Mi s'è accorciato all'istante. Praticamente introflesso, - confessai ridacchiando.

- Sei diventato una femminuccia? Mmm, fammi un po' sentire… - rispose Sara, allungando una mano fra le mie gambe, nascosta dall'acqua intorbidita dal moto ondoso. M'immersi fino al mento, appoggiai la testa all'indietro, e col volto rivolto al sole provai a rilassarmi ad occhi chiusi godendomi le sue carezze.

- Chissà quante coppie, - le sussurrai nell'orecchio - hanno fatto la stessa cosa.

- Cosa?

- Questo… - risposi allungando io stesso la mano verso il suo pube. - Nascosti dalle onde, facendo finta di rilassarsi…

- E chissà quanti sconosciuti, pure, - commentò da par suo.

- Già. Forse, per voi donne, a stare qui a mollo c'è pure il rischio di rimanere incinte…

Dopo uno sguardo divertito ci zittimmo. Provammo a distenderci, senza abbandonare il contatto reciproco ma smettendo di muovere le dita. Nel cortiletto di fronte a noi il viavai era continuo benché moderato. Ero stato in quel luogo spesso durante i weekend per cui ero abituato a ben altre folle. Quella tranquillità, il sole, la mano sul pacco, le bolle contribuivano a rendere tutto molto piacevole e rilassante. Anita non era ancora entrata nei miei pensieri quindi, fosse stato anche solo per quel motivo, la giornata poteva considerarsi un successo.

Trascorsi alcuni minuti, però, una perturbazione non meteorologica s'affacciò all'orizzonte oscurandomi il sole. Seppur a occhi chiusi, percepii un cambiamento di luce che perdurò per una trentina di secondi. Sollevai le palpebre per guardare chi o cosa m'impediva l'abbronzatura. Sara già la stava fissando. Io ebbi bisogno di qualche istante per metterla a fuoco in controluce. Era una gnocca stellare. Nella senile galassia infrasettimanale di quel centro benessere, questa rappresentava una sorta di luminosa meteora in uno sciame di vecchi asteroidi. Ma non solo. Il tatuaggio di una spirale nera concentricamente avvolta al suo seno sinistro ne aumentava il fascino ai miei occhi. Stava lì in piedi, con l'asciugamano avvolto in vita, perfettamente asciutta, insensibile al freddo.

Non capivo che cosa stesse facendo. Pareva farsi guardare e null'altro ma di sicuro la cosa le riusciva bene. Poi finalmente si mosse, appese l'asciugamano nell'attaccapanni vicino alla vasca, s'immerse, privandoci della sua contemplazione.

- Bella ragazza eh? - disse Sara non so quanto sinceramente o quanto per testare il mio grado di distrazione.

- Sì, - risposi sincero ma con fare distratto, per non scatenare gelosie peraltro improbabili.

- Bello anche il tatuaggio.

- Bello non saprei, però ipnotico. E il fatto che giri con le tette al vento anche quando potrebbe coprirsi con l'asciugamano, la dice lunga sul fatto che desideri essere guardata proprio lì.

- Eh, ha due gran belle tette, in effetti, - concluse Sara, colpita da due taglie in meno d'invidia. Pensai che avesse ragione ma non dissi nulla, convinto che per l'occasione potesse valere il detto *Chi tace, acconsente.* La tipa, peraltro, aveva assunto una posizione di completo abbandono. Sembrava galleggiare fra le bolle mantenendo il contatto con la vasca solo attraverso la nuca, appoggiata al bordo. Il risultato di siffatto abbandono era che i due seni emergevano dal pelo dell'acqua come due atolli di pace. Uno dei due, poi, mostrava una strada che ne saliva il declivio collinare in modo concentrico, invitando a raggiungere la vetta. A completare il quadro c'era pure una super bolla che di tanto in tanto colpiva il dorso della ragazza proiettando verso l'alto il suo pube, il quale affiorava mostrando una peluria ad alzo zero del tutto trasparente.

Ci volle poco più di un istante perché assieme alla sua passera, riaffiorasse anche il pensiero che mi perseguitava da giorni per via di Anita: avevo una donna davvero eccitante eppure potevo eccitarmi pensando ad altre. Non era questo il vero problema, in realtà, giacché la cosa mi sembrava in fondo piuttosto naturale. Ciò che non mi appariva normale e nemmeno particolarmente corretto è che io sapessi che l'unico modo corretto per passare oltre e dimenticare quell'eccitamento illecito, era sfogarlo con la donna lecita. Mi trovavo dunque al paradosso che avrei magari scopato la mia compagna pensando alle tette di una sconosciuta bagnante o al culo di una donna tatuata che avrebbe potuto lanciare la mia carriera letteraria, proprio per evitare di tradirla a causa degli stessi pensieri. O, in altre parole, per evitare che un tradimento potesse far saltare un rapporto che volevo continuare ad avere, avrei convogliato sulla mia straordinariamente arrapante ragazza una pulsione erotica nata guardando un'altra donna.

Possibile che la vita di tutte le persone fosse così piena di dubbi? Ero convinto di no. Io appartenevo certamente a una minoranza. La maggior parte delle persone alla peggio procedeva assecondando del tutto i propri istinti senza sentire il peso delle responsabilità morali connesse a un simile comportamento, o aveva la fortuna, quando in coppia, di non percepire pulsioni esterne. Arrivai persino a sospettare che non sarei mai riuscito a stare con una persona favolosa ma che non mi fosse piaciuta fisicamente, che sarei stato capace di sacrificare l'amore in favore del desiderio. La mia era una condanna. L'ennesima, peraltro! Se avessi avuto una donna desiderabile, avrei dovuto lottare per desiderare solo lei, se avessi avuto una donna non desiderabile, avrei dovuto lottare per non considerare il desiderio l'elemento principale del rapporto. Nulla mi veniva naturale, in quel campo. Avrei dato qualunque cosa per un po' di naturalezza, per un trapianto di cellule staminali dell'amore cieco. E invece avevo un sacco di pensieri incasinati in testa, un sacco di desideri, un sacco di perversioni. E tutte queste cose erano state, e in parte erano ancora, disegnate sulla mia pelle.

Fu quest'ultimo pensiero rivolto ai miei tatuaggi a darmi una diversa chiave di lettura della situazione. Io semplicemente non potevo tradire. Perché se avessi tradito sarei certamente stato scoperto a causa del tatuaggio che sarebbe arrivato a testimonianza del delitto. Era dunque inutile che mi ponessi il problema. Per un attimo mi sentii sollevato. Poi l'attimo, per sua natura troppo corto, terminò, ed il rumore dei ceppi che si chiudevano ai miei piedi trascinandomi sul fondo della vasca rimbombò nel mio cranio. Mi fu immediatamente chiaro ciò che potevo e dovevo fare: scopare la mia donna prima di rimettermi in auto e avere altre tre ore di macchina per pensare. Dopo l'orgasmo tutto torna ad avere sempre il giusto peso.

- Comincia a venirmi freddo, entriamo a fare qualcosa di caldo? - proposi.

- Che si fa?

- Un bagno turco, poi una sauna, poi magari un riposino sul materasso ad acqua?

- Bello! Ok.

Facemmo il pieno di convinzione e uscimmo allo scoperto, alla brezza gelata, cercando di mantenere un contegno. Io diedi un'ultima occhiata agli atolli galleggianti e cominciai a pensare al materasso ad acqua.

All'entrata del bagno turco bisognava cospargersi il corpo di sale. Era divertente osservare i riti che gli anziani altoatesini, da sempre abituati a questi luoghi d'abluzione pagana, compivano meticolosamente. Io e Sara aspettammo il nostro turno prendendo mentalmente nota della metodica, copiammo i gesti su noi stessi e quindi entrammo nella nebbia. Il soffitto grondava umidità bollente. Poco dopo essermi seduto una goccia calda mi cadde sul sopracciglio, colandomi nell'incavo dell'occhio. Con un dito cercai di togliere quella goccia dal mio viso ma i residui di sale ancora presenti sulle mie mani entrarono nell'occhio provocandomi un bruciore tremendo. M'accartocciai sulle ginocchia, strizzando le palpebre e sperando che il supplizio finisse presto. Sara domandò cosa stesse accadendo. Sussurrando con voce dolorante, glielo spiegai. Mi prese il viso incartapecorito dalla smorfia guercia fra le mani, lo avvicinò a sé. Con la punta della lingua andò a percorrere la concavità fra l'occhio e il naso. Il bruciore non passò, visto che comunque il sale era sotto la palpebra che non riuscivo ad aprire, ma il cazzo si rizzò all'istante.

- Minchia... - sussurrai lamentandomi della situazione sempre più complessa, che mi vedeva cieco, dolorante, con una mano sul volto e l'altra a coprire l'erezione.

- Vuoi uscire?

- Con l'uccello duro?

- Shhh! - intimò un'anonima presenza con intransigenza teutonica.

- Ci appendi l'asciugamano!

- Se poi non la pianti con quella mano sotto l'osso sacro… - dissi facendo finta di sgridarla per il solletico che mi stava facendo all'imbocco delle natiche, probabilmente eccitata come lo ero io dal fare la stupida alla presenza di altre persone e dal *vedo non vedo* cui costringeva il bagno turco.

- Va bene, faccio la brava.

- Non ce la puoi fare, tu, a fare la brava.

- Avendo letto il tuo libro e avendo vissuto con te quel nostro primo incontro al bar, ti facevo più spregiudicato. E invece un po' ti vergogni.

- Di cosa, di girare in mezzo alla gente nuda con il cazzo duro?

- Shhh!!!

Feci segno a Sara di uscire. Lo feci in silenzio, per non disturbare ulteriormente quel kapò del bagno turco, ma quando lei si alzò precedendomi verso l'uscita, io mi alzai e andai a sventolare la mia erezione, in segno di sfida, davanti allo sfocato rompicoglioni che pensava di noi, peraltro giustamente, la medesima cosa.

Rinfrancato dalla bravata uscii e accompagnai Sara al percorso vascolare, che consisteva in una camminata in vasche calde e gelate alternativamente. Questo mi consentì di ritrovare la decenza in mezzo alle gambe e di prepararmi per un altro momento di purificazione. Le proposi di farci una serie di saune finlandesi e di solarium di freddo pungente. Passai dapprima al bagno, a fare pipì e pulirmi l'occhio con acqua corrente.

- Il tipo è uscito, - mi disse quando la raggiunsi.

- Quello del bagno turco? Sono stato un po' stronzo, in effetti. Ma devo dire che c'è un certo gusto a fare gli stronzi consapevolmente.

- Mi è sembrato anche un po' effeminato. Quando è uscito si è guardato intorno. Forse aveva gradito e ti cercava. Del resto il tuo cazzo a fungo non è niente male.

- Stupida! Vuoi che rientriamo lì?

- Sì, dai, che ho la pressione bassa e forse in sauna è meglio se ci andiamo fra un po', - rispose Sara.

Il pomeriggio proseguì dunque molto lento. Assecondammo la sua pressione arteriosa e la sua voglia di benessere evitando ulteriori scossoni erotici o termici. Dopo il bagno turco ci concedemmo una mezz'ora di letture nel solarium coperto e intervallammo un paio d'ingressi in sauna non con docce gelate o esposizioni al freddo invernale, come avrebbe previsto il protocollo, ma con una birretta alla spina.

Quando Sara alzò le mani in segno di resa dicendo di avere la minima sotto i tacchi e mimando d'essere malferma sulle gambe, la presi per mano e la condussi per i gradini che conducevano alla zona relax posta al piano superiore. L'area era principalmente occupata da una grande stanza a forma semicircolare a ridosso delle cui pareti erano sistemate molte *chaise longue* in legno sulle quali era possibile distendersi in assoluto quanto rispettoso silenzio. In fondo alla sala si trovava l'accesso a un secondo vano, geometricamente incastonato al centro del semicerchio principale e contenente una decina di letti ad acqua. Entrammo in questa stanza come in un sacrario, cercando d'essere lievi anche col passo. Non c'era anima viva. Attorno a noi le pareti altro non erano che pannelli cromo terapici retro-illuminati che diffondevano tenue luci dai colori cangianti. Sara fece una smorfia come a dire che ci stavamo dando al lusso sfrenato ma che in realtà nascondeva felicità per quelle piccole cose che il momento portava con sé: essere noi due soli, nudi e spensierati, in un luogo fuori dal tempo e dallo spazio.

Ci sdraiammo sull'ultimo letto in fondo, ridacchiando per il moto ondoso, e poi, abbandonati a terra gli asciugamani bagnati che avevamo addosso, ci coprimmo con la coperta di panno di cui il tetto era fornito.

Chiusi gli occhi ma il seno tatuato della bella bagnante m'apparve proiettato sull'interno della palpebra. Riaprii gli occhi e feci un lungo respiro prima di richiuderli. Il tentativo della mia mente di non lasciarmi in pace, solo con la mia donna, era però ormai palese e al posto della tetta a spirale vidi il sedere di Anita. Decisi allora di tenere gli occhi aperti sul bellissimo volto di Sara onde evitare altre fastidiose incursioni mnemoniche. Anche lei mi stava guardando ed io allora presi un lembo del panno e lo portai sopra le nostre teste, in modo da chiuderci in una sorta di guscio. Fu in quel momento, mentre ci stavamo godendo il tepore dei nostri respiri sul volto, che udimmo un rantolo sommesso. A giudicare dalle nostre espressioni, non avemmo nemmeno un dubbio su cosa stesse succedendo. Un'altra coppia, sicuramente imbacuccata come lo eravamo noi in quel momento da risultare invisibile al nostro sguardo distratto, si trovava in quella stanza e stava copulando.

Ascoltammo per un po', scoprendoci entrambi in apnea un minuto dopo il primo rantolo, e poi scoppiammo a ridere senza produrre alcun suono, con immenso sforzo per i muscoli addominali. La coppia ci aveva ovviamente sentito entrare ma doveva essere già a buon punto se aveva deciso di non aggiornare la seduta a un momento più propizio.

- Fa un certo effetto, eh? - bisbigliò Sara.

Io annui. Poi le presi una mano. - Mi tocchi? Ho tanta voglia.

Sara mi baciò mentre mi scoperchiava il glande e iniziava a massaggiarlo. Portò quella sua mano alla bocca e la leccò, tornando poi sulla punta del mio cazzo a lubrificarla un po'.

La cinsi col braccio, afferrandole una natica con le dita della mano destra. I flebili rumori dei movimenti dei due amanti venivano coperti dal fruscio del panno sulle nostre orecchie, tuttavia, ogni qual volta rimanevamo immobili, i loro sospiri affannosi, appena trattenuti per non essere sguaiati, erano perfettamente percepibili e contribuivano in modo nuovo a far girare più velocemente il volano della mia lussuria.

Mi domando spesso se fosse destino di quella ragazza occupare così tanta parte dei miei pensieri e contemporaneamente non prenderne del tutto possesso. Le nostre vite si erano incrociate la prima volta, senza che io potessi saperlo, in una sala gremita di pubblico e in mezzo a quel pubblico lei aveva fantasticato la prima volta su di me. Al pubblico dei suoi lettori aveva poi pubblicato quelle sue fantasie. Ci eravamo conosciuti ed eccitati reciprocamente mentre eravamo circondati dagli avventori del mio bar. In un letto, poco prima di fare l'amore, aveva deciso di scolpirmi nella mente l'immagine di lei col suo Picasso del sesso. Di lei avevo parlato benissimo mentre mi eccitavo per Anita. L'avevo desiderata mentre la tetta della bagnante imperversava nelle mie fantasie. Ora mi ritrovavo più infoiato che mai a desiderare di liberare la mia mano, ferma sulla sua natica, alle più turpi deflorazioni, grazie alla collaborazione acustica di due sconosciuti scopanti a pochi metri da me. A pensarci in questi termini si sarebbe potuto dire che lei non meritasse questa seppur minima condivisione di quote del mio cervello, ma la verità era ed è che lei stessa sembrava godere di quel possesso non completo ma maggioritario di me e desiderasse lasciarmi un non completo ma maggioritario possesso di lei.

Feci dunque quel che sentivo di fare, ossia di muovere quella mano sul davanti e farmi spazio fra le sue gambe e dentro di lei direttamente con due dita. Lei era già abbondantemente bagnata. Entrai fin dove potevo. Mossi la mano lasciandomi guidare dai suoi stessi respiri, dalla loro profondità. Sentii chiaramente aumentare il liquido dentro di lei. Estrassi le dita e le portai alla bocca mentre lei mi guardava mondarle dei suoi umori. Sapevamo entrambi che non era ipotizzabile che la montassi o la facessi venire sopra di me per placare all'unisono il nostro desiderio. Sarebbe stato favoloso scoprire i nostri corpi allo sguardo degli altri due amanti e veder loro fare lo stesso, ma fosse entrato qualcuno nella stanza, avremmo rischiato una denuncia. Quindi proseguimmo così, bagnando le nostre mani con la saliva e con gli effluvi che fuoriuscivano copiosamente dalla vagina per massaggiarci e penetrarci con le dita. Sara venne per prima. Le annunciai che l'avrei seguita a breve distanza, se solo avessi potuto sborrare liberamente su quel materasso pubblico. Sara allora si rannicchiò, ancora in parte scossa dai fremiti, e aiutandosi con la mano bevve il mio seme.

Il silenzio entrò improvvisamente nella stanza. Segno che tutti gli amanti si stavano meritando il riposo. Feci in tempo ad accorgermi che l'immagine del sedere di Anita e della tetta della bagnante erano piuttosto sfocate. Poco dopo m'addormentai.

Moralità e realtà

Febbraio 2001

Ogni volta che m'infilavo sotto le coperte buttavo l'occhio al volume più in basso della pila di libri che stazionavo sul mio comodino in attesa di lettura. Lo guardavo perché sapevo che lì in mezzo, ormai da un mese, avevo nascosto il biglietto da visita di Anita. Non era un caso se avevo scelto qual nascondiglio per la mia tentazione. Perché era molto vicino a Sara, che di quella tentazione era l'antidoto.

Sara era rimasta da me, quella domenica notte. Si trovava già sotto le coperte quando io arrivai dopo una doccia, guardai il libro, e mi coricai. Ero nervoso. Il giorno prima era stata in Romagna a trovare vecchie amiche di università. Mi aveva detto che prima di andare con loro a cena e passare la notte ospite di una di esse, avrebbe visto Andrea per un aperitivo. Io avevo ascoltato la notizia senza battere ciglio e avevo evitato di cercarla al telefono. Trovavo inutile essere sospettoso. Una vera perdita di tempo. Non pensavo che l'onestà di avermi anticipato che avrebbe visto il suo Picasso del sesso facesse di lei automaticamente una donna fedele, così come non avrei pensato, se non mi avesse detto nulla, che fosse necessariamente infedele. Pensavo insomma che stare in una certa coppia non fosse una prescrizione medica e che quindi ognuno si comportasse in conseguenza di ciò che desiderava di più: starci o non starci. Del resto il biglietto da visita nascosto a pochi centimetri da me mi ricordava ogni sera che se non avevo tradito Sara non era certo perché non avessi desiderio di farmi guidare verso l'abisso dalle linee tatuate sul culo di Anita, ma perché il tradimento comportava sempre un minimo di rischio di essere scoperti e se Sara mi avesse scoperto sarebbe successo ciò che non volevo: la nostra relazione sarebbe terminata. Non solo, sarebbe terminata nel peggiore dei modi, ossia con me colpevole di averla rovinata.

Immaginavo che sarebbe stata lei ad affrontare l'argomento del suo incontro. A farmi avere questa convinzione era quel poco che avevo capito di lei: la sua allegra sfrontatezza da una parte e il suo modo originale di viversi l'amore per me dall'altra. Un amore che lei sentiva amplificato, di cui voleva trovare corrispondenza in me verificando che ci fosse complicità nell'affrontare discorsi emotivamente impegnativi e moralmente scorretti.

Ci trovammo coi visi uno di fronte all'altro, a dieci centimetri di distanza, e ci scambiammo un bacio delicato. Un saluto affettuoso, più che un approccio. Ero piuttosto stanco per aver lavorato da mezzogiorno fino a pochi minuti prima, così presi Sara per le spalle, le feci capire che volevo mi desse la schiena e mi accucciai appiccicato a lei a seggiolina, con le ginocchia incastrate nelle sue, il mio braccio che le cingeva le spalle e la mia mano spalmata sul suo seno sotto alle sue.

- Sei stato l'argomento principale delle chiacchiere di ieri, - esordì poco dopo, quando già stavo per assopirmi.

- Ah sì? - domandai un po' indispettito per non poter dar corso al mio torpore.

- Mi hanno chiesto tutti di descriverti.

- Tutti?

- Sia Andrea che le mie amiche.

- Ma le tue amiche sanno che io sono quello che sono? - domandai per far vedere che non volevo dare importanza al suo dialogo con quell'Andrea.

- Non lo sapevano.

- Gliel'hai detto?

- Ho detto solo che hai scritto un libro. Non che il libro è una storia vera.

Fa male, vero, pensare di raccontare una cosa quando sai che nessuno ti crederà?, pensai, ormai sveglio. L'omissione mi disturbò perché in un certo senso era come se lei avesse voluto preservare la sua immagine raccontando di me le cose fascinose, tipo che ero un "romanziere", e tralasciando quelle per cui avrebbe fatto la figura della fuori di testa. Cercai comunque di farmi scivolare la cosa addosso. Chi meglio di me, in fondo, poteva comprendere il suo imbarazzo?

- L'ho detto ad Andrea, però. Anche lui voleva sapere di te. A dire la verità voleva sapere di come io mi sento con te.

- È geloso?

- No, è curioso. Te l'ho già detto, vorrebbe incontrarti.

- Adesso poi che gli hai detto dei tatuaggi, non oso immaginare cosa stia solleticando la sua mente aperta...

- In effetti mi ha domandato se ci andrebbe di fare una cosa a tre.

- Ma pensa! E tu che gli hai risposto?

- Che non mi sembravi il tipo, nonostante tutto.

- Nonostante tutto cosa?

- Quello che hai scritto di essere. Le esperienze che hai avuto.

- Esperienze che non includono incrociare *le spade* con un altro maschio.

- Appunto…

- Perché, tu invece lo faresti? - domandai staccandomi da lei e mettendomi a sedere, in modo che fosse chiaro che il discorso stava iniziando ad indispormi.

Il sorriso che sfoggiò, lo stesso che aveva ogni qual volta un pensiero sopra le righe attraversava la sua mente, non solo fu indigesto da mandare giù, ma per la prima volta mi fece sorgere il dubbio che tra noi si fosse frapposto un ostacolo.

Il nostro non era forse un amore nato come uno tsunami, ma le sue basi stavano piano piano allargandosi grazie ai fatti. Stavamo bene assieme, da soli o in compagnia. Ridevamo. Eravamo forse poco profondi, ma sereni. E ci piaceva un sacco fare sesso assieme. Il tempo avrebbe utilizzato queste basi e avrebbe aiutato a costruirci una casa sopra. Ma con quel sorriso Sara sembrava confessare di non volersi accontentare.

- Beh, non che non mi alletti l'idea di avere due bei maschioni tutti per me. In fondo siete le persone con cui ho fatto il sesso migliore.

- Carino ribadire questo concetto su uno stallone diverso dal sottoscritto.

- Però so che non ti farebbe piacere quindi non lo farei.

- Ti ringrazio, però non mi è molto di conforto sapere che tu lo faresti ma ti trattieni.

- Scusa ma tu, se incontri una ragazza fantastica e pensi che sarebbe bello scopartela, perché non te la scopi? Ammesso ovviamente che lei ci stia.

- Perché sto con te.

- Appunto. E non è la stessa cosa? Io non lo faccio perché sto con te e so che non vorresti.

Dovetti ammettere che il discorso assomigliava alquanto a quello che stavo facendo a me stesso per convincermi a non raccogliere i segnali di Anita. Ma c'era una differenza. Senza parlare di Anita mi sembrò il caso di metterla in evidenza.

- Vabbé, diciamo che queste cose non si fanno non perché si sta con qualcun altro, ma perché all'altro non farebbe piacere. E questo vale sia per un tradimento classico che per un'offerta di sesso a tre non gradita. Però io tra i due casi vedo una differenza.

- E cioè?

- Che io non verrei da te a domandarti se posso andare con un'altra. E se poi tu mi rispondessi di no, non ti direi che non lo farò perché ho appena scoperto che non ti fa piacere. Insomma, non mi sembra proprio un bel gesto domandarlo.

- Ok, però se tu vuoi scopare un'altra te la scopi in silenzio, mentre se io voglio fare sesso a tre non ho altra alternativa che chiedertelo. Ma ti ripeto che stiamo parlando di una cosa ipotetica. Lui me lo ha chiesto e io gli ho detto che secondo me non era fattibile.

- Ma ti intrigherebbe.

- Sì. Una cosa a tre ammetto che mi piacerebbe provarla. Dai, non ci credo che a te non piacerebbe!

Ricordai il devastante effetto che aveva avuto su di me sentire due persone che facevano l'amore mentre ero sdraiato con Sara sul materasso ad acqua a Bressanone. Se era bastato quello a fare da cassa di risonanza della mia libido, figuriamoci cosa sarebbe stato trovarmi di fronte due donne amoreggianti tra loro e disponibili a farlo con me.

Quanto sarei durato a fare il moralista a oltranza? Forse dieci minuti. Però qualcosa davvero urtava la mia sensibilità, in quel possibile scenario. Quindi ci pensai su ancora qualche secondo, poi risposi non da moralista, non da realista ma con un realismo moraleggiante.

- Senti, io di omosessuale non ho proprio nulla quindi l'idea di avere un secondo uomo nel letto proprio non mi attira.

- E se fosse con due donne?

- Appunto, ci stavo arrivando. Se fosse con due donne, sì mi piacerebbe. Però... C'è un però.

- Che sarebbe?

- Tu davvero pensi che si uscirebbe indenni da una cosa del genere?

- Che vuoi dire?

- Dico che se sono single e mi trovo due donne che vogliono fare un trio assieme a me, allora faccio la "*olà*" dalla felicità, ma se sono in coppia e posso inserire una terza nel *ménage*, allora ci penso dieci volte, - sciorinai con fare didattico. - Ammettiamo di trovare una ragazza che viene con noi due. Che succede se mentre io la stantuffo a te sembra che mi piaccia un po' troppo? Un po' più di quanto non mi piaccia con te... Che pensi? O viceversa, se mentre tu gliela lecchi io penso che sei un po' troppo lesbica per i miei gusti? O troia. O io un porco. Che succede?

Sara rimase in silenzio a pensare.

- Te lo dico io, che succede. Che c'è il rischio che il rapporto vada a puttane. Più o meno come se si scoprisse un tradimento.

- Ho capito. Hai ragione.

- Sei d'accordo?

- Sì.

Io non ero così d'accordo con me stesso, invece. Mi ero accorto che man mano che descrivevo la scena di sesso a tre la curiosità e il fascino proibito della situazione mi avevano fatto eccitare tanto da desiderare di essere proprio lì a verificarlo, il pericolo che andasse tutto a puttane. Ma non stava bene dirlo.

- Tu l'accetteresti, un sesso a tre con una seconda donna? - domandai forse tradendomi.

- Sì.

- E placherebbe la tua curiosità di provare? - continuai in un misero tentativo di addossare a lei una scelta scriteriata.

- Penso di sì. Anzi, sì, certamente.

- Vabbé, dai, pensiamoci,- dissi tradendomi definitivamente.

- Sei a *pensiamoci*, adesso? - ridacchio Sara.

- Insomma, cazzo! Ovvio che la cosa mi intrighi, però penso che se dovessimo trovarci nella situazione che ho descritto, cioè in cui uno dei due comincia ad essere a disagio dovremmo non solo fermarci, ma essere anche abbastanza intelligenti da ricordarci che lo avevamo previsto che avrebbero potuto nascere incomprensioni. E quindi superare la cosa. - dissi quasi convinto che fosse la verità.

- Sono d'accordo, - disse a sua volta, sfoggiando il medesimo sorriso sornione con il quale aveva iniziato il dialogo.

- Okkei… Possiamo dormire ora?

- Se non ti sei eccitato come me con tutti questi discorsi… sì.

Come si poteva vincere una battaglia con una così? Te lo avrebbe fatto tirare anche parlando di un budino, se solo avesse voluto. Le bastava il sorriso e un po' di schiettezza. Le bastava, in realtà, dire con quella faccia allegra che era arrapata da morire. E tutto si sarebbe mosso in quella direzione.

Mi sdraiai di nuovo e, questa volta, al bacio aggiunsi tutta la lingua che potevo e che lei accolse a bocca spalancata. Con la mano sinistra le tenni la nuca e con la destra m'infilai nelle sue mutandine. Era bagnata da un pezzo. Anche il tessuto dello slip era ormai intriso e io lo sentivo rinfrescarmi il dorso della mano. Continuammo a baciarci, con la foga di venti minuti di discorsi su un tipo di sesso a cui era frustrante pensare soltanto. Tenni la mano a conchetta sulla sua vagina, muovendola appena. Che sentisse la mia presenza, più che sfogare il suo desiderio. Poi mi misi in ginocchio e le sfilai le mutandine, leccai il medio e l'anulare della mia mano e li infilai entrambi dentro di lei, col palmo della mano rivolto verso l'alto. Lei godeva un sacco, in questo modo. Il suo gemito di piacere si tramutava in un rantolo quando grattavo la parete superiore della vagina con la punta delle dita. Godeva e quasi urlava man mano che acceleravo il movimento della mia mano dentro e fuori e quando mi fermavo per puntare le dita all'insù. Fui preso da una sorta di trance erotica e infilai un terzo dito e lei continuò a inarcarsi per accogliermi e continuò in quel suo grido strozzato che era inequivocabilmente un grido di piacere. Infilai allora tutte le dita, rigirandole perché si facessero spazio tra le grandi labbra e trovassero un loro alloggiamento. E spinsi fino a quando l'osso pubico impedì alle mie nocche di entrare. Non mi resi conto se fosse già venuta, ma ebbi l'impressione che il suo orgasmo fosse durato per tutta la penetrazione della mia mano. Così la sfilai, la sostituii col mio uccello e dopo dieci colpi lo estrassi per schizzarle sulla pancia.

L'autista

Marzo 2001

Alla guida della mia automobile, con Sara al mio fianco, mi stavo godendo l'assurdità di quel momento.

- Ho un nominativo, - mi aveva detto una settimana prima.

- Scusa?

- Per quella cosa…

Sospettai d'aver capito, ma onde non rischiare figuracce, strinsi gli occhi e non dissi nulla.

- Una ragazza per quella cosa.

Ascoltare una come Sara usare perifrasi invece di sbatterti in faccia la nuda descrizione dei fatti, era uno spasso. Quella dicotomia era l'aderente rappresentazione di lei. Dolce e perversa. Timida e zoccola.

- Una con cui trombare tutti assieme?

- Sì.

- Hai fatto presto. Hai messo un annuncio? - avevo domandato per sfotterla un po'

- No… - aveva risposto incerta. Troppo incerta.

- Mmm…

- È un'amica di Andrea.

Mi erano caduti i maroni, come si dice in gergo dalle mie parti.

- Ti sei rivolta a uno che ti scopavi, che tra parentesi ti tromberebbe ancora, magari in mia compagnia, per avere un nominativo? L'hai fatto per farlo eccitare?

- Beh, lui è proprio il tipo che può conoscerle, quel genere di persone.

- È una che si è scopato in un'orgia? Questo mi stai dicendo?

- Non lo so. Può darsi, però. Non mi sembrerebbe strano che fosse così.

- Capisco…

Non ero andato oltre, nel farle altre domande con vena polemica. In fondo il progetto mi eccitava e non era il caso di farlo naufragare prima di verificare che ci fossero i requisiti necessari per portarlo a termine. Requisiti che (su questo mi sentivo di essere stato molto chiaro e sincero) le avevo perfettamente descritto. Sulla provenienza della segnalazione avrei potuto far finta di nulla. Lo avevo già fatto, in effetti, visto che il viaggio che stavamo facendo assieme in quel momento era verso Bologna, dove Sara aveva fissato l'incontro con la ragazza.

- Come hai detto che si chiama?

- Marianna. Ho anche chiesto ad Andrea come si sono conosciuti. È stato molto divertente.

- Per curiosità… ma quanto spesso vi sentite, voi due? - la interruppi.

- Mi sono fatta dare il numero di telefono per poterla chiamare! Sei geloso?

- Non vorrei ribadire l'ovvio, ma se fossi geloso, in questo particolare frangente, mi sarei già sparato un colpo in testa. O lo avrei sparato a te. Ma geloso è una cosa, coglione è un'altra.

Sara stiracchiò la cintura di sicurezza, s'avvicinò e mi leccò un orecchio, prima di proseguire il suo discorso. Era il suo modo per tranquillizzarmi. Farmi capire che mi voleva ancora bene e mi desiderava. Non era esattamente il tipo di rassicurazione che le avevo domandato, ma dovevo ammetterne l'efficacia.

- L'ha incontrata in autobus, l'ha squadrata per un po', poi, quando lei si è accorta del suo sguardo e lo ha sostenuto, lui ha tirato fuori un foglietto dal borsello, ha fatto un origami, gli ha scritto sopra il suo numero di telefono e glielo ha dato scendendo. Senza che si dicessero una parola.

- Mi ricorda qualcosa o sbaglio?

- Sì, è il modo in cui ci siamo conosciuti io e lui. Solo che era in treno, non in autobus.

- È un professionista, questo qui… Collaudato il metodo, lo applica serialmente. Tra l'altro mette subito la ragazza in condizioni di sudditanza perché è lei ad avere il telefono di lui e non il contrario, come di solito accade. Poi l'origami… tanto per far capire di essere un po' artistoide… con l'animo poetico… Scommetto che quel borsello sarà pieno di origami preconfezionati, pronti alla bisogna. Il foglietto serve solo a farle credere che lui abbia creato qualcosa all'istante, folgorato da lei.

- Come sei cattivo! - disse ridendo.

- Cattivo? Scusa la domanda, ma non ti fa sentire un po' idiota aver scoperto che lui le adesca tutte così? Che non ha personalizzato nulla per te? Che sei una delle tante?

- Ma no, dai… L'approccio in fondo è spesso banale. Se vai in discoteca ti abbordano sempre con le solite frasi. Rispondere o meno a quelle frasi dipende non dalle parole che hanno detto, ma dalla chimica che s'instaura in quei quindici secondi. Poi la persona la si conosce in seguito, eventualmente. E il rapporto diventa per forza "personalizzato", no?

- Lo scopriremo parlando con lei, suppongo, quanto vi ha valorizzate singolarmente…

Quando vidi Marianna, un'ora più tardi, compresi due cose. La prima era la conferma che il fascino che l'esperienza che Sara aveva pianificato per noi era certamente superiore ai rischi che io sapevo bene esservi connessi. La seconda era che questo Andrea, in fatto di donne, era davvero un buongustaio. Marianna aveva una gamba ingessata da sopra il ginocchio e si muoveva grazie ad una stampella, ma sprizzava comunque sesso da tutti i pori. Decisamente più piena di Sara, di quella pienezza che i vent'anni rendono conturbante, era alta, con lunghi capelli mossi color rame scuro e una solida quarta di reggiseno. Ma era il viso, come per Sara, il punto forte. Solare e sensuale come solo quello di una donna che prendeva tanto cazzo poteva essere.

Poi però, una volta seduti al tavolo del bar a consumare un pranzo piuttosto tardivo, iniziò a parlare e a raccontarci la sua storia. E io ebbi l'impressione di essere nel posto sbagliato.

- L'ho conosciuto in un'orgia, - disse quando Sara le domandò del suo uomo, - per cui è ovvio che non potevamo raccontarci balle sul nostro modo di essere. Lui dice di essere completamente etero, ma lo sa che io non lo sono, così abbiamo un accordo: io gli sono fedele, nel senso che non vado con altri uomini, però sono libera di stare con altre donne.

Più che dall'assurdità dell'affermazione, venni colpito dall'incongruenza della sua presenza a quell'incontro. Eravamo o non eravamo lì per guardarci tutti in faccia e decidere se ci andava di ammucchiarci piacevolmente? Ero o non ero io un maschio? Forse per quella ragazza l'orgia non ricadeva nella casistica dei tradimenti con uomini. O forse io non avevo capito nulla e la mia presenza non veniva presa in considerazione. Stavo forse assistendo da perfetto imbecille alla pianificazione di un incontro saffico a cui alla meglio avrei potuto solo assistere?

Continuò a parlare a lungo, descrivendo scampoli di una vita che non credevo possibile, fatta di festini, di alcol e di droghe propedeutici al sesso. Descriveva la sua passione erotica per le donne e la sua propensione all'amore per gli uomini come se tale stranezza fosse motivo di vanto e di distinzione e non un'anomalia comportamentale.

- Beh, in fondo anche i Greci pensavano che il piacere fisico si raggiungesse con esseri del proprio sesso, - dissi fingendo di darle corda.

- Esattamente!

- Però a dire questa cosa, - precisai, - erano ovviamente i filosofi maschi. Che è un po' come dire che è il cazzo e nient'altro, che dà piacere.

Vidi Marianna stizzirsi appena, quasi irritata dalla mia irriverenza. Poi sul suo viso si dipinse la sfida e un sorriso compiaciuto accompagnò la sue parole seguenti.

- Ti assicuro che si sbagliavano... - chiosò spostando lentamente il suo sguardo dai miei occhi a quelli di Sara.

È vero che avrei avuto tempo per pensarci, ma come se il fattaccio avesse dovuto consumarsi quella sera stessa, cominciai a pensare a cosa avrei deciso di fare. Ammesso che io rientrassi nei piani di quelle due assatanate, mi sarei fidato a unirmi carnalmente con Marianna, che doveva aver raccolto di tutto nella sua pur breve vita, o mi sarei chiamato fuori? Avrei soggiaciuto alla curiosità e al richiamo morboso di quella esperienza o avrei deluso Sara ammettendo che ero davvero meno spregiudicato di quanto avevo fatto credere dalla sera della conferenza stampa in poi?

Barcamenandomi in silenzio tra domande e contrastanti risposte, arrivai alla fine di quel *brunch* e perplesso accompagnai le due ragazze verso l'auto. Il programma preparato da Sara prevedeva infatti l'andare ad assistere a una rappresentazione teatrale benefica nel tardo pomeriggio. Non avevo esattamente idea di cosa si trattasse e sinceramente non mi importava gran che approfondire. Avevo ben altri crucci per la testa.

Lo spettacolo scorse via troppo lentamente. Il mio orecchio era solo parzialmente diretto al palcoscenico, distratto invece spesso e volentieri dai bisbigli che Sara e Marianna si scambiavano come scolarette attente a non farsi beccare dalla maestra. Non riuscivo però a rubare alcuna parola: questo non faceva che aumentare il mio disagio, per cui accolsi la fine della commedia come una liberazione. Non erano previste altre tappe. Marianna aveva impegni serali e con finto rammarico mi sarei adeguato a doverla per forza salutare.

La guardai alzarsi, uscire a fatica dalla fila della platea dove ci eravamo posizionati. Sara le stava accanto per aiutarla a non perdere l'equilibrio mentre tentava di utilizzare la stampella nello spazio angusto fra due file di poltroncine. Io le precedetti nell'atrio. Quando mi vennero incontro Marianna disse che doveva fare pipì.

- Anch'io, - disse Sara.

- Vi aspetto fuori, mi fumo una paglia.

Così feci, uscii dal teatro e m'accesi una sigaretta. Sigaretta che finì senza che le due ragazze fossero di ritorno. Un film iniziò a proiettarsi nel buio della mia immaginazione. Quando finalmente mi raggiunsero. Non ebbi alcun dubbio che il film fosse stato proiettato anche in quel bagno.

Quando fui in auto solo con Sara, una mezz'ora più tardi, volli comunque essere certo di non essere diventato paranoico.

- Direi d'averti letto in faccia che in quel bagno fosse successo qualcosa. Mi sbaglio?

Sara tentennò. Appena un paio di secondi. Poi riprese il controllo e con la consueta maliziosa innocenza ammise candidamente il fatto.

- Ci siamo baciate, sì.

Non sapevo come commentare, per cui decisi di tacere.

Guardai dentro di me e mi resi immediatamente conto che a disturbarmi era stata la mia esclusione dal gioco, la mia accessoria presenza d'autista invece che di protagonista del divertimento. Ma realizzai che pochi avrebbero ragionato così e che quello che avevo subito era invece un embrione di tradimento in piena regola. Ero stanco d'essere diverso, per cui decisi che mi sarei adeguato al pensiero comune: ero appena stato tradito. Per giunta sotto ai miei occhi. Magari sarei andato a casa e nel farmi raccontare per filo e per segno cosa era successo in quel bagno, le sensazioni che aveva provato Sara a viversi quella prima esperienza saffica, mi sarei pure eccitato. Forse l'avrei pure scopata, prima di dormire. Ma quello che era certo è che l'indomani sarei uscito di casa col biglietto da visita di Anita e l'avrei chiamata per portarmela a letto.

Cornuti non si nasce, ma cornificatori si diventa

Marzo 2001

- Se la tua compagna baciasse un'altra donna, tu lo considereresti tradimento? - chiesi a Mauro la mattina seguente mentre giocherellavo col biglietto da visita di Anita fra i polpastrelli.

- Lesbica?

- Questa è una buona domanda. Diciamo di sì. Al novanta per cento sì.

- Con la lingua?

- Uhm, anche questo lo darei per quasi certo.

- Vediamo… Non sono del tutto sicuro che il fatto che sia lesbica sia meglio o peggio, però… No, direi di no.

- Come mai?

- Non ne ho idea.

- Non ne hai idea?

- No, nessuna. Però se ci penso non sento salirmi la pressione, quindi suppongo di propendere per il no.

- E questa cosa del "lesbica meglio o peggio", come sarebbe?

- Boh. Se la tipa è lesbica e ha una compagna, penso che sia lei la traditrice. Però se Sara…

- Chi ha parlato di Sara?

- Ti puzza il dito di merda, lo sento da qua. Se Sara, dicevo, che diamo per scontato essere etero, ficca la lingua in bocca a una donna, direi che possiamo classificarla solo come ninfomane, ma non traditrice.

- Uhm… non mi convince. Scusa ma, se la tipa fosse etero, allora sì che ti darei ragione, ma se la tipa è lesbica è un po' come se fosse un uomo perché le piacciono le donne, quindi la nostra ipotetica morosa…

- Sara…

- Sara, ok, è come se baciasse un altro uomo, interessato a lei carnalmente. Quindi secondo me è tradimento.

- Mi sa che hai ragione.

- Strano che tu lo ammetta, ma grazie.

- Prego. Del resto hai bisogno di sostegno in questo momento.

- Che momento?

- Ora che sei cornuto!

Uscii dall'*"Oetzi Tattoo"* in un certo qual modo rasserenato. La benedizione di Mauro che, statistiche alla mano, la pensava spesso all'opposto di me, mi rendeva sereno nel portare avanti il mio piano. È vero che non era stata proprio una benedizione, la sua, quanto piuttosto la constatazione di un torto subito, ma ero propenso a credere che se gli avessi domandato se avevo le giustificazioni necessarie ad una vendetta, lui mi avrebbe risposto di sì.

Mi sedetti su un muretto lungo la strada. Composi il numero del cellulare di Anita.

- Pronto, - rispose con aria professionale.

- Ciao, sono Michele. Michele Li…

- Ciao, ho capito, ho capito… Pensavo non ti saresti fatto più sentire…

Prevedendo l'osservazione mi ero preparato la menzogna salva faccia.

- Non sapevo che mestiere facessi. Quando sono arrivato a casa e ho guardato il biglietto da visita, beh, mi sono sentito un po' come se telefonarti avesse significato cercare di imbonirti. In fondo sono pur sempre uno scrittore che ha pubblicato per un piccolo editore. Ci ho pensato un sacco di volte, a chiamarti, però era come se nessuno avesse potuto garantirti che lo facevo solo per rivederti.

- Che carino… Ti sei fatto degli scrupoli inutili.

- La verità, però, potrebbe anche essere peggio… - Continuai per preparare il colpo di scena con la dovuta *suspense.*

- Ah sì?

- Beh, anche telefonare per dirti che avrei voluto rivedere il tuo tatuaggio, poteva non sortire buon esito…

- I tatuaggi si fanno affinché qualcuno possa guardarli, te l'assicuro.

- Già. Tendo a dimenticarmi come funziona tra voi "*normali*"…

- Quindi?

- Quindi eravamo rimasti a un caffè, mi sembra. Ma visto il tempo che ho perso in inutili seghe mentali, io farei anche una cena, se sei d'accordo.

- Io farei direttamente un dopocena, se pure tu sei d'accordo.

- Siamo d'accordo.
- Dopodomani?
- Dopodomani? Okkei. Da te, ovviamente… - Precisai.
- Ovviamente. Ti messaggio l'indirizzo e l'ora.

Ci salutammo e interrompemmo la telefonata.

Pochi istanti dopo arrivò il messaggio con le indicazioni per trovare la sua abitazione.

Avrei preferito che l'incontro fosse avvenuto quella sera stessa: quarantott'ore da potenziale traditore erano quarantott'ore da riempire con delle frottole. Mi accesi una sigaretta, iniziai a camminare verso casa. Ad alta voce, per placare la mia ansia, sciorinai il mio nuovo mantra:

- Ce la posso fare, ce la posso fare, ce la posso fare.

Squichè?

Marzo 2001

Dissi che ero riuscito ad organizzare una cena con un *editor* di una famosa casa editrice che mi era stato presentato da un amico. Non ero abituato a situazioni del genere e dire una falsa verità mi sembrò la cosa più facile da ricordare.

Mi presentai senza portare nulla, nemmeno una bottiglia di vino. Ci avevo pensato ma avevo concluso che sarebbe stato banale. Inoltre avevo una mezza idea sul modo in cui iniziare la serata. Varcare la soglia di quella casa e baciare Anita prima che potesse dire una sola parola. Il vino non solo avrebbe inutilmente procrastinato l'inevitabile, ma avrebbe pure spinto l'atmosfera verso una convivialità che non volevo avere con un'amante. Ero convinto che avesse capito come dovevano stare le cose, visto il registro della telefonata di due giorni prima. Non fosse stato così, avrei fatto una moderata figuraccia e me ne sarei andato.

- Benvenuto, - fece in tempo a dire.

Sorrisi ringraziandola con un cenno del capo, feci due passi all'interno, la superai e poi aspettai al centro della stanza che chiudesse la porta e si voltasse di nuovo verso di me. Quando si girò io la fissai nel modo più fermo ed esplicito possibile. Come era facile immaginare, Anita aveva decisamente capito e mi venne incontro fermandosi solo quando il suo seno fu ad un centimetro dal mio costato. Io infilai gli indici di entrambe le mani fra la pelle e la cintura dei suoi jeans senza distogliere lo sguardo dai suoi occhi e la tirai a me per colmare quella impercettibile ma importante distanza.

Ci baciammo mentre le mie dita lambivano l'incavo dell'inguine da entrambi i lati. Potevo avvertire la pelle appena corrugata da una recente depilazione.

Il suo alito sapeva di menta a coprire un sottofondo d'aglio. Io mi ero guardato bene dal mangiare pesante ma mi sentii sollevato pensando che quell'alito fosse il segno del valore da dare alla situazione. Non c'era nessun corteggiamento o fidanzamento in vista. Mi aveva chiamato lì principalmente per guardarle il culo. E per potermi ringraziare di tanta venerata attenzione.

Mi afferrò i polsi e sfilò le mani dai suoi pantaloni, Camminando all'indietro mi condusse verso il salotto. Giunta in prossimità del divano si mise a quattro zampe sul cuscino centrale con i gomiti appoggiati sullo schienale e il sedere all'infuori. Voltò la testa all'indietro e mi guardò con il ghigno di Clint Eastwood in Gran Torino. Era un'intimazione silenziosa a prendere possesso di quel sedere e io non me lo feci suggerire due volte. Le cinsi la vita con le mani e andai a slacciarle prima la cintura poi i pantaloni, quindi glieli sfilai dal bacino facendoli scendere alle ginocchia. Tra le cosce serrate la vulva esaltava la sua forma di bocca appena sotto all'ano contratto. Ricordavo che non era depilata, ma mi sembrò che il pelo fosse cresciuto selvaggio in quelle ultime settimane. La cosa non mi fece particolarmente piacere, ma era in linea con la poca eleganza generale e non ci feci particolarmente caso. Iniziai però a sfiorarle il sesso con i polpastrelli unendo l'utilità dello scostarle in quel modo i peli dall'imbocco della vagina al dilettevole di farla eccitare. Quando il bersaglio fu abbastanza libero da ostacoli sfiorai il perineo con la punta della lingua e col dito indice scorsi verticalmente la fessura in modo da separarle le labbra e lasciare che i primi umori lubrificassero anche l'esterno del suo sesso. I tentacoli del polpo tatuato sembravano avvolgermi la faccia, da quella distanza ravvicinata e immaginavo le loro appuntite estremità attaccarsi alla punta della mia lingua attraverso le loro piccole ventose guidandola su e giù a scorrere tra ano e vagina. Se mi scostavo di venti centimetri potevo vederle, quelle estremità tentacolari, indicarmi e infilarsi loro stesse nel bersaglio. Con le mani avvolgevo e massaggiavo quel culo massello mentre il mio sguardo s'alternava tra esso e il volto contorto di Anita che fissava le mie mani e la mia bocca alternativamente, succhiandosi un dito.

- Infilale dentro, quelle dita, - mi disse.

- Sfilati del tutto i pantaloni.

- Infilale adesso!

Obbedii infilandone due in un sol colpo, senza forzare, vista la posizione estremamente serrata delle sue gambe. Uno scatto del collo di Anita riportò la sua testa in avanti e in alto come fosse stata impalata, ma in realtà semplicemente a godersi ad occhi chiusi la penetrazione della mia mano.

Mi fece continuare in quel modo per qualche altro minuto. Di tanto in tanto si voltava a guardare quella parte del mio volto che emergeva oltre il profilo delle sue natiche. Si teneva appoggiata allo schienale del divano generalmente con una mano sola mentre con l'altra giocava con se stessa. Si strizzava una tetta, poi l'altra e tirava fuori la lingua passandosela sulle labbra come pensavo facessero solo le attrici di film porno. Dulcis in fundo s'infilò il medio della mano sinistra in bocca e poi lo portò all'indietro, infilandosi lentamente le prime due falangi nel culo, proprio sotto al mio naso.

Sebbene un po' stupito da quella sorta di film porno in 3D che Anita mi stava facendo vedere, subivo la forza delle immagini e dei rumori del suo corpo e stavo andando parecchio su di giri. Pensai che fosse ora che si dedicasse un po' a me, così mi mossi e mi misi in piedi davanti al divano. Anita non si fece trovare impreparata e lo prese in bocca esercitando nel contempo una sorta di strano massaggio allo scroto. Una via di mezzo tra una maldestra carezza di un malato di Parkinson e una mungitura di mammelle di capra. Si impegnava molto, questo era indubbio. Inoltre che le piacessero le maniere forti era facilmente intuibile dalla veemenza con cui cercava di farmi godere. Ogni suo gesto era privo di dolcezza, nell'insieme sembrava mancarle la sensibilità per diluire il piacere nel tempo. La cosa in effetti mi infastidiva un poco, oltre che provocarmi un leggero dolore alle palle, però dovetti ammettere che erano caratteristiche perfette per una amante che avevo intenzione di far rimanere tale.

Quando il livello di piacere fu raggiunto da quello del dolore, mi mossi di nuovo. Dovevo dare un po' di tregua ai miei testicoli malmenati, così pensai che una normale scopata a smorzacandela sarebbe stata perfetta. Mi sedetti sul divano e con una mano cominciai a frugare nelle tasche dei pantaloni alla ricerca di un preservativo. Lei mi guardò indossarlo, poi si mise a sedere come su una turca, con le gambe piegate ai lati delle mie e il sedere scostato da terra, prendendo il mio cazzo dentro di sé e massaggiandolo con contrazioni vaginali e con un'ondulazione verticale breve e continua che interessava solo la cappella.

- Fantastico, così! - mi complimentai affannosamente.

- Ti piace? Anche a me. Mi sa che sto per venire...

- Mai dire quella parola, se vuoi godertela ancora un po'…

- Quale parola?

- Venire.
- Perché?
- Perché l'idea fa venire me.
- Ah sì? Fammelo vedere, allora!

Si tolse da quella posizione. Si mise ai piedi del divano, sfilando il profilattico e prendendo il cazzo in mano con la destra e toccandosi la passera con la sinistra. Cominciò a massaggiarlo con ritmo, con la solita veemenza, ma non ci volle molto perché, trasportato dall'eccitazione dovuta più che altro all'immagine di lei che si masturbava con la mano libera, io non fossi davvero pronto ad eiaculare.

Lo feci annunciandolo, con lei che m'accompagnò eseguendo movimenti più lenti fino a che mi fece zampillare sul petto.

- Anch'io, - disse che io non avevo ancora finito di dibattermi per le contrazioni.

Montò di nuovo sul divano, più o meno nella posizione di prima ma accovacciata su una sola gamba e con l'altra parzialmente distesa. Si reggeva in equilibrio tenendosi con il braccio sinistro allo schienale del divano mentre con la mano destra si percuoteva la vulva in modo strano, alternando profonde penetrazioni con due dita a schiaffetti isterici. Anche se avessi voluto godermi il riposo post orgasmico non avrei potuto, sopraffatto dallo spettacolo anomalo di quella cagna in calore che si violentava da sola proprio a cavallo del mio corpo. Le guardavo il volto deformato da una smorfia da maratoneta al quarantunesimo chilometro e alternativamente la mano, che improvvisamente si mise a massaggiare la clitoride come un tergicristallo impazzito.

- Vengo! - urlò facendo seguire l'annuncio da una sorta di gemito che trovai più consono al grido di dolore di un cinghiale che veniva sgozzato.

Poi, di colpo, accadde ciò che non avrei mai immaginato. Il grido si fece più acuto e dalla vagina uscì una secchiata d'acqua diretta in gran parte sul mio corpo e sparata ovunque nel raggio di un metro per via del movimento a tergicristallo. Trenta secondi dopo Anita smise di sbrodolare, si distese al mio fianco, a gambe divaricate. La guardai un attimo poi distolsi lo sguardo, quasi temendo che dovesse ora eliminare il testimone di quella allucinante performance.

M'ha pisciato addosso, cazzo! Pensai tra il sorpreso e il preoccupato. Questa è una proprio strana. Ora si alza e mi strangola.

- Vado a farmi una doccia, - disse invece sorridendomi come avrebbe sorriso a un cliente in una sala riunioni. Ero stravaccato sul divano con la testa ben sotto il livello dello schienale, il mento incassato nel petto e un lago sugli addominali.

- Ok, - risposi cercando di sembrare tranquillo.

Pensai che nonostante fossi io ad avere più bisogno di lei di una doccia, avrei dovuto attendere immobile in quella posizione se non avessi voluto macchiarle ulteriormente i cuscini. Non obiettai però sul suo diritto di precedenza per evitare che decidesse di rivolgere contro di me l'idrante che si ritrovava fra le gambe decidendo di annegarmi. Da quando ero entrato, erano passati sì e no trenta minuti. Con la sua e la mia doccia saremmo arrivati forse a quarantacinque. Molte emozioni un po' troppo concentrate. Non vedevo l'ora di uscire da quella casa ma sapevo anche che sarebbe poi stato duro convincere me stesso a non ripetere l'esperienza.

- Ti piace? - disse allontanandosi.

- Cosa?

- Che sia una *squirter*.

- Squichè?

- Una *squirter*. Che schizzo.

- Ah, sì, altroché… - risposi

- Ho un orgasmo sincero!

- Senza dubbio! - commentai ancora un po' frastornato.

- Sono un po' come voi uomini: non posso fingere. - chiosò sparendo dalla mia vista.

Mi guardai attorno. Il divano era chiazzato ovunque. Non mi sembrò poi così grave muovermi. Alzandomi feci colare un'ulteriore decilitro di liquidi al mio fianco ad imbibire le stoffe.

- Una *squirter*, - sussurrai. - Interessante fenomeno.

Quando rientrai dalla mia doccia, alcuni minuti più tardi, Anita era già vestita. Mi aspettava sulla soglia della porta tra cucina e soggiorno, sorseggiando una spremuta.

- Disidratata? - domandai sarcasticamente mentre mi infilavo i miei abiti sparsi per la sala.

Lei sorrise, trangugiò l'ultimo sorso quindi sparì un attimo alla mia vista, evidentemente per riporre il bicchiere nel lavandino. Quando riemerse dalla cucina si diresse verso la porta di casa. Il tempo concessomi era terminato. Le diedi un bacio sulla guancia e uscii dall'appartamento.

- Replicheremo? - mi domandò sporgendo il volto dall'uscio, verso il ballatoio.

Pensai al tatuaggio che sarebbe spuntato se avessi interrotto il rapporto con lei, svelando il mio tradimento, e senza esitare dissi ciò che andava detto.

- Assolutamente sì!

La seppia

Marzo 2001

- Una *squirter*? Sei fregato, amico! - disse Mauro al telefono quando gli raccontai di ciò che era appena accaduto.

- Che cosa vuoi dire?

- Vai tu a dare delle spiegazioni plausibili se ti compare un'autocisterna dei pompieri sul petto.

- Lo so. Hai ragione. Per questo dobbiamo prepararci un piano di fuga.

- Un piano di fuga? In che senso? E da che cosa?

- Nel caso che questa relazione si interrompa. Tu dovrai dichiarare che mi hai fatto un nuovo tatuaggio su mia richiesta.

- Tu che chiedi a me di farti un nuovo tatuaggio? Molto credibile... Hai così tanto amato i tuoi da desiderarne un altro...

- Non fasciamoci la testa ora. Vedrai che al momento opportuno ce la caveremo.

- L'uso del plurale nelle tue frasi mi commuove... Non facevi prima a tenere l'uccello in gabbia?

- Ma mi ha tradito!

- Ma dai!

- Me lo hai confermato pure tu!

- Ecco, adesso è colpa mia.

- E comunque stai tranquillo. Per il momento vedo di portare un po' avanti la cosa.

- Contento tu...

- Tu intanto documentati sui tatuaggi di liquidi.

- Buona notte.

- Non si sa mai che dobbiamo fare delle piccole modifiche al disegno che arriverà. Che ne so, condirlo con elementi storici, mitologici, tanto per dargli un po' di credibilità.

- Buona notte!

Mauro agganciò senza aspettare la mia risposta. Mi ritrovai nell'abitacolo della mia auto a pensare ad un resoconto fittizio del mio incontro. Mi annusai le mani per capire se odoravano di sesso. Fu probabilmente nello scorgere la mia immagine riflessa nello specchietto retrovisore che capii che il mestiere di cornificatore era troppo complesso per un disordinato e istintivo come me. E fu nell'accendermi la sigaretta che avrebbe impregnato il mio corpo e i miei abiti dell'odore di fumo e che doveva servire a farmi maggiormente concentrare sulla costruzione del mio alibi, che capii che non sarei più tornato da Anita a fare le abluzioni col sacro liquido della sua vagina.

Sapevo cosa significava aver preso quella decisione. Aspettai di finire la sigaretta e mi sbottonai la camicia. Sul petto non avevo nulla ma non mi ci volle molto a scovarlo utilizzando lo specchio retrovisore e quello di cortesia. Era in corrispondenza della prima vertebra cervicale e rappresentava una seppia in atto di spruzzare il suo nero liquido verso il nemico.

Accesi il motore dell'auto e andai a rompere di nuovo le palle al mio amico. Questa volta di persona.

- Sei un rompicazzo colossale, lo sai vero? - disse Mauro aprendomi la porta. - E parla piano che svegli le ragazze.

- Certo, - lo rassicurai. Gli avevo mandato un sms quando ero già davanti alla sua porta e per fortuna lui non aveva ancora spento il telefono.

- Che vuoi? - domandò accendendosi una canna.

- Fumi ora?

- Sento che ne avrò bisogno, - rispose polemicamente.

Mi tolsi la giacca, mi sbottonai la camicia e gli feci vedere il tatuaggio.

- Non c'è che dire, non sei un fan dello *squirting*...

- Ti dirò... a ripensarci adesso, a distanza di un'ora e dopo una doccia, non me la sentirei di dire così. Mi ha eccitato, se devo essere sincero. Ma ero troppo schoccato per rendermene conto.

- E quindi?

- Troppa fatica. Non ho buona memoria, finirei col tradirmi. Poi non mi va di rischiare la mia relazione con Sara. Inoltre quando lei mi ha raccontato le cose che faceva con quel tipo, quel Picasso, insomma, a me non sembravano sane e sinceramente anche se non sono arrivato a tanto, questa cosa non ha fatto sentire sano nemmeno me.

- Sembrerebbe che tu abbia appena fatto un ragionamento sensato.

- Infatti.

- Ma non sei credibile perché dopo la sborrata sei sempre più lucido del normale. A te son le palle piene che t'offuscano il giudizio. Tuttavia… - disse interrompendosi un attimo per fare una tirata.

- Cosa?

- … Tuttavia la cosa che mi sorprende di più è che così hai rinunciato ai favori professionali che quella tipa avrebbe potuto farti. Questo non è da te.

- Mi stai dando dell'opportunista?

- Sei un raro esemplare di opportunista diversamente consapevole. Se avessi io il tuo problema, fossi frocio e ti scopassi, il tatuaggio che mi verrebbe sarebbe quello di un giullare di corte: uno che non si preoccupa troppo di essere un deficiente perché è proprio essere deficiente che gli permette di sopravvivere!

- Ma quanto sei saggio, quando fumi. Senti, vediamo di risolvere questo problema, ok?

- E come pensi di fare?

- Sei tu il tatuatore!

- Ho capito, ma il tatuaggio è già lì. Perfetto. E non hai nemmeno segni di tumefazione. Sembra essere lì da giorni.

- Sai che forse hai detto la parola magica? - osservai colpito da un'illuminazione.

- Ah sì?

- Sì. In effetti Sara lo avrebbe notato, se lo avessi fatto giorni fa. Ma se mi presento con un bel cerotto come se lo avessi appena fatto, potrei dire che non ero andato a una cena, questa sera, ma ero venuto da te a farmi tatuare.

- Ma quando poi ti togli il cerotto si vedrà comunque che non è fresco.

- Potresti ripercorrerlo in modo che la mia pelle si irriti?

- Potrei.

- E allora facciamolo!

- Sono le undici di sera…

- Per favore!

- Va bene. Aspetta. Spogliati. - disse allontanandosi.

- Non dobbiamo andare al laboratorio? - domandai mentre mi mettevo a torso nudo, dubbioso.

Mauro si ripresentò alle mie spalle un minuto dopo.

- Ti farà un po' male.

- Ok… Non capisco che cosa… Ahi, cazzo!

- Non urlare che svegli Katerina!

- Ma che cazzo stai facendo?

- Non ti preoccupare!

- Che cazzo state facendo? - sentimmo domandare dalla voce assonnata di Luba, entrata improvvisamente del salotto.

- Te l'avevo detto di non urlare… - sussurrò Mauro.

- Scusami, Luba. Ho chiesto a Mauro se mi controllava questo tatuaggio che mi ha fatto.

- Gli hai fatto un tatuaggio?

Mauro non rispose.

- Sì, - dissi prima che lui fosse preso dai sensi di colpa e confessasse la verità. - Volevo averne uno suo. Sai che la mia odissea è iniziata quando lui mi ha fatto il primo tatuaggio, vero? Beh, mi son detto, magari se gliene faccio fare un altro, questo incubo finisce…

- Vabbé, buona notte, - concluse barcollando verso la zona notte.

- Riesci a tenere le fila di tutte le stronzate che dici?

- No. Per questo ho deciso di non proseguire con Anita. Ahi!!!

- Ti ho detto…

- Sì, scusa, faccio piano! Ma tu mi spieghi che cosa stai facendo? Che cos'è questo ago?

- È un ago.

- Ma è un ago da cucire!

- Questo avevo in casa…

- Ma potevamo andare…

- Potevo mandarti a fanculo, vuoi dire?

- Ok, messaggio ricevuto.

- Ecco, bravo. Ora soffri e taci.

Mezz'ora dopo, con la pelle martoriata e un vistoso cerotto sotto la nuca mi dirigevo a casa, dove Sara probabilmente mi stava aspettando sveglia e dove avrei detto la mia ultima bugia.

Avevo dieci minuti di tempo per pensare al significato da dare alla mia seppia nuova fiammante.

Un'ultima cosa

Ottobre 2001

Sette mesi dopo l'umida scappatella con Anita, la mia vita sembrava procedere per il meglio. Sara non mi aveva fatto particolari domande a proposito della mia decisione di tatuarmi. La spiegazione che le avevo dato era stata la stessa fornita a Luba, mentre Mauro, con i suoi silenzi assensi, mi aveva in qualche modo coperto le spalle. Il motivo per il quale avessi scelto la seppia come disegno fu che l'animale, in quel suo gesto d'espulsione di qualcosa di viscerale ma torbido, doveva in qualche modo rappresentare la mia volontà di purgarmi di ciò che dentro di me doveva aver contribuito a farmi meritare la maledizione dei miei tatuaggi. Dissi a Sara, inoltre, che speravo non ci sarebbe stata alcuna possibilità di verificare se quel sacrificio di un altro pezzo vergine della mia epidermide fosse andato a buon fine. Sara aveva quasi pianto, a quella mia confessione, e nel guardare i suoi occhi lucidi mi ero reso conto che non le avevo mai detto che l'amavo. Non mi ero mai reso conto che l'amavo, a dire la verità, prima di quell'istante. Dovevo riparare a quella mia mancanza, ne ero convinto, ma per farlo scelsi un momento che avrebbe messo a dura prova la convinzione del mio amore. Giusto per verificare se esso era vero.

- Quella Marianna, poi? L'hai più sentita? - le domandai una sera prima di addormentarci.

- Un paio di volte, per mail, - rispose svogliata.

- E che dice?

- Sta bene, la gamba è guarita…

Sara non sembrava voler andare al punto o forse non si era accorta che fossi io a volerci andare. Mi decisi a essere più esplicito.

- E quella cosa? Non ne avete più parlato?

- Ma sì, se ne è parlato nelle mail… Si è sempre detto che ci saremmo messe d'accordo ma poi non si è mai concretizzato…

Non riuscivo a capire se la sua apparente tranquillità fosse dovuta al fatto che l'avevo presa nel momento in cui stava per prendere sonno, o se, dopo tanti mesi, l'argomento non aveva più per lei quel grande interesse. La domanda che avrei dovuto farmi davvero era però se anche per me l'interesse in una serata così particolare, in compagnia di due tarantole del sesso, era scemato.

- Tu come ti poni di fronte a questa cosa? - le chiesi.

- A cosa, esattamente?

- Al fatto che forse non se ne farà più nulla.

- Boh. Forse doveva andare così. E comunque se decidiamo di volerlo fare, possiamo sempre cercare qualcun'altra.

- Credevo ci tenessi particolarmente che la cosa succedesse con lei, mi sbaglio?

- Ti ho dato questa impressione? - chiese a sua volta. La vidi finalmente sveglia. Forse quella serie di mie domande a raffica l'avevano convinta che avevo bisogno di catalogare questa storia in qualche modo.

- Beh, l'hai pure baciata...

Era la prima volta che affrontavo l'argomento da quando era capitata quella cosa. Nel farle quell'osservazione, nell'atto stesso di sputare fuori le parole, mi resi conto di quanto quell'avvenimento mi avesse turbato. Quanto, più precisamente, mi fossi sentito scavalcato e fossi stato geloso. E quanto, infine, quel turbamento e quella gelosia mi avessero accompagnato senza mai scemare per tutti quei mesi. Se avevo bisogno di un segno per verificare quanto fossi legato a Sara, quanto la volessi per me, quel risentimento così evidente sembrava davvero esserlo.

- Sì, lo so. Ma sai... Era il momento, la situazione strana... Avevo l'occasione di fare una cosa trasgressiva e l'ho fatta.

- Non sei una che sa resistere alle tentazioni.

- Sei incazzato?

- No. Mi sa che ti capisco. E mi sa che sono così anche io.

- Quindi se non sei arrabbiato con me, sei dispiaciuto che non abbiamo fatto nulla.

- Un po'. Non posso negarlo. Però sono anche molto sollevato. È come se lasciando andare le cose come dovevano andare, senza forzare la mano a nessuno, tutto sia andato come era giusto che andasse. Ossia abbiamo rinunciato a qualcosa di molto eccitante e forse indimenticabile dal punto di vista delle emozioni, però abbiamo anche evitato di correre un pericolo davvero molto grosso per noi due. Come coppia, intendo.

- Sì, - confermò sorridendo.

- Vieni qui, - le dissi. La feci mettere nella posizione che ci piaceva tanto, a seggiolina, e le baciai la nuca.

- Buona notte, - dissi.

- Buona notte.

- Volevo dirti un'ultima cosa.

- Cosa.

- Ti amo.

- Anche io ti amo.

Ci stringemmo forte e ci addormentammo così.

Orizzonti di merda

Settembre 2003

La telefonata di Mauro era arrivata inattesa ma per fortuna sincronizzata con la fine del mio turno al bar. Mi aveva chiesto di andare a prendere Katerina all'asilo e intrattenerla un paio d'ore. Non aveva voluto spiegarmi il motivo. Quel venerdì Sara era ad una cena con le amiche del suo paese natale. Sarebbe rimasta a dormire dai suoi per cui non avevo particolari impegni.

- Ciao, dov'è papà? - mi aveva domandato Katerina rispondendo al mio saluto.

- Lui e mamma hanno avuto un problema con l'automobile, - mi inventai sperando di ricordarmi poi di riferire a Mauro e Luba che avevo usato quella scusa, - e non sono potuti venire. Tuo papà mi ha chiesto se ti porto a fare una passeggiata fino a quando non tornano a casa con la macchina aggiustata. Che cosa ti va di fare?

- Devo fare la cacca.

Pensai che era ciò che mi meritavo, visto che per la prima volta in trentasette anni mi trovavo a tu per tu con una creatura che non mi arrivava all'anca.

- Torniamo dentro a farla? Magari c'è ancora la tua maestra... - suggerii in un tentativo disperato di cavarmela con poco.

- No, i bagni sono brutti, lì dentro.

- D'accordo... Fammi pensare.

- Andiamo a casa tua, - ordinò con un sorriso sornione che mi ricordò quello di Lucy dei *Peanuts* in veste di psicologa.

Pensai che non era poi una cattiva idea. Vista la mia esperienza con i super minori avrei certamente fatto meno danni a tenerla a casa che a portarla a zonzo per la città.

- Solo se non te la fai addosso mentre siamo in macchina! - le dissi sperando di farla ridere.

- Fai presto, - rispose invece per nulla divertita. Era pur sempre la figlia di Mauro e anche se aveva solo quattro anni, non ero per nulla convinto che non se la stesse ridendo dentro di sé.

Due ore più tardi avevo l'automobile integra, il bagno che odorava di cacca e stavo seriamente dubitando della paternità di Mauro nei confronti di quella bambina. Katerina era di un pragmatismo e di una precisione maniacale. Non mi ero mai soffermato troppo a ragionare sulla personalità di Luba, sua madre, ma visto che la genetica del padre sembrava essersi presa una pausa al momento del concepimento, immaginai che Mauro si fosse sposato un magazziniere del Cremlino che una volta arrivato in Italia e scopertasi gnocca, s'era messa a fare la troia.

Mauro non si era ancora fatto vivo, ma l'orario che mi aveva dato come necessario a sbrigare i suoi problemi era trascorso da una mezz'ora. Dopo aver guardato Katerina disegnare per oltre novanta minuti senza mai usare lo stesso pennarello per più di venti secondi, decisi che potevo anche provare a portarla a casa.

Quando fui sul pianerottolo dell'appartamento suonai il campanello. Fu Luba ad aprire la porta. Mi guardò di sfuggita, quasi fossi invisibile, poi fece cenno a Katerina di entrare. Urlò qualcosa a Mauro, che non capii. Mossi un passo all'interno, feci appena in tempo a dire *Ciao Katerina* che qualcosa m'afferrò il braccio, trascinandomi bruscamente all'esterno.

- Portami via di qua, per favore! - disse Mauro quando mi si palesò in tutta la sua abominevole figura.

Doveva esserci stata una lite furibonda quindi evitai di contraddirlo e mi mossi davanti a lui verso l'uscita della casa. Il pianto di Katerina ci accompagnò lungo tutte le sale, fino al marciapiede.

Era ovvio che di lì a pochi istanti gli avrei chiesto cosa stava succedendo, ma era altrettanto ovvio che non avrei poi potuto dargli un consiglio degno di essere chiamato tale. Avevo visto la vagina di Luba spalancarsi per far vedere la prima luce della vita a Katerina ma non si poteva dire che io conoscessi quella donna. Lo stereotipo che lei e Mauro avevano rappresentato ai miei occhi quando si erano conosciuti non si era dimostrato attinente alla realtà e questo aveva inibito, invece di favorire, la mia confidenza con lei. A detrimento della mia tesi, Luba non era mai sembrata la solita sventola russa cresciuta a patate che si era messa a caccia d'italica dote. L'amore tra lei e Mauro si era rivelato non solo sincero, ma pure capace di regalare a Mauro la chiave per una minima connessione con la realtà. Ammettere che lui era riuscito con una puttana russa in ciò in cui io avevo fallito con una giocatrice di golf neozelandese, m'aveva reso complicato frequentarli in coppia.

- Che succede? - domandai dunque quando fummo in auto.

- Sta impazzendo, - mi rispose mentre si frugava nervosamente nelle tasche del gilet nero da fotografo. - S'è fissata che qui non si sta bene, che dovremmo trasferirci in Russia.

- Non capisco.

- Dice che in Russia potrebbe trovare da lavorare, che a stare a casa con Katerina si annoia.

- Vi ho sempre visti molto in sintonia, molto sereni, quando eravate assieme.

- Ma che ti devo dire? Anche a me è sempre sembrato così.

- Ti stai scorticando il gilet... Che cerchi? Sei senza cannoni? Mi metti ansia ad agitarti così.

- Infatti. Dai fermati un attimo al parco.

- Che parco?

- Ma dove vivi?

- Vuoi che ti accompagni dal tuo pusher?

- Sono incazzato nero e anche depresso. Quindi fai quello che ti dico o racconto a Sara della seppia!

- Ok, ok… Guarda un po' se uno che si è appena liberato dalla sua droga deve rischiare di andare in galera per la droga di un altro…

- La cannabis è meglio della figa, fidati. Vale il rischio.

Aspettai in auto ai lati della strada, rannicchiato sotto al livello della visuale dei vetri, che Mauro completasse lo shopping e rientrasse nell'abitacolo. Ci dirigemmo poi a casa mia dove finalmente poté rollarsi lo spinello e tranquillizzarsi un po'.

- Come mai secondo te Luba ha improvvisamente manifestato questi suoi problemi?

- La cosa non è improvvisa.

- Non me ne hai mai parlato.

- Non me lo hai mai chiesto.

- Cazzo, Mauro, io ci vengo a parlare con te dei miei problemi!

- Sì, me ne sono accorto.

- Ossantodio… Quando fai così il supponente senza un motivo specifico, secondo me esageri. Non sta mica scritto da nessuna parte che devi farmi la predica per forza.

- Dico solo che siamo diversi. Per me non è così facile come per te.

- Beh, ora sono qui e puoi raccontarmi.
- Dovrei scrivere una mail.
- Sono qui davanti a te. Che bisogno c'è di scrivermi una mail?
- Non a te, idiota! A Luba.
- Vuoi scrivere una mail a Luba adesso?
- Sì. Che poi mi dimentico cosa le devo dire.
- E che le vorresti dire?
- Che la amo.
- Guarda, te lo ricordo io di dirglielo. Domani, quando ti riporto a casa. Raccontami cosa è successo, dai! Sfogati.
- No, fammi scrivere la mail!

Non avevo intenzione di insistere oltre, ma mi riproposi di sforzarmi di non dimenticare quella conversazione. Se un giorno Mauro mi avesse fatto di nuovo la paternale tacciandomi di poca attenzione nei suoi confronti e m'avesse di nuovo accusato di opportunismo diversamente consapevole, come lo chiamava lui, avrei potuto rammentargli che io c'ero stato nel momento del bisogno, ma che era stato lui a tenermi a distanza.

- Guarda proprio lì davanti a te, - dissi indicando il piano del tavolo al quale si era seduto. - C'è il portatile di Sara. Credo che ci sia un account senza password chiamato *Ospite* che è quello che a volte uso io.

Mi allontanai un attimo per andare a rovistare nel giubbotto alla ricerca del pacchetto di sigarette.

- Ce l'hai fatta? - domandai riavvicinandomi a lui con la sigaretta accesa fra le labbra.
- Non c'è quell'account.
- Che strano, l'avrà cancellato. Aspetta che accendo il mio Mac.
- Non serve, mi sono collegato lo stesso.
- E come?
- Ho usato l'account di Sara.
- In che senso? Non è protetto da password?
- Sì.
- Hai la password del computer della mia donna? - domandai perplesso, aggrottando le ciglia.
- No, ho scritto la prima parola che mi è venuta in mente e l'ho azzeccata.

Era la più classica delle conversazioni surreali che di tanto in tanto mi capitava di avere con Mauro. In quei casi bisognava solo respirare lentamente. Con molta pazienza e tanta voglia di fare piccole semplici domande, tutto si sarebbe chiarito.

- Hai selezionato l'account di Sara, il computer ti ha chiesto una password, e tu, che avrai parlato sì è no tre minuti in due anni con la mia convivente, hai digitato una parola che si è rivelata essere proprio la password corretta? - tentai di riassumere.

- Curioso, vero?

- Ma che cazzo stai dicendo? - urlai venendo meno ai miei propositi di mantenere pieno il mio serbatoio di pazienza.

- Era facile.

- Era facile? - ripetei sconsolato.

- Sì. Ho scritto *Picasso* e ha funzionato, - esclamò accompagnando le parole con una leggera risata generata più dal compiacimento per la propria intuizione che da una volontà di sfottermi.

Anche se in quel momento non avrei mai potuto immaginare la devastante portata delle informazioni di cui sarei venuto a conoscenza nel giro di un paio d'ore, quella parola usata da Sara come password sul proprio personal computer arrivò al mio orecchio come la lettura di un referto d'una malattia incurabile. Non riuscii più a dire una parola. Rimasi immobile e muto a dirigere il traffico dei miei pensieri per molti minuti. Non saprei dire con esattezza quanti, ma furono sufficienti per far sì che Mauro desse per terminata la nostra conversazione e si isolasse completamente da me per dedicarsi alla scrittura della sua lettera d'amore alla moglie. Ripresi il contatto con la realtà un po' di tempo dopo. Fu proprio come un risveglio dopo un incubo mattutino.

Reso ancor più impermeabile alle interferenze del mondo esterno dallo spinello che si era già incenerito fra le sue labbra, Mauro guardava fisso il monitor di quel computer senza battere su alcun tasto. E io guardavo lui, soffrendo dell'intollerabile lentezza con la quale la sua mail a Luba avrebbe preso forma e l'oggetto sotto alle sue dita immobili avrebbe potuto finire finalmente nelle mie mani a rendere conto di sé. La combinazione di quello scrigno elettronico, infatti, si era rivelata un po' troppo particolare per non generare in me il sospetto che il contenuto celato all'interno del forziere non fosse legato allo stesso pernicioso personaggio noto a me, Sara e Mauro come il *Picasso del sesso.* Osservai tra me e me che se io avessi voluto nascondere una cassaforte dietro un quadro non avrei scelto un quadro con scritto "cassaforte" sulla tela, che Sara non avrebbe scelto proprio quella parola se avesse avuto qualcosa da nascondere, visto che la necessità di digitare il testo davanti agli occhi del proprio convivente non poteva considerarsi poi così remota. Quello era l'unico pensiero che riusciva a creare un intervallo di serenità nella mia snervante attesa. In quell'intervallo si materializzava però il rimorso per il tradimento perpetuato con Anita ai danni di Sara due anni prima. Potevo essere così in apprensione riguardo a ciò che avrei trovato in quel computer avendo un così pesante fardello di colpa da portare sulla mia schiena? Ricordavo bene la motivazione che avevo addotto in quei giorni per giustificare la mia azione, ma a distanza di due anni mi appariva evidente che avevo mentito a me stesso. Era stata la mia lussuria a farmi finire sotto il getto vaginale di Anita e non un senso di vendetta per il bacio tra Sara e Marianna. Bacio che era invece diventato la giustificazione che avevo tanto atteso per potermi liberare dal morso di una fedeltà che se adesso mi rassicurava, allora mi sembrava durissima da mantenere.

Ci vollero quasi due ore prima che Mauro annunciasse con orgoglio e paura assieme che la mail era stata spedita.

- Hai scritto la Divina Commedia?

- No, solo che la amo.

- Nel senso di due parole? Hai scritto "*Ti amo*" e basta?

- Sì.

- In due ore?

- Ho dovuto pensare bene se spedirla. E poi credo di essermi anche addormentato un'oretta.

- Capisco. Sei più sereno, ora? Andiamo a dormire?

- Sì. Mi faccio una canna e mi sdraio sul divano.

- Mentre tu componevi il poema del secolo ti ho preparato un letto di sopra. Prima di farti di nuovo vieni che ti faccio vedere dov'è.

Accompagnai Mauro nella stanzetta degli ospiti, gli feci vedere che avevo sistemato sul letto alcuni asciugamani puliti e gli diedi la buona notte. Andai poi nel bagno della mia camera. Feci tutto come se fosse un fine serata qualsiasi. Mi coricai pure, attendendo di sentire Mauro che dopo la canna facesse lo stesso. Ci volle ancora un po' ma alla fine tutte le luci si spensero. Dalla camera degli ospiti cessarono i rumori. Mi catapultai allora fuori dalle coperte per tornare d'abbasso a prendere il portatile della mia donna. Me lo riportai in stanza, lo accesi e quando il nome di Sara comparve sullo schermo, lo cliccai. Digitai la password,

Picasso come mi aveva detto Mauro. Dopo un minuto in cui il sistema operativo sembrò macinare il disco fisso, mi ritrovai all'interno con solo l'imbarazzo della scelta di dove posare il mio sguardo.

In realtà all'inizio non sbirciai da nessuna parte. Rimasi immobile appena al di là del muro di protezione della password, apparentemente indeciso sul da farsi. Sapevo che se mi fossi messo a cercare, qualcosa lo avrei trovato. Magari nulla di così rilevante, però Sara era il tipo che flirtava con tutti per cui se avessi guardato tra le mail qualcosa di equivoco lo avrei trovato certamente. Decidere se dietro a quei possibili flirt ci fosse o meno qualcosa di serio poteva diventare solo una mia scelta personale, basata non tanto su elementi concreti, ma sulla mia paranoia. Proseguire significava dunque prendermi la responsabilità di ingigantire qualcosa che poteva anche essere nato come un gioco innocente. Sarei stato capace, mi chiedevo, di rimanere assolutamente fedele ai fatti che avrei trovato scartabellando furtivamente tra la corrispondenza di Sara? Mi diedi risposta affermativa e lanciai il programma di posta.

La colonna di sinistra della finestra del programma mostrava le varie cartelle di archiviazione delle mail. Alcune facevano chiaramente riferimento a problematiche di lavoro, ma la cartella chiamata *Corrispondenza Privata* mi sembrò il luogo giusto dove guardare. Al suo interno c'era un'ulteriore suddivisione in cartelle ciascuna delle quali portava il nome di battesimo o il soprannome di una persona. Fra essi riconobbi alcuni suoi amici. Gli altri nomi non mi dicevano nulla. Nessuna cartella portava il nome *Andrea* o *Picasso.* Uscii allora dal programma e guardai fra le varie cartelle del disco fisso del computer. In quella dei documenti ce n'era una chiamata *X.* Ripensando alla password del portatile, cominciai a supporre che Sara non fosse proprio dotata di particolare fantasia nel mantenere segrete le cose che dovevano rimanere tali. Entrai nella cartella e ne vidi altre tre: *Immagini*, *Mail* e *Chat.* Puntai alla prima. Conteneva una decina di foto, tutte raffiguranti lo stesso ragazzo. In un paio di fotografie lui era nudo su un letto. In tutte lui rideva. In un'immagine s'intravedeva il braccio di Sara che si allungava verso di lui. Era ovviamente lei ad averle scattate. Il contenuto delle immagini mi scosse, ma cercai di rimanere ligio al principio che avevo espresso quando pochi minuti prima avevo deciso di proseguire in quella violazione della privacy di Sara: non cedere alla tentazione di interpretare, attenermi ai fatti. Guardai allora la data dei *file*. Era di sei mesi prima. Il cuore cominciò ad accelerare. Andai nella cartella *Chat* e trovai dei documenti testuali. Ne aprii uno a caso. Conteneva il resoconto di una conversazione tra un soggetto chiamato "*me*", che doveva essere Sara, e un altro chiamato *Andrea*. Il battito accelerò ancora. Iniziai a leggere, saltando le parole come in una ricerca a campione. Non trovai nulla di particolare a parte i doppi sensi e le provocazioni che mi sarei aspettato di trovare in una qualunque conversazione di Sara con un essere senziente di sesso maschile. Abbandonai quel file e tornai a osservare l'elenco dei documenti di tutta la cartella. Le date dei *file* erano degli ultimi quattro anni e i *file* erano davvero tanti. Non avevo inteso che le loro chiacchierate, che Sara non aveva mai negato, fossero così frequenti. Aprii un altro *file* che aveva una data di qualche giorno precedente alle foto che avevo appena guardato. Anche in quel caso diedi una scorsa veloce, pescando parole qua e là. L'occhio mi cadde sulla parola *Venerdì*. Era la serata nella quale Sara era solita non dormire a casa perché rientrava dai genitori per uscire con le amiche di vecchia data. Era Andrea a prendere la parola per primo.

- *Quindi è per questo Venerdì, vero?*
- *Sì.*
- *Ma che gli racconti?*
- *Che sono con le mie amiche.*

La conversazione si chiudeva dopo poco con un inequivocabile saluto.

- *Ciao, disgrazia monogama e sedentaria, a presto.*
- *Beh, proprio monogama non direi...*

Il cuore ora pulsava nelle vene del collo.

Cercai una conversazione successiva a quel venerdì, ma non trovai nulla. Aprii altri file a raffica e provai a sforzarmi di leggere ogni riga. Ad un certo punto, in una conversazione dei primi mesi del 2002, notai il nome di Marianna. Ripartii dall'inizio cercando di non saltare nemmeno una parola.

A cominciare era ancora il Picasso del sesso.

- Tutto bene, il rientro?
- Durissimo. Tanta sonno. E dovevo pure far presenza in discoteca con le amiche per costruirmi l'alibi…
- Visto che facevi meglio a restare e farti leccare ancora un po' da me e Marianna?
- Infatti.
- Ti hanno abbordato, in disco, con tutto l'odore di sesso che dovevi avere addosso?
- Non ci crederai ma è successo davvero. Mi hanno fermata due toscani simpatici chiedendomi in modo altrettanto simpatico se andavo con loro in un angolo a pomiciare.
- Tutti e due assieme? Ci stai prendendo gusto!
- Gli ho detto che appena un'ora prima avevo avuto la mia prima esperienza di sesso a tre…
- E?
- E dovevi vedere la faccia che hanno fatto quando hanno capito che non scherzavo. Ovviamente non ci sono andata, con loro. Ho detto che appunto avevo già dato. Che ero paga.

Non riuscii ad andare oltre. La tachicardia era a livelli che non avevo mai vissuto prima. Nemmeno riuscivo a capirne esattamente il motivo. Non avrei mai immaginato di rimanere così sconvolto alla notizia di un tradimento subito, eppure le mie emozioni erano fuori controllo. Vedevo la notte avanti a me come un ostacolo insormontabile. Era pure venerdì e la cosa non aiutava a fermare l'immaginazione. Avevo solo una possibilità per riuscire ad addormentarmi e rimandare al giorno dopo l'analisi della situazione: rovinare la nottata anche a Sara.

Presi il cellulare e dopo numerose correzioni dovute in parte allo stato confusionale, ma soprattutto al tremore delle mie mani, composi un messaggio.

Sono a casa. Mauro ha chiesto ospitalità e sta dormendo nella stanza degli ospiti. Sono davanti ai testi delle tue chat con Andrea. Tutte. Domani ti avvertirò in quali orari sarò fuori casa. Vieni qui in quegli orari, quando non ci sono. Raccatta la tua roba e sparisci.

Inviai il messaggio e attesi una risposta, ricordandomi non so come di silenziare la suoneria del telefono. Nel mentre, anche se inconsciamente, i miei pensieri si stavano focalizzando su un unico punto: il sesso a tre. Ero stato mesi ad attendere quel momento e avevo accettato con gioia che non se ne fosse fatto più nulla perché sia il farlo che il non farlo mi erano sembrati una decisione di coppia. Una cosa privata, mia e di Sara. Il nostro piccolo desiderio segreto e inconfessabile, che avremmo deciso assieme di soddisfare o di dimenticare serenamente. E invece Sara con me aveva fatto finta di dimenticarsene, mentre aveva deciso di andare avanti nell'esperienza mettendo un attore diverso a recitare il mio ruolo.

Il telefono iniziò a vibrare. Era lei. Rifiutai la chiamata e scrissi un nuovo messaggio.

> *Come ti ho detto, non sono solo, stanotte. C'è Mauro e non ho intenzione di fare una figura di merda litigando con te davanti a lui. A dire la verità non ho voglia di litigare in generale. Per cui fai come ti ho detto: vieni domani, prendi i tuoi stracci e sparisci dalla mia vita.*

Arrivò a breve un suo sms in cui mi domandava di rispondere alla sua chiamata. Il telefono vibrò di nuovo poco dopo. Lo spensi definitivamente.

Chiusi il portatile, spensi la luce e mi coricai.

Pensai alla serenità conquistata pian piano in quegli ultimi mesi. Ero stato sereno mentre alle mie spalle avveniva il tradimento di un sogno. Quella stessa mattina era iniziata in un modo sereno. Ero stato bravo, altruista, un amico modello. Ero stato capace di essere così perché la pace e la tranquillità che mi venivano dal mio consolidato rapporto con Sara mi stavano rendendo una persona migliore. Avrei meritato di più. Da lei e dalla vita in generale. Come avevo fatto a non accorgermi di nulla? E dire che di indizi lei stessa me ne aveva dati tanti, con le sue provocazioni. Ma io non ero bravo a sospettare il marcio. Persino con Katerina, davanti a scuola, avevo sopravvalutato la situazione: avevo pensato di nobilitare il tempo con passeggiate divertenti e culturali quando la cosa più importante da farle fare era la cacca.

Già, la cacca. Un inizio di merda, aveva avuto quella giornata e all'insegna della merda era proseguito con i primi segni di uno sgretolamento della felicità del mio amico. Nella merda più putrida stava terminando e probabilmente ebbro dei miasmi di tutta la merda con cui avevo avuto a che fare, alcune ore dopo, finalmente, mi addormentai.

Finchè tatuaggio non vi separi

Settembre 2003

Mi svegliai con la sensazione di non aver dormito. La testa mi faceva un male cane a livello dei bulbi oculari e di tutta la parte anteriore del cranio. Quando scesi in cucina trovai Mauro inaspettatamente già in piedi, intento a farsi un caffè. Ebbi paura della sua iperattività, benchè essa rappresentasse una sorta di invito a confidarmi con lui riguardo gli avvenimenti della sera precedente. Per non entrare troppo violentemente all'interno della giornata sicuramente impegnativa che mi stava attendendo, evitai di riaccendere il cellulare e mi accomodai su uno degli sgabelli.

- È da uno o da due la moka che stai mettendo sul fuoco? - domandai.

- Da tre.

- E ti pareva... - sussurrai alludendo all'unico numero che non avevo voglia di sentir nominare.

- Ma pensavo di berli tutti io. Ne preparo un'altra?

- Sì. Da uno, per favore.

- Che c'è? Hai due calamari sotto gli occhi...

- Ho sbirciato tra le mail di Sara, sul suo portatile, - confessai, cedendo all'evidenza che avevo necessità di espellere la mia frustrazione.

- Hai la password del suo portatile? - domandò candidamente.

- Mi prendi per il culo?

- Perché?

- Ma se l'hai indovinata tu, ieri sera!

- Ah sì? Non mi ricordo molto di ieri sera... Ricordo il perché sono venuto qui e che ci siamo fermati a comperare del fumo buonissimo. Mi sa che me lo sono sparato tutto... - disse accompagnando le sue parole con un'espressione candidamente colpevole.

- Nemmeno della mail che hai mandato a tua moglie?

- Cazzo, la mail! Ecco perché sono felice anche se ieri ho litigato! Grazie di avermelo ricordato!

Mi domandai come avessi potuto confidarmi per tutta la vita con un tipo così.

- Quindi, - riprese a parlare, - dicevi che hai guardato le mail di Sara?

- Mi ha tradito.

- Con chi?

- Minchia, eri proprio cotto, ieri sera.

- Confermo.

- Comunque non hai tutti i torti a domandarmi con chi, perché la risposta non è così banale, - proseguii versando il mio caffè bollente in una tazzina.

- Con più di una persona?

- Già…

- Mi sovviene una frase molto saggia che devo averti detto una volta: *Se infili il dito in un culo, non pensare poi che esca…*

- Contemporaneamente. Due contemporaneamente. E di sesso diverso tra loro, - lo interruppi.

- … *senza puzzare enormemente di merda*, - terminò scandendo la parola *enormemente*, che non compariva nella frase originaria.

- È vero, me lo avevi detto.

- E allora perché ti stupisci?

- Perché pensavo di essere parte di quella merda.

- Interessante punto di vista.

- Già, - risposi senza sentire la necessità di spiegargli subito la genesi dell'idea del terzetto e la mia volontà di farne parte.

- Che pensi di fare, ora?

- Le ho detto che deve uscire di casa. Che venga qui a prendere le sue cose e se ne vada.

- Sta per arrivare qui adesso? Ma che cosa ha detto quando le hai fatto presente che avevi scoperto tutto? - domandò a raffica.

- Spero di no. Le ho detto che le avrei scritto quando uscivo di casa così che potesse venire senza incontrarmi. E non ha potuto dirmi nulla perché non le ho risposto al telefono. Le ho solo scritto per sms. Anzi, adesso accendo il telefono e scommetto che ci saranno mille sue chiamate.

- Sarà anche incazzata non poco per il fatto che le hai guardato le mail…

- Mauro, ma vaffanculo!

- Ti ricordo che non hai la fedina proprio immacolata…

- È successo tempo fa, eravamo agli inizi. E mi sono pure pentito.

- Magari è pentita pure lei.

- Un sacco, a giudicare dalle mail… Pentitissima.

- L'avrai scopata male, che ti devo dire…

- Ma tu non avevi dei problemi da risolvere a casa tua? Problemi che magari anche nel tuo caso esistono perché hai scopato male tua moglie…

- Hai ragione.

Mi sentii un verme ad aver pronunciato quella frase.

- Scusami non volevo dirlo, che scopi male Luba. Non lo penso nemmeno. È che mi fai incazzare.

- Infatti su questo hai torto marcio. Hai ragione sul fatto che dovrei andare a casa. Scrivi pure alla tua donna che stiamo uscendo.

- Alla mia ex donna, - precisai.

- Finché tatuaggio non vi separi…

- Già, - confermai materializzando nella mia mente le prime ipotesi del disegno che avrebbe affrescato la mia pelle.

Accesi il telefono. Contai otto chiamate e lessi dieci messaggi di testo. Un paio erano aggressivi, sulla linea ipotizzata da Mauro. La maggior parte scontate richieste di dialogo a quattr'occhi. Scrissi a Sara che stavo per uscire e che sarei stato fuori tutta la mattina, ignorando ancora quelle richieste. Passai dal bagno a lavarmi la faccia per cercare di sgonfiare le borse sotto agli occhi. Guardandomi allo specchio ebbi forte la tentazione di spogliarmi per vedere se il tatuaggio era già apparso. Non lo feci. Mi rivolsi invece alla mia immagine riflessa per ribadire la mia sovranità sul mio destino.

- Non c'è bisogno di vedere il tatuaggio, per sapere che è finita. È finita comunque.

Forte di questo training, uscii di casa ed accompagnai Mauro dalla sua famiglia.

Vermi

Settembre 2003

Lasciare Mauro fu come sprofondare nella solitudine più totale.

Avvertii quella sensazione da subito quando lo vidi sparire oltre il portone del suo condominio, ma ne sentii addosso le sconfortanti conseguenze pochi minuti dopo, mentre ero alla guida della mia auto e mi resi conto che avrei dovuto trascorrere alcune ore fuori casa al solo scopo di consentire a Sara di fare i bagagli. Non sapevo dove andare né come occupare il tempo per tenere sotto controllo la mente. Aveva anche iniziato a piovere. L'acqua sul caldo terreno settembrino aveva inzuppato l'aria di un'umidità insopportabile anche per un padano purosangue come me. Decisi di dirigermi al bar a fare compagnia al mio capo, che era di turno quel sabato mattina. Mi accomodai al banco come avrebbe fatto un vecchio ubriacone in un fumoso locale americano degli anni cinquanta, con il capo chino, le braccia distese sul banco e le mani giunte sul bicchiere di scotch. Da sempre disgustato da quest'ultimo, lo avevo sostituito con una meno romantica tazzina di caffè.

- Hai notato, - mi disse dopo una decina di minuti, facendo finta di non aver notato la mia prostrazione, - che i clienti non sono aumentati, da quando hai scritto il libro? All'inizio un po' sì, ma poi poca roba…

- Ti aspettavi una bolla di turismo dermatologico? - domandai a mia volta sollevando lo sguardo. - Orde di femmine frustrate da vite inutili e inconcludenti, desiderose di affermare per una volta il loro dominio su un maschio o almeno su un pezzo di esso? Crocerossine convinte del potere taumaturgico dell'amore pronte a cimentarsi con la più ardua delle guarigioni?

- Tu parli troppo da professore, per me. Lo sai che io sono terra terra. Mi aspettavo un sacco di curiosi, tutto qui.

- Mi dispiace. Te lo avrei fatto volentieri questo favore.

- Non è un problema. Ce la caviamo bene anche così. Non era per quello che lo dicevo.

- E per cosa?

- Penso che la cosa si spieghi solo in un modo: non ti hanno creduto. Cioè… Se davvero credi che al mondo esista una persona del genere, per forza vai a vederla in carne e ossa, no? È un po' come se un alieno con otto braccia naufragasse sulla Terra e per sopravvivere nella nostra società aprisse un salone di massaggi. Non andresti a provarne uno?

- Sì, suppongo di sì, - lo confortai, colpito dalla metafora.

- Appunto. Ma l'hai scritto bene questo libro? Non è che è brutto da leggere?

- Non l'hai nemmeno comperato?

- Ti pago già lo stipendio. Pensavo me lo regalassi. E poi non sono uno che legge molto…

- Te ne darò una copia, così deciderai da solo. Ma non credo sia quello il nocciolo della questione. Non il libro in sé e come è scritto, intendo. Però forse hai ragione quando dici che non mi hanno creduto.

- La cosa importante è che a crederti sia stata almeno una persona. Quella giusta, no? - domandò alludendo a Sara, che ormai vedeva piuttosto spesso transitare dal bar per salutarmi.

- Infatti. - confermai trattenendo il magma che mi si agitava dentro.

- Non è con te, oggi? Mi fa sempre piacere vederla. Più di te… - disse scherzando.

- No, avevo bisogno di stare un po' da solo, oggi, - risposi sperando che cambiasse argomento.

- È una gran bella ragazza, Michele. E sempre sorridente. Tienitela stretta.

- È lei che non si sta tenendo stretto me, - straripai infine.

- Perché dici così? Ti ha lasciato?

- No, no. Ti dispiace se ne parliamo un'altra volta? Oggi sono un po' provato dagli eventi.

- Va bene. Spero di non aver fatto una gaffe.

- Tranquillo. Non sarei venuto qui, oggi, se non sapessi che sei un amico. La verità è che devo far passare tre o quattro ore e non posso rientrare a casa. Se sto da solo, oggi il tempo non mi passa più, ma non sono nemmeno tanto in vena di chiacchierare, quindi temo che la situazione sia disperata.

- Direi invece che la soluzione al tuo problema sia abbastanza semplice, - disse slacciandosi il grembiule.

- E sarebbe?

Mi porse il grembiule senza rispondere e fece ciao con la mano. Per un attimo rimasi basito, ma poi compresi che lavorare era davvero la cosa migliore che avrei potuto fare.

- Quattro ore al massimo, eh? - gli bisbigliai nell'orecchio quando ci incrociammo per scambiarci il posto dietro al bancone.

- Certo, certo, - rispose con aria soddisfatta e un po' strafottente.

L'afflusso di clienti fu lento ma costante, esattamente quello che mi ci voleva per riuscire a non pensare troppo e considerare quella mattina lavorativa come una manna da cielo. Quattro ore dopo, puntuale come un orologio, il mio capo tornò al locale e riprese possesso della situazione. Lo relazionai sulle mie ore di lavoro come facevo ogni giorno lavorativo normale e poi me ne andai.

Uscendo dal bar feci uno squillo a Mauro per avere aggiornamenti sulla situazione, ma in realtà per cercare di occupare un po' del tempo del tragitto verso casa.

- Come và? - gli domandai.

- Boh, non so. Sono andato fuori a correre.

- Non hai mai corso in vita tua…

- Ho iniziato oggi, in effetti.

- Beh, complimenti. Considerando che sta pure piovendo ci vuole proprio tanta voglia di stare all'aperto.

- O tanta poca voglia di stare in casa…

Dalla mia bocca uscì un accenno di risata amara.

- Mal comune… - commentai.

- Ma comune…, mal comune. Altro che mezzo gaudio!

- In effetti devo ammettere che è un po' difficile pretendere il tuo aiuto come farei di solito.

- Comunque, - continuò ignorando la mia vergognosa considerazione, - ho scoperto che correre d'estate è un po' come vivere.

- Sarebbe a dire?

- Devi farlo schivando i vermi.

Percepii dal tono di voce che si sentiva particolarmente fiero della battuta. Magari non considerava quella una battuta, bensì una profonda analisi filosofica, ma ne era comunque molto orgoglioso.

- Il verme sarebbe Luba, in questo caso?

- Ancora non so, ma potrebbe essere.

- Non avresti fatto meglio a stare a casa a cercare di risolvere i problemi, invece di andare a correre?

- Non posso risolvere problemi che non comprendo. Io sono qui. Katerina è qui. Lei è qui. Tutta la nostra vita è qui. Non vedo perché dovremmo andarcene. Ci sei anche tu qui, ma non mi sembra una ragione sufficiente…

Rimasi in silenzio, perplesso se tra questa frase e quella dei vermi ci fosse un legame che non avevo compreso.

- Stavo scherzando…

- Avevo capito... - mentii.

- Comunque nemmeno tu sei andato a casa a risolvere i tuoi problemi.

- La mia situazione è diversa. Io il problema lo comprendo bene e ho deciso che non è risolvibile. Mi son trovato da passare il tempo fino ad ora. Adesso torno a casa sperando che Sara abbia già fatto armi e bagagli.

- Dovresti andare a correre anche tu, mi sa.

- Odio correre.

- Era un suggerimento per farti schivare i vermi. Vedrai che Sara è là che ti aspetta.

- Vedremo… - dissi contento per come Mauro aveva deciso di farmi sentire che stava dalla mia parte. - Senti, io ti auguro che la situazione a casa tua migliori, ma se oggi non dovesse essere così, preparati che stasera usciamo a ubriacarci. Offro io.

- Ok…

- Ti saluto.

Riagganciai e avviai il motore dell'auto che avevo nel frattempo raggiunto. Partii con la strana sensazione che la previsione di Mauro riguardo a Sara avesse tutti i requisiti per dimostrarsi vera. Aveva provato a telefonarmi continuamente ma avevo ignorato ogni suo tentativo. Le avevo però detto che sarei stato fuori tutta la mattina, il ché era come averle indicato un modo certo per riuscire a incontrarmi.

Odiavo avere la sensazione che Mauro potesse essere stato più perspicace di me. Ancor di più odiai averne la certezza quando, parcheggiando l'auto davanti a casa, vidi Sara in piedi davanti alla porta che stava fumandosi una sigaretta, a malapena protetta dalla pioggia dalla sporgenza del tetto.

- È curioso come, nel momento in cui si scopre che sei andata così violentemente contro la mia volontà, tu decida di continuare a farlo obbligandomi a un incontro che ti avevo detto di non voler avere… - esordii polemicamente quando le fui vicino. Volevo che le fosse ben chiaro che la mia propensione al dialogo arrivava al massimo alla polemica.

Le sfilai accanto senza guardarla in faccia.

- Cos'è successo, Michele? Perché hai saputo questa cosa? - domandò seguendomi dentro casa.

- È curioso anche questo, - dissi proseguendo nel mio sarcasmo, forte della certezza che la mia posizione mi consentiva di infierire a piacimento senza pericolo di esagerare. - Pensi sia rilevante come è avvenuta la scoperta più che il suo contenuto?

- Io non ho detto…

- Comunque, - la interruppi, - se proprio lo vuoi sapere, mi sono ritrovato per caso in mano la password del tuo computer. Potevo scegliere se usarla o non usarla. L'ho usata. È stato scorretto? Forse. Ma non so perché, in questo momento mi sembra che sia stata una fortuna. Se non altro per non lasciare solo a te, anzi a voi tre, la consapevolezza che sono un idiota.

Restando in piedi col sedere appoggiato al tavolo da pranzo le spiegai come era avvenuta la cosa, evidenziando il fatto che il tutto era successo alla presenza e per merito del mio migliore amico, di fronte al quale mi sarei d'ora in avanti vergognato come un cane.

- Adesso mi rendo conto di aver fatto una cazzata enorme, però ti assicuro che non ho mai pensato che fossi un idiota. Io voglio stare con te. Ho sempre voluto stare con te. Non ho mai messo in discussione questo, dentro di me.

- Vuoi stare *anche* con me, direi.

- No.

- Sara, non ti sei fatta una scopata con uno sconosciuto una sera che eri ubriaca. Tu scopavi con lui prima di conoscere me e hai continuato a scoparci durante. Per tutto il tempo. Io la chiamo relazione, questa.

- No.

- Ma quello che mi fa davvero capire che non voglio più saperne di te, al di là della comprensibile incazzatura che sto vivendo in questo momento e che potrebbe giustificare una mia poca lucidità, è che hai creato un sogno per noi due e poi lo hai realizzato senza di me. Lo hai creato proprio tu. Parlo della cosa a tre, ovviamente. Lo hai creato e me lo hai proposto. Hai vinto le mie titubanze, alleandoti con quella parte di me che era desiderosa di provare una cosa nuova e quell'altra parte che pensava fosse una fortuna avere una compagna con la quale in nome della coppia si potevano progettare cose del genere. Hai preso questo sogno creato per noi due e lo hai semplicemente distrutto e infangato andando a coronarlo con una persona diversa da me.

- Ma io non…

- Scusa ma adesso finisco di dire quello che penso, perché sono talmente inviperito e offeso e mi sento di così poco valore che ti tocca sorbirti la mia rabbia. Quello che ho appena detto non è nemmeno vero, probabilmente. Tu quel sogno non lo hai creato per noi due. Lo hai creato con lui. O lui per te. Ma ti ronzava così tanto in testa che hai dovuto per forza parlarne con me. E io non mi sono reso conto che era una cosa vostra. Che ti stava intrigando e facendo bagnare ogni momento che ci pensavi. L'ho creduta nostra, mia e tua. E forse nemmeno ti ha sfiorato l'idea che quella tua proposta aveva un significato molto particolare, per me. Non era il fatto di realizzare il sogno erotico di ogni maschio, ma proprio il fatto che la cosa fosse partita da te e tu avessi deciso di correre il rischio di apparire un po' troia ai miei occhi pur di creare qualcosa di tanto particolare di cui parlare ed eventualmente da fare assieme. Eri troppo impegnata a pensare come realizzare l'idea con chi te l'aveva messa in testa.

- Ho solo avuto paura che tu avessi ragione. Che se fosse successo poi tra noi avrebbero potuto iniziare dei problemi.

- Ma per favore… Non ricordo proprio che tu mi abbia parlato di questi tuoi dubbi…

- No, è vero. Però li ho avuti.

- E invece scopare con un altro per tre anni, coronando poi la cosa con un'orgia, pensavi che fosse un modo per non far iniziare problemi tra noi due? Ascolta Sara, ti ripeto quello che ti ho scritto ieri sera: prendi le tue cose e vattene, per favore.

- Michele, ti prego! - urlò iniziando a singhiozzare. - Non voglio andarmene. Non voglio perderti. Ho fatto una cosa tremenda, ma era come se fosse un gioco, non me ne rendevo conto. E non me ne rendevo conto perché io ti amo e di questo ero e sono sicura.

- Dici che non ti rendevi conto di quello che facevi e invece sei sicura di amarmi?

- Sì.

- Se esiste solo una misera possibilità che fra me e te le cose possano un giorno rimettersi a posto, - dissi ripensando a quanto mi aveva detto Mauro a proposito della mia fedina penale non proprio immacolata, - questo modo passa attraverso il fatto che ora tu te ne vada.

- Ma perché?

- Perché non vedi che io adesso non farei altro che offenderti e urlare? Quanto pensi di resistere se io adesso cominciassi a darti della puttana e non smettessi per dei mesi?

- Resisterò e ti dimostrerò che non è così.

- Ti ricordi vero come è iniziata la nostra storia?

- Sì, lo so, sono stata un po' puttana anche in quella occasione.

- No, non volevo dire questo. È iniziata perché anche tu sei stata incuriosita da ciò che io ero. Poi è nato anche altro, però all'inizio era quello, ti ricordi?

- Sì...

- Eri curiosa di sapere se la storia dei tatuaggi era vera, come lo sono tutte, del resto.

- E quindi? Adesso questo aspetto non mi interessa più.

- Lo so, però visto che tutto è iniziato da lì, direi che sia proprio quello il modo giusto di sapere se la cosa deve finire qui.

- Cioè? - domandò dimostrando tutto il suo smarrimento nel non afferrare un concetto così semplice.

Mi scostai dal tavolo e mi slacciai le scarpe, poi mi sfilai i pantaloni e uno dopo l'altro tutti gli altri indumenti. Tenni sempre il mio sguardo fisso sul suo volto, per capire dai suoi occhi se sul mio corpo era presente un nuovo disegno. Il nostro disegno. Quando vidi il suo sguardo puntare al suolo, capii che non sarebbero servite altre parole.

Sara si allontanò verso i piani superiori, a fare ciò che non si era rassegnata a fare nella mattinata, ed io iniziai a rivestirmi sforzandomi di non guardare ancora dove e cosa era apparso sul mio corpo.

Gli amanti

Settembre 2003

Mauro arrivò puntuale a casa mia. Avevo messo in fresco alcune birre.

La decisione di rimanere in casa era stata unilateralmente mia, ma non credevo che lui avrebbe avuto nulla da ridire. Avevo da una parte pochissima voglia di stare in mezzo alle persone e dall'altra grandissima voglia di considerare quell'abitazione, fino a poche ore prima teatro della mia convivenza, di nuovo come un covo in cui invitare gli amici maschi più cari. Ossia Mauro.

- Quindi niente novità di rilievo, a casa tua... - dissi al primo tintinnar di bottiglie.

- L'unica novità è la presa di coscienza che l'idiozia di mia moglie ha contagiato pure me. Perseveriamo tutti nel fare il contrario di ciò che vogliamo. Lei vuole andarsene, ma resta qui e si lamenta. Io vorrei stare in famiglia, ma sono qui a casa tua e mi lamento. E ovviamente, vivendo con due idioti, Katerina si lamenta e basta, poverina.

- In effetti non ti invidio. Io posso anche starci male, per quello che mi è successo, ma se mi libero del problema Sara, poi posso anche dire di essere a posto. Tanto sono da solo. Ma tu, anche se ti liberassi del problema Luba, rimarresti con un problema ben maggiore di una moglie che si lamenta: avresti una figlia senza madre. O peggio, rimarresti senza figlia se lei se la portasse via con sé.

- Rasserenati, per una volta puoi anche non sentirti inferiore a me... Non c'è differenza tra ciò che stiamo subendo, Viso Pallido. Sempre di tradimento si tratta.

Distesi il braccio che reggeva la bottiglia di birra per far toccare di nuovo i vetri. Intendevo sottolineare il mio ringraziamento e il mio rispetto per la sua considerazione. Una considerazione che giungeva alle mie orecchie come qualcosa di particolarmente piacevole, vista la tendenza a bacchettarmi che Mauro non mancava mai di manifestare.

- Sai? - dissi poco dopo. - Avevi ragione riguardo al discorso dei vermi. Quando sono arrivato a casa, oggi, Sara era lì ad aspettarmi.

- Cosa le hai detto?

- Non è che hai una canna?

- Si fa le canne?

- Ma no, Dico tu, adesso, non è che hai una canna?

- Ah, sì, certo. Buona idea.

- In un certo senso, - pensai ad alta voce riprendendo il discorso, - Le ho espresso il tuo pensiero.

- Che mi scrocchi sempre le canne?

- Ti scrocco le canne? È questo che pensi?

- Beh..

- Ma dai, saranno due all'anno! E comunque io ti offro più birre.

Mauro accese lo spinello dopo averlo come al solito estratto dal taschino del gilet nero da fotografo.

- Le canne valgono più delle birre, quindi è normale che tu debba compensare. Anzi, vedi di compensare adesso, - disse abbandonandosi sul divano a consumare l'ultimo sorso nella sua bottiglietta.

Mi alzai e andai in cucina a prenderne un paio dal frigorifero.

- Quale sarebbe il mio pensiero? - lo sentii domandare.

Stappai le bottiglie, le portai in salotto e gliene porsi una.

- Ti ricordi che mi hai detto *finché tatuaggio non vi separi*?

- Più o meno…

- Beh, le ho fatto vedere il tatuaggio.

- E lei?

- Prima aveva insistito, poi, proprio come avevi detto tu, nel momento in cui ha visto il disegno, ha capito che non c'era più nulla da fare.

- Ben fatto…

- Dici?

- Beh, se ha creduto che fosse vero…

- Ma cosa?

- Il tatuaggio. Non te lo sei disegnato tu con un pennarello?

- Ma ti pare?

- Vuoi dire che è vero?

- Certo?

- Cazzo, ma allora è proprio finita!

- Sì.

- Che disdetta. Una così bella gnocca… Davvero non te la tromberai più?

- Ti vedo particolarmente vicino alla mia sofferenza di uomo tradito…

- Hai ragione. Mi sa che è la canna…

- Sì.

- Mi fa vedere le cose sempre molto più lucidamente.

- Oh! Insisti?

- Senti, quella era una gran bella ragazza che pure al bar non perdeva occasione di infilarti le mani nelle mutande... E tu l'avevi pure tradita per primo… Diciamoci la verità, la vera tragedia, nel tuo caso, è che ti sei perso una compagna di giochi straordinaria.

- Passami quello spinello e smettila di dire stronzate.

Feci un tiro profondo e mi abbandonai sul divano sperando di assaporare un minuto di silenzio.

- Ma sei sicuro… - ricominciò invece Mauro, negandomi anche quel piccolo piacere, - che anche se hai il tatuaggio legato a una certa donna, quella donna non te la tromberai più? Non è che magari, se ti viene il tatuaggio vuol dire che non siete più morosi ma potete rimanere scopamici?

- Ti rendi conto che stai cercando una logica in un fenomeno paranormale, vero?

- Del resto è proprio mostrando quel fenomeno che hai voluto dimostrare a Sara che tra voi era finita …

- Su questo hai ragione.

- Quindi? Che cosa rispondi alla domanda che ti ho fatto?

- Non lo so. Da una parte ho sempre pensato che la comparsa del tatuaggio volesse dire fine assoluta. Dall'altra, questa è una regola che non voglio accettare.

- Perché?

- Perché se così fosse, non c'è proprio speranza che Roan torni mai da me.

- Uhm… - mugugnò Mauro, facendomi cenno con la mano di passargli di nuovo lo spinello.

- Dimmi del tatuaggio, dai, - disse dopo qualche secondo. - Cos'è questa volta?

- Non ne ho idea, non l'ho guardato.

- Lo hai fatto vedere a lei ma tu non l'hai guardato?

- No.

- Ecco perché puzzi. Non avrai nemmeno fatto la doccia.

- Infatti.

- Dai, fammi vedere.

- Sì. Anche io avevo pensato che dovessimo guardarcelo assieme.

- Guardarcelo assieme… È sempre stato il mio sogno! - ironizzò.

Mi spogliai rimanendo in mutande, nella speranza che non fosse necessario togliere pure quelle davanti a lui. Mauro scoppio in una risata.

- Oh madonna, questa tua reazione mi mette ansia…

- No… È che… Non poteva essere altro! Hai una psiche prevedibile!

- Dai, dimmi cos'è!

- Ti prego, vai davanti allo specchio. È troppo bello!

Scossi la testa, un po' indispettito dalla sua poca empatia al mio dramma di mutante, ma seguii il suo consiglio. Quando raggiunsi il bagno sentii ancora le risate un po' isteriche di Mauro, certamente indotte dalla droga, che mi dissuadevano dall'andare davanti allo specchio. Poi mi convinsi e scorsi la nuova presenza sul quadricipite femorale sinistro. Il disegno si estendeva su tutta la coscia, frontalmente e in parte anche lateralmente, avvolgendola. Che fosse un dipinto di Pablo Picasso mi apparve subito chiaro. Così come chiaro mi fu a quel punto il motivo delle risate di Mauro. Era un dipinto che avevo già visto ma che aveva qualcosa di diverso. Ore più tardi, collegandomi a internet, riconobbi l'originale in quel pezzo del 1919 chiamato *"Gli amanti"*. Il suo di amanti ne aveva due. Il mio, ovviamente, uno in più. Certamente di nome Marianna.

Tornai mestamente in salotto. In tempo per strappare dalle labbra di Mauro l'ultimo mozzicone utile di canna. Mi rivestii e mi buttai di nuovo sul divano a bere la mia birra.

- Non ti abbattere, amico, - disse Mauro estraendo dal taschino un nuovo spinello. - Ho buone notizie per te.

- Sì, un'altra canna è davvero un'ottima notizia. Ho proprio voglia di sballarmi, stasera.

- No. Cioè, sì, anche che io abbia un'altra canna *da offrirti* è una buona notizia, ma non mi riferivo a questo. La bella notizia è che questo tatuaggio tu sulla pelle ce l'hai davvero, quindi ti sei liberato della traditrice, però quello di Roan non ce l'hai più, ti è sparito quattro anni fa. Quindi c'è speranza che lei ritorni. Assieme a tutte le altre squinternate della tua vita precedente, ovviamente.

Mi sollevai, assunsi una posizione più composta. Fissai Mauro, probabilmente già dimentico della frase che gli era appena uscita di bocca e intento a fondersi quanto più possibile col fumo del nuovo cannone.

- Grazie, fratello, - dissi allungando per l'ennesima volta il braccio con la birra stretta nella mano, alla ricerca di un brindisi. - Brindo alla nostra amicizia e alla meravigliosa speranza che hai saputo darmi con le tue parole.

- Non so di che parole tu stia parlando, - disse Mauro confermando la mia ipotesi. - Però so che se vuoi fare un tiro mi devi un'altra birra.

Mi fece l'occhiolino e brindò con me.

Il resto della serata resterà per sempre un buco nero nei miei ricordi.

Fanculo lo stesso

Giugno 2004

Sdraiato a pancia in alto, con il cuscino e le mani dietro la nuca, cercavo di decidere cosa avrei potuto organizzare l'indomani in compagnia di Mauro, in occasione del mio compleanno. La decisione era difficile principalmente nei contenuti, ma in quel frangente lo era anche per via del momento che avevo scelto per dedicarle attenzione. Una tizia infatti mi stava leccando l'uccello. S'era posizionata a sessantanove e quindi mi ritrovavo il suo buco del culo a quindici centimetri dal naso. Lo vedevo stringersi e rilassarsi in sincrono con la tipologia di attenzioni che decideva di dedicare al mio membro eretto. Quando lo spingeva tutto in gola, il buco del culo si rilassava facendomi temere il peggio, quando invece sentivo la sua lingua giocare dolcemente con il glande e lo scroto, forse per via dell'attenzione necessaria al lavoro fino, lo sfintere si chiudeva come un diaframma di macchina fotografica al termine dello scatto.

Paola, credo si chiamasse. Proveniva dal bacino delle pazze che continuavano a scrivermi in qualità di autore dell'*Uomo Tatuato* e dal quale avevo attinto già un paio di volte negli ultimi mesi quando sentivo la necessità di sfogarmi sessualmente. Quel giorno le cose erano andate un po' diversamente. A condurmi sul letto a osservare le contrazioni anali di Paola la pompinara non erano stati i miei appetiti sessuali quanto la necessità di scrollarmi di dosso i pensieri che erano sorti quella mattina. Durante il turno al bar, infatti, sfogliando la pagina culturale del *Corriere,* l'occhio mi era caduto sull'articolo che pubblicizzava una mostra romana di dipinti di Picasso che avrebbe aperto i battenti il giorno seguente. Uno dei pezzi esposti, raffigurato sulla pagina del quotidiano, ero proprio il "mio" quadro. Erano passati tre quarti d'anno da quando il terzetto post-cubista si era impossessato della cute della mia gamba e vedere la versione originale, composta da un ortodossa coppia d'amanti, fu come sentirmi costretto a pensare a ciò che con Sara avrebbe potuto essere e non era stato. Lei non aveva mai smesso di cercare una riconciliazione. Scemato lo shock della visione del "suo" tatuaggio, non aveva saputo accettare come possibile la fine della nostra relazione e proprio in quella verificata impossibilità si era consumata. Che io non avessi mai preso in considerazione una sua *rentrèe* nella mia vita doveva esserle sempre stato chiaro, o così almeno mi sembrava ragionevole pensare viste le infinite volte in cui glielo avevo ripetuto nel corso dei mesi, tuttavia lei perseverava nel manifestarmi il suo pentimento e il suo amore. Non sembrava voler lottare per me, quanto piuttosto avere una pessima convivenza col suo senso di colpa. Fossimo stati ancora una coppia, saremmo stati la coppia più longeva della mia esistenza e quei nove mesi trascorsi dal giorno in cui l'avevo cacciata da casa, chissà cosa avrebbero portato nelle nostre vite.

Di figli non ne erano spuntati, ma di tatuaggi un paio.

Poca roba e d'estensione proporzionale alla scarsa emotività che avevo dedicato alle due storie. Avevo un'àncora sul braccio (e fu curioso osservare quanto fastidio provai nel vedere un tatuaggio banale ed inflazionato, ornare il mio corpo), frutto d'una decina di scopate con una mia noiosissima lettrice ed un pacchianissimo flacone d'Autan, giallo con la scritta rossa, che avrei potuto interpretare in mille modi, viste le molteplici assonanze con la persona cui era riferito.

Aver di tanto in tanto bisogno di sesso m'aveva portato a fare del bene. Questa era la versione che davo a me stesso per giustificare scopate con donne di cui non m'importava nulla, ma per le quali sembrava importante trombare il mutante modenese. Quel giorno avevo deciso di fare del bene più che altro a me stesso, nascondendo nelle endorfine di un orgasmo l'inopportuna incursione del ricordo di Sara nella mia giornata. Se però avessi davvero voluto avere quell'orgasmo, avrei fatto meglio a concentrarmi sulla lingua e sul diaframma anale di Paola, invece che pensare a Mauro e a come fargli passare una bella serata con la scusa che dovessi passarla io per festeggiare la ricorrenza.

Mauro sembrava stare meglio, negli ultimi mesi. Diceva che la situazione a casa si era regolarizzata, che Luba aveva smesso di parlare di aprire attività in Russia e trasferire là quella porzione di famiglia che avrebbe voluto seguirla. Ma non me la dava a bere. Forse era vero che le nubi da tempesta si fossero diradate, ma a me sembrava che le mattane di Luba lo avessero reso consapevole della precarietà del suo rapporto. Se avessi potuto serenamente dargli un consiglio, gli avrei suggerito di staccare un po' la spina da quella donna e lo avrei portato a una serata goliardica che avrei potuto facilmente organizzare con qualcuna delle mitomani fan dell'*Uomo Tatuato*, ma gli volevo troppo bene per augurargli ciò che lui non desiderava. Anche se non comprendevo esattamente le ragioni del suo amore per Luba, era indubbio che lui volesse stare con lei ancora a lungo e che non si azzardasse a privare Katerina di uno dei due genitori.

Nel mentre Paola portò la sua mano sinistra ad accarezzarsi la chiappa corrispondente. La mano destra era impegnata a sorreggere il peso della parte anteriore del suo corpo. Il pompino lo faceva senza mani, cosa che privava il mio cazzo del necessario ausilio di forza fisica ma che era indubbiamente apprezzabile in termini di creatività. Il culo smise di boccheggiare. Forse la difficoltà di mantenere l'equilibrio su una sola mano sollecitava muscoli del busto lasciando scarichi quelli del bacino. Ascoltando i suoni simili a colpi di tosse e conati di vomito provenienti dal suo esofago occluso, mi domandai che cosa spingesse quella donna a una così disagevole abnegazione. Essere conscio che il mio essere simile a una lavagna rappresentava un'attrattiva per queste "donne gessetto", non significava che potessi però comprendere come apporre la propria firma su pochi centimetri d'arazzo cutaneo potesse giustificare mal di schiena, principi di soffocamento e, se solo mi fossi concentrato ancora un po', l'ingestione dello sperma di uno sconosciuto. Dopo poche carezze però, le dita della sua mano sinistra s'impuntarono nella carne della natica sinistra per raggranellare centimetri verso il centro del sedere. Io le guardai arrancare sospettando che dì lì a breve avrei dato risposta a questi miei interrogativi. Quando infatti quattro dita della mano si raggomitolarono nel palmo e il solo dito medio rimase disteso ad uncino andando a conficcarsi nel retto, tutto mi fu chiaro. Paola, come probabilmente tutta quella schiera di femmine che si erano rese disponibili al solo mio schioccare di dita, non erano disposte a soffrire per conquistarsi quel lembo di carne colorata. Loro godevano nel meritarselo. Il fatto che da quando il dito era entrato nel suo culo, i colpi di tosse e i conati di vomito fossero stati sostituiti da un misto di rantoli e gemiti di piacere, me ne diede conferma. Chissà per quale motivo, questa consapevolezza mi rilassò. Quel film porno tridimensionale che stavo vivendo a pochi centimetri dal mio naso mi portò rapidamente all'orgasmo. La tizia sorseggiò il beverone senza fare una piega e come se fosse appagata quanto me, si mosse dalla sua posizione e si sdraiò soddisfatta e amorevole al mio fianco.

Privato della foga sessuale mi fu ancora più evidente che quelle erano atmosfere che non potevo proporre al mio amico per l'indomani. Ci voleva stomaco per concedersi simili finzioni d'amore e sopportare certe schifose frequentazioni. Lui non sarebbe stato capace di non sentirsi in colpa. Al cinema, invece era appena uscito *Kill Bill - Vol. I*, di cui si dicevano grandi cose. Decisi che invitarlo alla visione sarebbe stata la scelta migliore.

- E adesso come funziona? - domandò la tizia facendomi ricordare della sua esistenza.

- Scusa?

- Il tatuaggio. Quand'è che arriverà?

- Ah, quello… Manca ancora un passaggio fondamentale.

- Cosa devo fare?

- No, tranquilla, ora devo fare tutto io.

- E cosa?

- Ti devo dare un calcio nel sedere.

- In che posizione devo mettermi?

- Intendevo metaforicamente.

- Sarebbe a dire?

- Che devi andare a fanculo. Non è che vorrei mandartici, non fraintendere, è che se non lo faccio poi la cosa non va a buon fine.

- Ah, ok. Quindi mi devo rivestire?

- Sì, mi sembra una buona idea.

Paola eseguì il suo compitino col sorriso sulle labbra, poi si posizionò davanti alla porta della camera.

- Sono pronta, - disse.

Annuii svogliatamente, poi mi sollevai a sedere sul ciglio del letto e mi infilai le mutande.

- Allora, Paola, senza cattiveria… Ma vaffanculo!

- Mi chiamo Chiara.

- Ah, scusami. Però vaffanculo lo stesso.

Mi alzai e l'accompagnai alla porta.

Lei mi sembrò felice.

In frantumi

Giugno 2004

L'idea del cinema e del film di Tarantino in particolare era piaciuta a Mauro. Gli avevo fatto la proposta al telefono durante la mattinata e mi aveva chiesto di andare al secondo spettacolo per poter mettere a letto Katerina e uscire tranquillo. Nel pomeriggio, però, un suo messaggio sul cellulare mi pregava di andare da lui appena finito il turno al bar. La cosa mi era sembrata alquanto strana. Era la prima volta che il mio amico mi faceva pervenire un'esplicita richiesta di aiuto. Non si poteva letteralmente dedurre dalle sue parole che fosse davvero tale, ma il fatto che si fosse rivolto a me con un "*Per favore, vieni qui appena esci dal bar*" e non con un "*Cazzone, vedi di passare subito di qua*", non mi faceva pensare a nulla di buono.

Mauro mi accolse con la guancia destra piena di schiuma da barba e la sinistra completamente sbarbata. In tanti anni lo avevo visto sbarbato solo il giorno del suo matrimonio con Luba. Pensai ingenuamente che fosse un buon segno.

- Mi mollerai mica all'ultimo minuto per una serata galante? - gli dissi facendogli l'occhiolino.

- Se ne è andata, - fu la sua risposta mentre mi dava le spalle e s'incamminava verso il bagno.

Lo seguii guardandolo tornare davanti al lavandino e riprendere la rasatura.

- Non ho capito. Cos'hai detto?

- Se ne è andata, cazzo.

- Ma chi? Luba?

- Sì, - rispose con la voce strozzata. *Sì* non era la tipica risposta da Mauro. Normalmente avrebbe risposto alla mia richiesta di spiegazioni facendo sarcasmo sulla mia scarsa perspicacia. Mi tolsi il sorriso dalla faccia e provai ad adeguare la mia espressione alla situazione che mi apparve improvvisamente seria. Tentai però di approcciare il problema sdrammatizzando.

- Perché ti stai radendo?

- Non sapevo cosa fare. E poi la mia faccia mi sta sul cazzo.

- Senti, andiamo con ordine o non capisco nulla. Dici che Luba se ne è andata. Dove?

- È tornata in Russia.

Mi guardai attorno, rimanendo zitto per alcuni secondi. Erano le sei di sera e mi accorsi con orrore che Katerina avrebbe dovuto essere in giro a scorrazzare tra le nostre gambe o al limite a giocare nella sua camera. Il silenzio nell'appartamento, invece, non faceva proprio pensare che una bambina di cinque anni potesse essere nei paraggi.

- Sì è portata via Katerina? - domandai timoroso della risposta.

- Macché, neanche quella responsabilità, si è presa. Che se poi l'avesse fatto sarei andato là ad ammazzarla, ma almeno le avrei dato atto al suo cadavere di avere un minimo di senso materno.

- Quindi lei dov'è?

- Katerina? A casa dai miei. Mi hanno chiamato quando ero ancora al negozio dicendo che Luba era passata e l'aveva mollata lì sulla porta. Aveva suonato il campanello e quando hanno aperto hanno solo visto un taxi che se ne andava.

- E quindi come sai che è tornata in Russia?

- Mi son fatto passare mia figlia al telefono. È stata lei che mi ha detto che la mamma aveva lasciato qui una cosa da leggere.

- Ti ha lasciato una lettera con scritto che se ne tornava a casa sua?

- Sì. È sul tavolo in soggiorno.

- Ma che stronza! - mi scappò detto.

- Ehi, non parlare così di quella puttana di mia moglie! - mi rimproverò Mauro. Evitai di ribattere. Il volto privo di peli con cui mi appariva ora mostrava in modo molto evidente la tensione dei muscoli facciali. Era sconvolto.

- Andiamo all'aeroporto, proviamo a farla ragionare. - dissi venendo immediatamente preso d'assalto dai ricordi del mio disperato tentativo di trattenere Roan al mio fianco, avvenuto tanti anni prima al terminal delle partenze dell'aeroporto di Bologna.

- Come cazzo si fa a far ragionare una cogliona che abbandona una figlia nelle mani di un rintronato come me? E poi è inutile, nella lettera mi ha scritto anche che volo avrebbe preso da Milano. È già decollato.

- Non sei rintronato, - dissi ben conscio che la cosa non doveva essergli di alcun conforto, in quel momento. - Il fatto che tu sia qui a prenderti le tue responsabilità e che lei se ne sia andata, è indice che la rintronata è lei.

- No, lei è una criminale, mentre io sono quel coglione che ha creduto che le cose si stessero rimettendo a posto. Guardami! - urlò indicando lo specchio in cui vedeva riflessa la sua immagine. - Ti sembro una persona normale? A quarant'anni vestito come un metallaro sedicenne?

- Fa parte del tuo lavoro, proporti così… - dissi per farlo calmare.

- Ti sembro una persona intelligente abbastanza da tenere in piedi una famiglia? Ma soprattutto, ti sembro un padre, cazzo? - domandò con la voce deformata dalla disperazione mentre con un improvviso gesto di rabbia chiudeva il pugno e lo scagliava dritto contro allo specchio, mandandolo in frantumi.

Reclinò il capo in avanti, come se dovesse iniziare a piangere e s'appoggiò con entrambe le mani al lavandino, il cui catino andò pian piano rigandosi del rosso del sangue che gli colava dalle nocche della mano destra.

Avrei voluto abbracciarlo. O meglio, sentii che avrei dovuto abbracciarlo, ma mi resi improvvisamente conto che mi sarei sentito tremendamente a disagio nel farlo. Non c'era mai stata fisicità, tra me e lui. Eravamo un tatuatore metallaro e un tatuato mutante che avevano un rapporto intellettuale. Strano ma vero. Strano e peraltro assolutamente inutile, in quel momento. Mi allontanai dunque senza dire nulla affinché non si sentisse a disagio se davvero gli fosse scesa qualche lacrima. Pensai inoltre di andare a frugare fra i cassetti della sua casa alla ricerca di qualcosa per medicare la sua mano ferita.

In soggiorno notai la busta della lettera di Luba e al suo fianco un foglio appallottolato che doveva esserne stato il contenuto. Appiatii il foglio sul tavolo, stirandolo con i pollici.

> *Io ti ho detto per tanto tempo, che meglio andare via di qui. Ora faccio. Vado con aereo delle sei. Lascio auto a casa dei tuoi genitori. Fa quello che tu vuoi.*
> *Luba*

- Che razza di bastarda, - sussurrai appena, pensando che in fondo in fondo non tutti i miei preconcetti su Luba, fino a quel momento rivelatisi errati, lo erano davvero.

- Dove tieni il disinfettante e i cerotti? - urlai senza ottenere risposta.

Mi misi ad aprire cassetti. Trovai prima tovaglie e posate, poi una valanga di scarabocchi di Katerina. Mi si strinse il cuore a pensarla da sola dai nonni ignara di ciò che stava accadendo e di come sarebbe cambiata la sua vita dall'indomani. Aprii un ultimo cassetto dislocato quasi a terra, nel mobile che faceva da basamento per il televisore. Conteneva cianfrusaglie e cancelleria varia, ma una scatola di cerotti, del tutto scollegata dal contesto, sbucava tra matite, gomme e alcune cartoline. Presi la scatola d'istinto ma fu proprio una di quelle cartoline, quella in cima alle altre, ad attirare la mia attenzione. La frase *Saludos desde Mexico,* a caratteri rossi sullo sfondo della porzione di cielo che circondava una piramide Maya, non poteva che riportare i miei pensieri a Roan per la seconda volta in quella giornata. La presi in mano per quel motivo, come avrei fatto con qualunque cosa proveniente dal paese in cui Roan si era rifugiata anni prima per sfuggire a un amore che, a detta sua, non voleva condividere con le altre donne che occupavano la mia pelle. Quando girai la cartolina per vedere chi l'avesse mandata a Mauro e Luba, lo feci con la vergogna di chi stava sbirciando nella vita privata di amici, ma quella spiacevole sensazione scomparve e fu sostituita dallo smarrimento quando vidi il mio nome vergato a mano libera sul retro. *E Michele come sta?* c'era scritto.

Erano passati molti anni ma lo avevo compreso alla prima occhiata che quella era la calligrafia di Roan, eppure andai a cercarne la firma con gli occhi prima e coi polpastrelli poi, quasi che l'inchiostro avesse uno spessore ed una consistenza riconducibili a lei soltanto. Lo sguardo passava dal suo nome, in calce alle poche righe di saluto a Mauro e alla sua famiglia, al mio. Roan chiedeva di me. Ma questo quando succedeva? La domanda m'apparve improvvisamente in testa con tutto il peso della sua importanza. Era la cartolina con la quale Roan comunicava di essere arrivata a destinazione, sette anni fa, e si informava su come io stessi vivendo l'abbandono? O era altro?

Non fu difficile darmi risposta. Non perché Roan avesse scritto luogo e data di spedizione, ma perché il timbro postale era ben visibile e diceva *Marzo 2004.*

- Marzo 2004, - ripetei a mezza voce.

Presi d'istinto le altre cartoline. Erano sette e tutte di Roan. Sei mostravano attrazioni turistiche messicane mentre la settima portava la foto di uno strano murales, una sorta di rappresentazione di vita banditesca. Questa era del 2003 mentre le altre di anni tutti differenti.

Una all'anno per sette anni. I sette anni che mi separavano da lei erano stati riempiti da sette cartoline nelle quali Roan si faceva viva con Mauro, mandava i suoi saluti e i suoi abbracci a lui e alla famiglia e terminava immancabilmente con la stessa domanda: *E Michele, come sta?* Un giorno all'anno almeno, per sette anni, lei aveva pensato a me. Non sapevo come decifrare questa informazione arrivatami addosso da qualche secondo con l'energia di un treno in corsa, ma col passare degli istanti ciò che mi appariva come lampante e incomprensibile, era che quell'informazione mi era stata tenuta nascosta. E chi me l'aveva tenuta nascosta era a pochi metri da me, in avvicinamento con passo lento e strascicato.

Mauro entrò in salotto con le braccia abbandonate lungo il corpo, incurante della mano che gocciolava sangue sul pavimento. Io lo guardai dritto negli occhi e senza dire una parola sollevai appena l'avambraccio nella cui mano stavano le cartoline di Roan. Lui agganciò il mio sguardo appena entrato nella stanza, poi vidi chiaramente che fissò le cartoline, infine abbassò il capo sfilandomi accanto per andare ad aprire un cassetto fra quelli che non avevo ancora ispezionato. Fissavo i suoi movimenti rimanendo fermo sul posto, girando su me stesso e tenendo l'avambraccio alzato, in una sorta di trance dal quale sarei riuscito uscito solo quando Mauro si fosse deciso a rispondere ad una domanda che io ponevo senza aprire bocca ma che ero sicuro lui avesse compreso benissimo.

Mauro versò del disinfettante su un batuffolo di cotone e con questo poi si pulì la ferita. In seguito si avvicinò a me e tenendo i suoi occhi fissi nei miei, andò a sfilarmi dalla mano sinistra la confezione di cerotti che non mi ricordavo nemmeno di avere tra le dita.

- Che c'è? - domandò con un'espressione a tal punto asettica da arrivarmi come un segno di sfida.

- Devo anche formulartela, la domanda, Mauro?

- Sì, è meglio. Sai, ho perso molto sangue…

- D'accordo, testa di cazzo, - sbottai infastidito dal suo marcato sarcasmo. - Mi spieghi perché sono sette anni che Roan ti scrive e io non ne so niente?

- Non te lo ha detto?

- Mi stai prendendo per il culo?

- Mi sembra che tu te lo stia meritando. Vacci tu, adesso allo specchio a vedere che faccia hai…

- E perché me lo starei meritando, il tuo atteggiamento strafottente?

- Posso fartela io, una domanda? - disse andando a sedersi sul divano.

- Quale?

- Dimmi cosa ne pensi. Tu vieni qui perché mia moglie, e ripeto *moglie*, mi ha lasciato due ore fa, e ripeto *due ore fa*, lasciandomi da solo con una figlia di cinque anni, ripeto *figlia di cinque anni*. Mentre frughi fra le mie cose trovi delle cartoline che una tua morosa, e ripeto *morosa*, che è stata nella tua vita per qualche mese, e ripeto *qualche mese*, e che ti ha lasciato, e ti ripeto *ti ha lasciato*, sette anni fa, e ripeto anche *sette anni fa*, ha scritto a me, e ripeto *a me*. E cosa succede? Ti incazzi con me. Ti faccio notare che dall'esistenza di sue cartoline si evince che lei sa scrivere eppure scrive a me e non a te, ossia vuole scrivere a me e non a te. A questo punto la domanda che mi sorge spontanea è: chi sta facendo lo stronzo e chi sta male per cose serie?

- Mauro, tu sei il mio migliore amico. Un amico te le racconta, certe cose.

- Ti entra in testa che è lei che mi ha detto di non dirti nulla? E a me entra in testa che non dovrei nemmeno starti ad ascoltare e dovrei andare da mia figlia?

- Me lo ricordo come fosse ora, quando mi hai detto che potevo ancora sperare che Roan tornasse perché il suo tatuaggio era scomparso. E mentre lo dicevi non sentivi il rimorso che un amico che tradisce dovrebbe provare?

- Sei proprio un cretino, Michele. È lei che se ne è andata da te. L'hai implorata una volta e se ne è andata. Puoi sperare che torni, certo. Il tatuaggio che non c'è "te lo consentirebbe", ma è lei che dovrebbe decidere di tornare. Volevi che ti dicessi che era in Messico e che potevi andare a implorarla nuovamente? Beh, che fosse in Messico lo avevi sempre saputo, no? Puoi andare, se vuoi. Và a implorarla, và.

- Tu sai dov'è?

- No.

- Ma hai risposto alle sue cartoline, no?

- Sì.

- Quindi hai un suo indirizzo.

- Da qualche parte ce l'avrò.

- Dammi quell'indirizzo cazzo!

- Non so dov'è, ora. Non ho voglia di concentrarmi per ricordarmi dov'è e quel che è più importane, è che lei non vuole.

- Ma vaffanculo, Mauro.

- Piantala e portami dai miei genitori, che sono senza auto.

- Come ho appena detto, Mauro: vaffanculo.

Gli gettai le cartoline in faccia e mi avvicinai alla porta. Poi fui raggiunto da un momento di lucidità e mi fermai, tornando sui miei passi. Andai verso Mauro e mi piegai sulle ginocchia davanti a lui, raccogliendo la cartolina con il murales.

- Questa la tengo io, mi sembra il minimo, - dissi mentre già gli davo le spalle.

Sliding doors

Agosto 2005

Non appena le porte scorrevoli mi diedero il via libera verso l'esterno, mi accesi una sigaretta e mi guardai attorno. Stesso terminal di Malpensa. Un anno in più e poche altre differenze. Arrivi invece di partenze, abbronzato invece di pallido. Non mi veniva in mente altro, se escludevo la macroscopica diversità che mi aveva perseguitato per tutto il viaggio. Mi trovavo a quel terminal da solo così come ero partito, ma quel che era cambiato era la natura e il peso specifico della mia solitudine.

Mi sedetti sulla mia valigia, in attesa della navetta che mi avrebbe portato alla stazione dei treni, e iniziai a convincermi che tornare a Modena da lì, in ginocchio sui ceci, sarebbe stato uno scherzetto in confronto alle umiliazioni e alla vergogna che avrei dovuto patire a breve, non appena avessi deciso di manifestare nuovamente la mia presenza.

Ritorno

Settembre 2005

Stavo fissando l'insegna dell'*Oetzi Tattoo* da almeno venti minuti, al di là della strada, ben protetto dalle auto parcheggiate. Non vedevo né sentivo Mauro da un anno. Non certo per volontà sua. Sapevo che questo periodo di lontananza sarebbe terminato oggi e che a breve sarei entrato a incontrarlo. Sapevo che non me ne sarei andato ancora una volta da vigliacco, ma questa consapevolezza non rendeva più semplice affrontare la cosa. Il mio migliore amico avrebbe trovato il modo per trattarmi malissimo anche se ero certo che fosse troppo migliore di me per non accogliermi di nuovo, seppure coi suoi modi e coi suoi tempi. Purtroppo, più passavano i minuti e più mi convincevo che quest'ultima certezza non fosse tale. Era in realtà figlia della paura che le cose non sarebbero andate così, che mi avrebbe pregato di allontanarmi e che la nostra amicizia fosse sfumata per sempre.

Viso Pallido

Settembre 2005

Attraversando la strada sentivo crescere la tensione e avvertivo su di me la pressione degli occhi di Mauro, che nemmeno sapevo se fosse in negozio o si fosse già accorto del mio arrivo. Il passo avrei dovuto farlo io, questo era certo, perché se mai avesse saputo da qualcuno che ero tornato in città senza essermi fatto vivo con lui, avrebbe archiviato definitivamente la mia pratica. Ammesso che non lo avesse già fatto.

Mi fermai davanti al negozio. Accostai il volto al vetro per guardare all'interno.

Una selvaggia massa di peli e capelli, in maglietta viola, gilet nero da fotografo, pantaloni di pelle neri, cintura borchiata, attraversò proprio in quel momento la stanza trasversalmente, uscendo dal laboratorio di tatuatura per dirigersi verso il ripostiglio.

Ebbi persino l'impressione che girasse la testa impercettibilmente verso di me, che mi riconoscesse, per poi fingere di non avermi visto, ma dire se questo fosse frutto della mia fantasia o mi fosse arrivato davvero uno sguardo filtrato per una frazione di secondo da sotto le sue folte sopracciglia e attraverso i suoi capelli da hippie postatomico, non avrei potuto giurarlo. Decisi quindi di farla breve e qualche secondo dopo un *dling-dlong* gracchiante annunciò a volume altissimo il mio ingresso nel negozio.

- Passami quella scopa lì a fianco, almeno, - mi disse Mauro come prima cosa dopo oltre un anno, fingendo un'indifferenza che mi fece tirare un sospiro di sollievo. Sapevo che stava lottando per non saltarmi al collo e pure per non riempirmi la faccia di cazzotti, e che quell'impassibilità rappresentava l'armistizio fra quelle due forze contrapposte.

- Vuoi prendermi a scopettate? - domandai cercando malamente a mia volta di nascondere un sorriso.

- Come si dice, non puoi lucidare uno stronzo! - rispose iniziando a spazzare per terra - Anche se, a quanto vedo, non sembrerebbe poi così vero... - disse poi facendo roteare il dito indice davanti alla sua faccia ma indicando con lo sguardo la mia, che era pulita ma che lui ricordava ricoperta da un tatuaggio sulla tempia sinistra.

- Se vuoi parliamo della mia faccia, ma potrei anche iniziare a parlarti delle scuse che ti devo. Che cosa preferisci?

- Le tue scuse? Mi sembra un argomento interessante, anche se meno interessante è il fatto che arriverebbero con un anno di ritardo…

- Beh… - balbettai abbassando lo sguardo, - è nella natura delle scuse arrivare dopo i fatti cui si riferiscono…

- Senti, cazzone, facciamo che adesso aspetti dieci minuti che finisco di pulire per terra e poi andiamo ad ascoltare queste scuse *molto ben meditate* al bar di fronte, così offri pure da bere. Eh?

Sorrisi e annuii. Aprii la porta del negozio e mi accesi una sigaretta rimanendo sulla soglia, appoggiato allo stipite. Mentre fumavo, silenziosamente, guardavo il mio amico tentare di emulare goffamente le gesta di una donna delle pulizie. Era cambiato. La sincronia fra la sua età anagrafica e il suo aspetto trasandato era già andata a farsi benedire quando aveva trent'anni ma ora, superati i quaranta, nuovi solchi sul volto e un grigio aggressivo, che non ricordavo, ormai diffuso nei suoi lunghi capelli scomposti, avevano fatto di lui una macchietta. Mi sembrò stanco e, per la prima volta, troppo adulto.

- Sono contento di vederti, - dissi quando due bottigliette di birra furono nelle nostre mani, a mezz'aria, a tintinnare l'una contro l'altra.

- Credo sia la prima volta che me lo dici. Devi essere proprio a pezzi.

- Il tempo passa, Mauro. Le persone cambiano.

- Vuoi dire che non sei a pezzi?

- Voglio dire che non sono a pezzi e che se tornassi indietro forse me ne andrei comunque, ma …

- Ma non hai detto che le persone cambiano? - mi interruppe.

- … ma la valutazione della situazione che ho fatto in quel frangente, - continuai cercando di ignorare il suo sarcasmo, - era completamente sbagliata.

Attesi un attimo prima di proseguire per vedere se Mauro desse segno di apprezzare la mia affermazione, ma lui stava appoggiato scompostamente allo schienale della sedia con le mani conserte, gli occhi bassi senza tradire alcuna emozione.

- Inoltre, - ripresi, - è stato un errore non farmi sentire. Tu eri arrabbiato con Luba. Anzi, deluso e quindi arrabbiato. Io avrei potuto fare entrambe le cose che erano da fare: il mio viaggio e non mollarti. Avrei dovuto aspettare a partire, o partire ma stare in contatto. O anche solo non stare via tanto tempo. Boh, avevo un sacco di possibilità diverse da quello che invece ho scelto di fare, che è stato andarmene subito, incazzato con te, e stare lontano e in silenzio.

Bevvi un sorso di birra giusto per analizzare la sua reazione. Non riuscivo a leggere sul suo volto e nel linguaggio del suo corpo alcun particolare interesse per quello che stavo dicendo, ma non capivo se fosse per farmela pagare o perché davvero mi ero giocato la sua amicizia. Provai allora a spostare l'attenzione del discorso dalla mia fuga alla sua vita.

- Katerina come sta? - domandai rendendomi contemporaneamente conto che il fatto che non mi fossi mai interessato a sua figlia in quei mesi era veramente una mostruosità che non avrei mai potuto giustificare.

- Scuse già terminate? - domandò a sua volta alzando lo sguardo.

Capii in quel momento che voleva farmela pagare. Evitare di parlare di cose personali era il suo modo di farmi capire che la sua confidenza me la sarei dovuta riguadagnare con grande dispendio di sudore. Accusai il colpo. Anche se quella della sua piccola vendetta era lo scenario tutto sommato migliore fra quelli possibili, non sapevo bene come proseguire.

- La stronza mi ha chiesto di te, un paio di volte, - disse liberandomi dall'imbarazzo del silenzio.

- Tua moglie?

- No, mia nonna in carriola!

- Eh? Ma cosa stai dicendo? - domandai stralunato.

- Katerina…

- E com'è che dai della stronza a tua figlia?

- Appunto perché mi ha chiesto di te.

Sentii lo stomaco accartocciarsi come se mi fosse arrivato un pugno sul diaframma. Mauro aveva il dono di farti cogliere l'essenza dei suoi pensieri con una semplicità disarmante e violenta assieme. Come avevo potuto rinunciare a quell'uomo che riusciva a descrivermi con due parole sconnesse quando io impiegavo anni d'introspezione per raggiungere risultati molto più scadenti? Avrebbe potuto continuare a offendermi e io mi sarei sempre più pentito di essergli stato lontano.

- E chiede anche di sua madre?

- Certo che chiede anche di sua madre! - rispose rincarando la dose del suo sarcasmo.

Mi resi conto che sembravano essersi un po' rimescolate le carte dei nostri ruoli dialettici consolidati negli anni. Mauro era sempre stato quello che, pur sembrando idiota, finiva per dire cose intelligenti, mentre io quello che diceva cose intelligenti pur essendo un idiota. Il peggio di lui pareva finito a me col risultato che lui, serafico, mi faceva notare quanto fossi ancora un idiota, ma mi fossi pure messo a ragionare come tale. Io però non avevo mai sopportato le persone che ricevendo delle scuse mostravano di non accettarle affatto e così sentii che non avrei potuto mantenere a lungo un atteggiamento penitente, dimesso e conciliante.

- Senti, facciamo che torno in un altro momento, che dici? - dissi di conseguenza.

- Fra un altro anno? - domandò con un'espressione scazzata.

- Eddai…

- E in Messico? - domandò abbassando lo sguardo, come se avesse capito che per oggi i rimbrotti potevano bastare.

- Non ho trovato quello che cercavo.

- Questo lo so, - sussurrò.

- E come fai a saperlo? Le hai detto che stavo arrivando?

- No, avevo altro a cui pensare.

- E quindi come?

- Perché non saresti qui? - mi rispose con un'ulteriore domanda retorica.

Non aveva tutti torti, ma non avevo voglia di riconoscerlo. Tornai quindi a cambiare l'oggetto del discorso.

- Posso venire a salutare Katerina, uno di questi giorni?

Mauro spalancò gli occhi tenendo però il mento basso e assumendo così un'aria sospettosa. Fece passare qualche secondo creando un momento di apnea nel mio respiro.

- Stiamo parlando senza arrivare a un cazzo, te ne sei accorto?

- Sì. Ma ci stiamo provando, - riposi riprendendo a respirare.

- Sarà…

- Quindi, per Katerina?

- Domani sera, Viso Pallido? - disse dopo un'ulteriore pausa, utilizzando il vecchio nomignolo che mi aveva affibbiato oltre vent'anni prima, quando mi prendeva in giro per il fatto che non volessi farmi tatuare.

- Ok. Domani sera, - risposi sollevato.

Del fatto che fossi di nuovo un Viso Pallido avremmo dovuto parlarne molto presto.

Solo

Settembre 2005

- Zio Michele! - gridò una bella bambina bionda correndomi incontro.

Ero entrato da meno di dieci secondi a casa di Mauro, ma se non fosse stato per quella voce squillante in avvicinamento repentino, la tristezza del luogo mi avrebbe schiantato. Mi sarei immaginato così gli appartamenti di Chernobyl negli anni 90, invasi di luce grigia filtrata da tende di stoffa intrisa di polvere, abitati da bambini nuclearizzati e arredati in abete del Kuwait.

Io sorrisi, mi piegai sulle ginocchia e, rivolgendo lo sguardo al padre della bambina, che se ne stava con le braccia conserte tra lo stizzito e il rassegnato, mossi su e giù le sopracciglia in segno di soddisfazione.

- Non è tuo zio! - disse Mauro, tentando invano di fermare la corsa di Katerina.

- Ma tu lo chiami sempre così… - disse saltandomi al collo.

- Non ascoltare quel brontolone di tuo padre… - sussurrai all'orecchio della bambina dopo averla baciata.

- Dove sei stato?

- A cercare una ragazza.

- Sei stato via tanto. È bella?

- Non bella come te, ma molto bella lo stesso…

- E l'hai trovata? - domandò sorridendo, compiaciuta della lusinga.

- No, tesoro, non l'ho trovata. Ma ho trovato un regalo per te!

Mauro aveva uno sguardo pieno di quell'odio compassionevole che gli avevo visto rivolgermi mille volte e che si poteva riservare solo ad un amico sfigato di cui si disapprovava il comportamento, ma a cui non si poteva non voler bene per via della perenne sfortuna che ne caratterizzava il cammino. Ero stato via più di un anno e per giunta senza aver raggiunto alcun risultato, questo era ciò che aveva appena scoperto e che gli rendeva oltremodo indigesta la cosa. Inoltre stavo imbonendomi la figlia per impedirgli di essere troppo duro con me. Ma ero pur sempre uno che non aveva ritrovato la donna che amava e che ora stava facendo sorridere sua figlia.

Mi chinai sulle ginocchia, infilai la mano nella borsa che avevo a tracolla e ne estrassi due pacchetti avvolti in carta coloratissima. La curiosità friggeva negli occhi di Katerina.

- Lo sai, vero, che sono stato in Messico?

- No, non lo sapevo, - rispose come se si sentisse colpevole.

- Beh, non ha importanza. Però scommetto che lo sai, per cosa è famoso, il Messico.

- Per il sombrero! - rispose raggiante.

- Esatto! Lo sapevo che sei un pozzo di scienza…

Le porsi il primo pacchetto. Ero abbastanza sicuro che le cose che avevo preso le sarebbero piaciute perché era evidente, anche guardandosi attorno, che quella bambina aveva un gran bisogno di circondarsi di qualunque cosa che fosse femminile. Katerina scartò le due variopinte babbucce infradito ornate con un vistoso sombrero e mi fece capire che aveva gradito il regalo sfilandosi le scarpette da ginnastica per lanciarle alle sue spalle.

- E allora ti dico che ho in realtà due regali per te e un sombrero per tuo padre. Il sombrero era troppo grosso. Se lo avessi portato non avrei avuto spazio nelle mani per i tuoi regali, quindi ho pensato di portarglielo magari domani. Ho fatto bene, che dici?

- Sììì! - fu la risposta divertita della ragazzina, che sapeva di aiutarmi a stuzzicare il genitore.

- O pensi sia meglio che porti via il tuo secondo regalo, vada a casa a prendere il sombrero di papà e il tuo regalo te lo dia domani?

- Noooo! - urlò di nuovo, ridendo sempre più.

- Ok… Allora tieni…

Le porsi il secondo pacchetto e poi mi sollevai andando a osservare la scena di fianco a Mauro, le cui labbra si avvicinarono al mio orecchio mantenendo un sorriso di gesso rivolto alla figlia.

- Hai davvero la faccia come il culo, - mi sussurrò.

- Non riesci ad astrarre un po' e concentrarti sul fatto che lei è contenta?

- Mi risulta difficile, in effetti. Sarà che mi sembra un po' ingiusto che io mi sforzi di capire così tanto come si fa sto cazzo di mestiere di padre e la veda spesso triste e poi sbarca un alieno dalla sua astronave dell'amore perduto, con un paio di ciabatte, e lei ride.

- Sei pesante… Lo sai o no, che è nell'ordine delle cose che i genitori non siano apprezzati dai figli per i loro sforzi.

- Lo hai letto in aereo su una rivista? No perché..., contrariamente a quanto la statistica potrebbe far presupporre basandosi sul numero di *effe* che ti sei *esse*, - disse per non far ascoltare parolacce alla figlia, - non mi sembra che tu abbia mai generato prole... O in quest'ultimo anno...?

Mi avvicinai di nuovo a Katerina, che aveva appena vinto la sua battaglia col fiocco del pacchetto regalo, e mi sedetti per terra al suo fianco.

- Ma tuo padre brontola sempre anche con te o fa il bravo? - le domandai convinto che nemmeno mi sentisse.

Katerina armeggiò ancora un secondo col pacchetto, poi, appena prima di scoprirne il contenuto, sollevò lo sguardo verso il padre per appena due secondi e lo riabbassò verso il suo oggetto di interesse primario.

- È abbastanza bravo, - disse con voce cantilenante poco prima di lasciarsi sfuggire un - Oh!

Nelle sue mani, aperto al suo sguardo ammaliato, stava un cofanetto di legno riccamente variopinto pieno di piccoli oggetti dell'artigianato messicano, tra cui diverse bamboline ricoperte di perle, un anello di metallo sagomato, un bracciale di perline, un paio di orecchini e una collana d'argento.

- Le pantofole per quando stai in casa a fare compagnia al vecchio, - le spiegai, - e i gioielli per quando devi uscire.

- E le bamboline? - domandò.

- Quelle piacevano a me, ma siccome mi vergogno un po' visto che sono grande...

- E maschio! - osservò.

- E anche maschio, esatto! Allora ho pensato che le potevo dare a te e ogni tanto, quando te lo chiedo, me le fai vedere. Ok?

- Va bene.

- Dì grazie, Katerina, - bofonchiò Mauro, raschiando il barile della vocazione di genitore.

- Grazie, zio, - obbedì la piccola, baciandomi sulla guancia.

- Dai, va in camera tua a sistemare i regali, - esortò ancora Mauro.

La bimba scattò come una molla, raccolse tutto fra le braccia e barcollò fuori dalla stanza.

Io mi alzai e andai a sedermi sul divano. Mauro portò due birre e io lo interpretai come il suo modo di dirmi grazie per i regali alla figlia.

- Come la trovi?

- La trovo molto bene. Allegra nonostante la tristezza di questo luogo… Luba aveva dato il suo tocco femminile, d'accordo, ma prima che lei venisse a vivere qui questo posto non aveva un aspetto da ospedale di guerra… Che diavolo è successo?

Mauro si sedette sulla poltrona di fianco, bevve un primo sorso di birra e poi aprì una scatola di cartone che si trovava sul tavolino di fronte. Estrasse uno spinello e lo accese inghiottendo una prima lunghissima boccata di fumo. Non vi fu alcun cenno di soddisfazione o rilassamento, sul suo volto, e questo mi sembrò strano e di cattivo auspicio. L'aroma meraviglioso della marijuana si diffuse nella stanza. Sentii che stava per arrivare qualcosa di forte e che poteva essere il treno sul quale Mauro m'invitata a salire se volevo impossessarmi di nuovo della sua amicizia.

- Non offri? - domandai sommessamente.

Mi fece segno di servirmi. *Una canna a testa*, pensai, *brutto segno.*

- Si vede molto che sono in difficoltà, vero? - domandò dopo il secondo sorso di birra.

- Dai, sarei presuntuoso a dirlo solo perché la casa sembra un lager piuttosto che un appartamento in cui vive una bambina, - dissi cercando di sbrigarmi nel dire le cose mielose prima che l'erba facesse effetto, - però la Trottolina sembra a posto, un po' malinconica ma a posto. E penso che sarebbe malinconica anche se tu avessi dipinto le pareti di rosa, avessi i fiori nei vasi e avessi lavato le tende almeno una volta in un anno. Lo sarebbe perché non vede più sua madre. Quindi in fondo te la sei cavata piuttosto bene…

- Ultimamente…

- …e, - lo interruppi, - devi anche mettere in conto il fatto che il tuo amico ti ha mollato nel momento peggiore. Ti sei sciroppato davvero tutto da solo.

Avevo detto le cose importanti appena in tempo. Sentii infatti una palla di fuoco invadermi la testa. Non ero abituato a farmi le canne. Dubitai di poter seguire ciò che Mauro aveva da dirmi.

- Ultimamente mi stai alquanto sul cazzo, lo sai vero? - esordì.

- Ma sono stato via un anno!

- Appunto, mi stai sul cazzo da un anno.

Risi, invece di piangere. La marijuana aveva il suo perché.

- Però piaci a Katerina. Mi toccherà tenerne conto, ora.

- Ora?

- Sì, ora. Perché ho bisogno di una mano.

Gli allungai la mano, ridendo. Ero ormai strafatto, anche se erano passati solo pochi minuti.

- Ho una fiera a Los Angeles. Un evento molto importante per noi tatuatori. Starò via una settimana. Non saprei dove mettere Katerina. I miei non ci sono, avevano prenotato una crociera da un anno. Non posso portarla con me, sarà un meeting pieno di gente fuori di testa.

- Eh, se hanno chiamato te...

- Oh, ma hai capito?

- Sì, sì, fratello. Ho capito. M'appioppi la figlia per una settimana.

- Ecco appunto. Cerca di non portartela in camera da letto.

- Ma sei scemo?

- Mentre ti trombi qualcuna, dico...

- Ah, ok.

- Comunque ne riparliamo. La cosa è fra una ventina di giorni. E qualcosa mi dice che domani mattina non ti ricorderai nulla di quello che abbiamo detto.

- Può essere, - confermai sghignazzando.

- Quasi quasi approfitto del fatto che sei così cotto per dirti un'altra cosa.

- Spara!

- Sono preoccupato per lei.

Mi sforzai di concentrarmi, di controllare i muscoli facciali in modo da ascoltarlo senza sembrare un cretino.

- Certo che se volevi fare dei discorsi seri, potevi anche condividere la tua, di canne, invece che darmene una tutta per me che mi sono aspirato come fosse una sigaretta al mentolo - mi lamentai. - Perché preoccupato?

- Cazzo, Michele, non ha una madre! Che poi... Fosse morta, almeno sarebbe una figura positiva da ricordare. E invece no, ha una madre che non si fa vedere, un padre che non è proprio il ritratto della stabilità. Tu sei entrato qui e ci hai messo un minuto a farmi notare che l'ambiente non è adatto a una bambina. Io nemmeno me ne ero reso conto. Se mi succedesse qualcosa?

- Andrebbe in un appartamento migliore... - commentai sforzandomi di non ridere.

- Adesso ti do una botta in testa e poi mentre sei svenuto ti tatuo "*sono un idiota*" sulla fronte.

- Mauro, sono tornato. Ho fatto i miei sbagli, con te, e anche se a te non sembra, perché giustamente vedi solo il mio abbandono, quest'anno senza te e Katerina è stato duro. Quindi in un certo senso ho pagato lo sbaglio. Ti terrò la Trottolina e farò il bravo. A te cosa vuoi che succeda? Stai tutto il giorno chiuso in quella bottega degli orrori...

- E se cade l'aereo per Los Angeles?

- E se un asteroide colpisce la Terra e tutti i dinosauri come te spariscono dal pianeta?

- Vabbé, ok...

- Ok.

Buttai la testa all'indietro, sullo schienale del divano, chiusi gli occhi.

L'universo iniziò a girare tutto attorno a me.

- Non è che posso dormire qui, stanotte? Se mi metto alla guida mi sa che nessuno poi potrà tenerti la figlia...

- Sì, fa quello che vuoi. Ti porto un cuscino e una coperta.

- Dai, dormiamo assieme nel lettone... Adesso che mi fai tenere la bimba, siamo come mamma e papà, no?

- Ti porto la coperta, - ribadì sprezzante.

- Okkei... - dissi ormai più di là che di qua.

Non lo sentii nemmeno tornare.

Amici

Ottobre 2005

Venti giorni erano passati troppo in fretta.

Le visite fatte a Katerina sia a casa che in negozio, l'essermi offerto di andare prenderla all'uscita della scuola, averle fatto da autista tra casa di Mauro e casa dei nonni, non erano servite a darmi la tranquillità necessaria ad affrontare la serata.

Mauro era partito già da dieci minuti e a momenti avrebbe suonato il campanello per appiopparmi il fagotto trotterellante. Erano le due di pomeriggio di una bella giornata autunnale. La temperatura esterna era alta. Avevo lavorato al mattino per cui nel pomeriggio avevo pensato di portarla al parco a fare una passeggiata o insegnarle a giocare a frisbee. Poi alle prime ombre saremmo andati assieme a fare la spesa per avere di che mangiare a cena e nei giorni successivi. Per qualche ora, insomma, ero a posto. Poi però sarebbe arrivata sera e avrei dovuto gestire una situazione per me completamente nuova. Metterla a letto, dormire con l'orecchio sempre collegato del genitore. Non avevo idea del grado di autonomia di una bambina di sei anni. Né delle sue curiosità. Ero terrorizzato dal fatto che la confidenza riconquistata negli ultimi giorni la facesse sentire libera, una volta lontana dagli occhi del padre, di domandarmi cose da adulti. Sull'amore. Magari sul sesso. Perché non avevo chiesto a Mauro di farmi un promemoria di ciò che le aveva insegnato? Del suo grado di consapevolezza della vita, tanto per sapere cosa aspettarmi. La doccia, poi, la faceva da sola o bisognava tenerla controllata? Dovevo ricordarmi di tenere tutte le tende della casa tirate. Ci mancava solo una denuncia per pedofilia.

Il campanello suonò. Provai, con un lungo respiro, a non farmi prendere dall'ansia, pensare alla cosa come ad una esperienza priva di difficoltà. Mi dissi che le prime quattro ore mi avrebbero visto del tutto fuori parte, sarebbero state forse un po' imbarazzanti, ma poi la serata si sarebbe in qualche modo risolta, magari con un dvd. Dall'indomani, poi, i ruoli si sarebbero definiti naturalmente, tutto sarebbe entrato nella routine. Mi mossi verso la porta ripetendo questo mantra.

- Eccola qui, - disse Mauro spingendola dentro casa.

- Ciao zio, - disse Katerina.

Capii immediatamente che il mantra non aveva sortito alcun effetto.

- Ciao Trottola. Mauro, hai un attimo?

- Giusto un minuto, che c'è?

- Senti… - dissi prendendolo per il braccio e accompagnandolo lontano dalla bimba di qualche metro. - Ma sulla questione sesso che cosa sa?

- Che cazzo ti salta in mente? Guarda che t'ammazzo!

- Shhh! Non hai capito, non ti agitare! - dissi sottovoce. - Se mi fa delle domande sul sesso, che cosa devo risponderle? Che cosa le hai detto? Sa come funziona la cosa dei bambini?

- La "cosa dei bambini", come la chiami tu, mi sa che la sa meglio di te. C'è una roba chiamata Internet, oggi. Ne hai sentito parlare?

- Ok! Ok! - tagliai corto per non sprecare tempo. - Senti…

- Ancora? Prova a pensare che non è oggetto di cristallo. È una donna, in fondo. E le donne sono le cose che conosci meglio, no?

- Ok…

- Ma che ti sto dicendo? No. Non ti azzardare nemmeno a pensare che sia una donna. È un oggetto di cristallo delicatissimo, hai ragione.

- Ok…

- Ok.

- No, aspetta. Ancora una cosa.

- Cosa?

- In bagno. Fa tutto da sola? La doccia… devo… che cazzo ne so… Lavarle la schiena?

- Facciamo in questo modo: tu non preoccuparti che avrai tutte le risposte da solo. Sarà lei a dartele, sta' tranquillo. Comunque, se domani sarai ancora in questo ridicolo stato di panico, mandami le domande per sms che ti rispondo, - disse sorridendo con un'espressione divertita di compatimento. Ora devo andare. Non fare cazzate.

- Ok…

Andò da sua figlia, le diede un bacio sussurrandole qualcosa nell'orecchio, poi uscì dalla porta senza salutarmi ulteriormente.

- Zio Michele? - sentii dire alle mie spalle mentre ancora fissavo la porta di casa come se da essa fossero appena uscite tutte le mie speranze.

- Sì?

- Tu lo sai come nascono i bambini?

Mi pietrificai. Per circa venti secondi pensai che solo la mia sfortuna di mutante e una particolare estensione mentale della mia maledizione cutanea poteva farmi piombare nell'incubo che avevo io stesso partorito pochi secondi prima. Poi la coincidenza m'apparve così smaccata da farmi recuperare lucidità.

- Che t'ha detto tuo padre all'orecchio, un minuto fa?

- Che ti dovevo spiegare come nascono i bambini.

- Ah, ecco….

- Davvero non lo sai?

- Lo so come nascono, Trottolina. Tuo padre stava scherzando.

- Vediamo se sappiamo tutti e due la stessa cosa?

- No!

- Va bene, non ti arrabbiare!

- E se andassimo a fare una passeggiata e magari ti insegno a giocare a *freesbee*?

- A golf.

- Vuoi imparare a giocare a golf?

- Sì.

- Nel parco c'è il minigolf, partiamo da quello?

- Ok.

- Perfetto, - dissi respirando per la prima volta dopo un minuto. - Adoro il golf!

- Lo so, papà mi ha detto che tu potevi insegnarmelo.

Presi la valigia con la quale si era presentata per accompagnarla nella stanza che avevo preparato per lei. La convinsi che non c'era bisogno che si cambiasse, che il vestito che aveva indosso poteva andare per una prima sessione di minigolf, quindi uscimmo.

Mi guardavo continuamente attorno. Katerina era concentratissima sulla posizione dei piedi e sull'impugnatura delle mani sul *putt*, mentre io non riuscivo a togliermi dalla testa che tutti mi stessero osservando.

- Così? - domandava la Trottola ogni qual volta era pronta al tiro.

Io ne correggevo la postura come se ci fossimo trovati su un vero *green* e come se non fossero passati anni dall'ultima volta che c'ero stato io. Farmi vedere preparato nella cosa che la stava impegnando mi faceva stare bene.

- È proprio un bel tiro, questo! - diceva spesso, dimostrando una sana autostima. Io cercavo di darle filo da torcere e la cosa dava del filo da torcere a me.

- Adesso devo fare una curva. Come faccio, zio? - mi urlò alla buchetta successiva. Mi avvicinai a lei e la incastrai tra le mie gambe in modo da orientare il suo *stance* per un tiro di sponda.

- Ciao Katerina, - sentii dire da una voce squillante che proveniva dal fianco. Alzai lo sguardo mentre tenevo le mani sugli avambracci di Katerina, che fece lo stesso.

- Ciao Sam! - disse rivolta a una sua coetanea sbucata da non so dove.

- Ma allora un padre esiste… - osservò una seconda voce.

Dietro alla bambina c'era anche una madre, una donna sulla quarantina con un viso bello ma anonimo, un corpo spalmato su circa due metri d'altezza. La pertica allungò la manona verso il basso non appena incrociai il suo sguardo.

- Piacere. Giulia. E lei è Samantha.

Strinsi la mano a entrambe e poi guardai la figlia di Mauro che mi stava invece già fissando.

Se mi erano rimasti dubbi sul fatto che fosse una bambina sveglia, questi furono spazzati via nell'osservare il suo sguardo d'intesa. "*Perché no?*", sembrava volermi dire. "*Divertiamoci un po*".

- Piacere, Michele, - dissi dunque sorridendo.

- Papi, me lo fai fare questo tiro o no? - esclamò stizzita la piccola attrice fra le mie gambe.

- Eccomi, eccomi! Mi scusi solo un attimo…

Avevo una figlia. E più nessuna paura. Come sempre Mauro aveva ragione.

- Questo non è stato un bel tiro! - urlò Katerina con disappunto reale.

- Devi imparare anche a uscire dalle difficoltà. È adesso che devi recuperare. Col secondo tiro, - pontificai.

Guardai la donna come per cercare una conferma della bontà della mia frase educativa. Arrivò un cenno di assenso.

- Vuoi giocare, Samantha? - domandai all'altra bambina porgendole il mio *putt*. La madre diede l'ok. Per un paio di buchette, assieme alla donna, guardai le nostre figlie giocare con quel distacco annoiato misto ad apprensione che si vede spesso sui volti dei genitori ai parchi gioco.

- In realtà lo sapevo che aveva un padre. Vedo spesso i nonni, all'uscita della scuola. Anche stamattina. Sono i suoi genitori vero?

- Sì.

- Ecco, infatti, lo immaginavo. Mi hanno raccontato di sua moglie… Mi dispiace molto.

- Donne e buoi dei paesi tuoi, - dissi con una certa soddisfazione. - Bisognerebbe sempre dare ascolto ai detto popolari.

- Già, anche se non è che vada sempre bene anche con quelli…

- No eh? - dissi per confermarle che avevo compreso il messaggio.

Sapevo dei cani, ma delle figlie no. Nel senso che avevo sentito che portando a spasso il cane si facessero delle conoscenze femminili con una certa facilità, ma che capitasse anche facendo i padri soli, fu una piacevole scoperta. Mauro non avrebbe certamente avuto da ridire se avessi preso in prestito la figlia anche in futuro. Ero stato lontano un anno e un piccolo aiuto per rientrare in società mi avrebbe fatto comodo.

Continuai a chiacchierare con Giulia facendola parlare della sua situazione. La sensazione iniziale era giusta: era divorziata. La Trottola, di tanto in tanto, mi lanciava un'occhiata complice. Quando poi mi scappava da ridere mi avvicinavo a lei con la scusa di metterla in posizione o insegnarle un trucco per un nuovo tiro. Le sussurravo che era una strega cattiva e che saremmo stati puniti entrambi per il nostro scherzo.

Non scherzai affatto quando, una mezz'ora più tardi, salutando madre e figlia che dovevano andarsene, domandai a Giulia se l'avrei rivista da quelle parti. La domanda mi uscì spontaneamente, senza filtro razionale. Era una bella donna, ma francamente non me la sarei sentita di uscire con una che per baciarmi avrebbe dovuto mettersi in ginocchio. Accettai passivamente l'iniziativa del mio subconscio dicendomi che se lui aveva visto qualcosa in lei, forse dovevo aspettare qualche giorno per scoprirlo anch'io. Sapevo inoltre che Katerina avrebbe interpretato quella mia domanda come la prosecuzione del nostro intrigo e che se ne sarebbe rallegrata.

- Che cosa ti ha risposto? - chiese Katerina pochi minuti più tardi.

- A che domanda?

- Le hai chiesto se torna qui al parco, no?

- Sì. Mi ha risposto che viene spesso a portare Samantha a giocare, di pomeriggio.

- È bella come quella che hai cercato in Messico?

- No, Trottola, non è così bella.

- E allora perché la vuoi rivedere?

- Non ti fa piacere giocare con Samantha?

- Sì, però che cosa c'entro io?

- Hai ragione. La voglio rivedere perché sono stato via tanto tempo e ho bisogno di farmi dei nuovi amici, - mi inventai.

- Gli amici dei maschi possono essere anche femmine?

Guardai quella bambina con stupore e ammirazione. Mi sentivo un po' come se Mauro avesse lasciato un pezzo di sé a controllarmi quando invece avrebbe dovuto avvenire il contrario.

- Perché non mi rispondi, zio?

- Pensavo che sei sfortunata a farti già a sei anni una domanda a cui non riuscirai a dare risposta nemmeno nei prossimi ottanta.

- Non ho capito.

- Lascia stare, Trottola. La verità è che lo zio Michele è un po' stupido e non conosce la risposta alla tua domanda.

- Uhm... A me sembra che io e te siamo amici. Tu sei maschio, io femmina, quindi forse si può.

- Sì, mi sa che hai ragione anche adesso. Grazie di avermici fatto pensare.

- Prego.

- Quando avrò un altro dubbio chiederò a te, che stupida non lo sei per niente.

- Ok.

- Direi di andare a fare la spesa per preparare la cena, che dici? Amica mia...

- Va bene, amico zio.

Eterno amore

Ottobre 2005

- A che ora vai a letto, di solito? - domandai a Katerina dopo cena.

Si stava avvicinando il momento più delicato della giornata. Quello della messa a nanna.

- Mi ci mandano sempre prima di quello che voglio.

- Lo immagino, ma a che ora?

- Quando c'era mamma, se in casa c'era solo lei, alle dieci.

- Alle dieci a cinque anni?

- Sì, però se c'era solo papà, alle nove.

- E quando c'erano tutti e due?

- Di solito alle otto e mezza papà mi portava in camera a giocare, poi stava lì fino a quando non mi addormentavo.

- Quindi più o meno sempre alle nove.

- Sì.

- Sono le nove, adesso…

- Però da quando mamma non c'è più, anche papà mi lascia stare alzata fino alle dieci.

- Mmmm, mi sa che non me la racconti giusta.

- Giuro!

- Ok, va' a lavarti, però. Così alle dieci sei pronta.

Katerina non fece né obiezioni né richieste. Era evidentemente autonoma nelle operazioni di tolettatura e questo non poté che farmi tirare un enorme sospiro di sollievo. Si ripresentò mezz'ora più tardi con i capelli bagnati e vestita di una t-shirt nera del padre e che le faceva da vestaglia.

- Mi aiuti ad asciugare i capelli? Mio papà lo fa sempre.

- D'accordo. Poi a letto, però!

- Va bene. Sei un po' peso. Non ti fidi?

- Sì che mi fido, Trottola. Però ricordati che sei mia figlia solo da oggi.

- E cioè?

- Che sei in prova… - risposi in modo minaccioso ma caricaturale. - E che se non rimango soddisfatto, potrei rifiutarti.

- E tu ricordati che senza di me non ti fai amica la mamma di Samantha.

- Piccola ricattatrice!

Katerina rise e andammo assieme in bagno dove lei mi insegnò cosa fare per asciugarle i capelli. Al termine delle operazioni la guardai lavarsi i denti, poi l'accompagnai in camera sua.

- Non ci dormo qui da sola. Ho paura.

- Fai i capricci?

- No, però io questo posto non lo conosco.

- Quindi?

- Tu hai un letto grande, l'ho visto. Dormo con te.

- No.

- Sì.

- A casa tua non dormi con tuo padre.

- A casa mia non ho paura.

La raccomandazione di Mauro echeggiava di continuo nel mio cervello rimbalzando fra le tempie. Più che una preghiera era suonata come una minaccia a non azzardarmi a portarmi nel letto sua figlia,.

- Solo per stanotte. Così ti rendi conto che non c'è nulla di cui avere paura in questa casa. E poi guardala: sarà ben meno paurosa del lager dove ti tiene tuo padre?

- Cos'è un lager?

- Lascia stare, entra nel letto.

- Tu non vieni?

- Più tardi, devo fare alcune cose.

- Ti ho detto che ho paura!

- Credo di capire perché tuo padre non ha smesso di farsi le canne, - dissi sottovoce affinché non potesse sentirmi. - Te lo ripeto: solo per stanotte, ok?

- Ok…

Feci rapidamente il giro della casa a finire di sistemare quanto rimasto in disordine e poi andai in bagno. Poco prima di entrare in doccia rimasi un minuto a osservare il mio corpo allo specchio. Come biasimare Mauro? Fossi stato un vero genitore, a un mostro del genere non avrei certo affidato la figlia piccola, e comunque, anche se vi fossi stato costretto, avrei fatto di tutto per evitare che lei ci dormisse accanto. Mi lavai e poi indossai un pigiama lungo. Non ero solito metterlo, ma non mi parve il caso di innescare la curiosità di Katerina in merito ai miei tatuaggi. Una qualunque risposta sincera riguardante il significato dei disegni avrebbe potuto turbarla. Una qualunque risposta inventata sarebbe stata troppo difficile da elaborare e da ricordare. Sapevo bene che Mauro non aveva timori riguardanti le mie buone intenzioni nei confronti della figlia. Sapevo altrettanto bene che non era la presenza dei miei tatuaggi a rappresentare un difetto ai suoi occhi. Semplicemente non mi riteneva una persona responsabile. Immaginavo avesse timore che potessi mettere in pericolo Katerina in un momento di distrazione o che lei, in tanti giorni di frequentazione, si affezionasse a me al punto da rimanere poi ferita alla prima occasione in cui l'avrei certamente delusa.

Quando uscii dal bagno, mi avvicinai al letto col passo timoroso della persona per bene che sta per commettere un reato e sa di non avere il sufficiente pelo sullo stomaco per farlo. L'espressione di Katerina, però, riportò la pace dentro di me. Distesa a pancia in giù dalla mia parte del letto, stava già dormendo. Un filo di saliva le usciva dalla bocca spalancata andando a bagnare il mio cuscino che aveva sistemato in senso longitudinale al letto, proprio sotto di lei. A quel punto avrei potuto mantenere i miei programmi originali, restare alzato ancora un po', ma pensai di non tradire le sue attese. Mi distesi quindi dalla parte opposta facendo attenzione a non disturbarla. Spensi la luce principale della stanza, accesi quella del comodino dalla mia parte, poi iniziai a fissarla.

Vederla addormentata sul letto, lontana da ogni pericolo, mi faceva sentire bene. Ero addirittura in pace nei confronti del genitore lontano; anzi ero certo che se mi avesse visto in quel momento sarebbe stato fiero di me. L'avevo vista nascere, letteralmente, quella bambina. Ricordavo perfettamente l'immagine della vagina dilatata di Luba che lasciava intravedere il cranio insanguinato della neonata. Certo, dopo il parto non avevo vissuto nessuno dei momenti importanti della vita di Katerina, ma non dovevo scavare chissà dove dentro di me per trovare affetto per lei. Una sorta di malinconia iniziò a pesarmi sul petto. Sapevo bene cosa avrebbe significato avere una figlia mia in quel momento al mio fianco: che la mia storia con Roan non sarebbe stata interrotta sul nascere, come era invece avvenuto. Non avevo mai sentito la chiamata alla paternità, ma avevo sempre pensato che le fondamenta di una famiglia fossero la coppia dei genitori: due persone che si erano scelte, che avevano deciso di vivere assieme con la testa, il corpo e il cuore. Se Roan fosse rimasta con me, un figlio con lei avrei certamente voluto averlo, anche solo per l'illusione di amore eterno che una famiglia avrebbe potuto darmi. Mi venne in mente allora l'incontro del pomeriggio. Mi domandai cosa provasse quella Giulia ogni sera, addormentandosi accanto alla figlia che avrebbe dovuto testimoniare l'amore eterno fra lei e la persona che invece le aveva lasciate sole. Si sentiva in colpa nei suoi confronti, per non essere riuscita a tenere in piedi la famiglia? Mal sopportava di vederla, essendo lei il simbolo del fallimento? Se la teneva ancor più stretta, in quanto frutto di un amore che era forse terminato ma era stato altresì molto importante? O molto più semplicemente la considerava in modo del tutto distinto dal padre e l'amava solo in quanto parte di sé? Le stesse domande avrei potuto farle a Mauro, ma ritenevo di conoscerlo abbastanza bene per intuirne la risposta. Mauro era troppo buono per non provare tutte quelle cose assieme, sfiancato com'era dalla rabbia e dal dolore per il forfait di Luba. Si sentiva certamente in colpa; mal sopportava di vederla nel senso che non poteva credere che la moglie non desiderasse averla un po' accanto a sé; se la teneva stretta con un commovente senso di responsabilità e l'amava più di quanto non amasse se stesso.

- Mi tieni la mano? - domandò Katerina con voce assonnata e muovendosi appena.

- Certo. - la rassicurai allungando il braccio e andando a prendere la sua mano. Ti mancano mamma e papà, eh?

- Mi manca più il papà.

- Ti capisco, manca anche a me.

- A lui manca molto la mamma.

- È normale.

- Ma mamma è andata via…

- Infatti è anche un po' arrabbiato.

- Ma se è arrabbiato e se lei è andata via, come fa a mancargli?

- Ti assicuro che è possibile.

- La ragazza che sei andato a cercare… Anche lei era andata via?

- Accidenti, Trottola, come fai a capire che stavo proprio riferendomi a lei?

- E ti manca?

- Mi manca da morire.

- Sei tanto triste perché lei non c'è?

- Sì.

- Domani ti porto al parco, - disse venendo ad abbracciarmi e incastrando la sua testa fra la mia ascella e il petto. - Così forse incontri la mamma di Samantha e sei meno triste.

- D'accordo, grazie, - risposi sorridendo, un po' commosso. - Buona notte.

- Buona notte, zio.

Mi addormentai pochi istanti dopo, abbracciato a una ultraminorenne che non era mia figlia, ma con un senso di enorme tranquillità.

Cannibale

Ottobre 2005

La telefonata di Mauro arrivò proprio mentre stavo sfogliando alcuni libri di cucina alla ricerca di un'idea di successo. Le uscite pomeridiane al parco, complice una divertita Katerina, premurosamente concentrata nel farmi trovare una fidanzata che mitigasse la mancanza di Roan, avevano condotto a un invito a pranzo da parte di Giulia. L'accordo prevedeva che lei mettesse la casa e io l'arte culinaria. Una premura, quella di offrirmi come cuoco, che nascondeva il solito piano di far bella figura ai fornelli per mettere poi in padella quanto prima l'ospite stessa. Avevo infatti fatto due chiacchiere con il mio subconscio e avevo capito cosa m'intrigava di quella donna: era la curiosità di vedere come avrebbe gestito la sua mole, se sarebbe stata passiva, impacciata e pachidermica o se m'avrebbe letteralmente schiacciato sotto il suo peso e la sua foga di quarantenne insoddisfatta. Che fosse insoddisfatta e che tra noi ci sarebbe stato sesso era ovviamente una mia ingiustificata supposizione.

Il giorno stabilito era dopo quattro giorni, la domenica seguente. Avevamo concordato che così sarebbe stato più facile dislocare le figlie dai nonni e goderci un paio d'ore di libertà. In realtà Mauro sarebbe rientrato dopo due giorni, il venerdì, quindi Katerina non rappresentava per me alcun problema. Se l'incontro con Giulia fosse stato a tal punto memorabile da farmene desiderare altri, avrei forse dovuto trovare il modo di raccontare chi davvero fosse quella bambina. Un'eventualità, quest'ultima, che garantiva più probabilmente un vaffanculo che non un altro appuntamento, ma alla quale non avevo voglia di dedicare troppi pensieri prematuri.

- Ehi! - risposi al suono della sua voce.

- Ciao. Scusa se non ho chiamato prima.

- Non c'è problema, qui va tutto alla grande.

- Sì, Katerina mi ha scritto per sms. Pare si stia divertendo.

- Ne dubitavi? - domandai mentre interrogavo me stesso su come la piccola avesse potuto spedire messaggi al padre.

- Devo rispondere?

- No, meglio di no… - risposi accennando una risata.

- Ascolta, c'è un problema con l'aereo. Nel senso che hanno allungato di un giorno la convention e quindi ho dovuto spostare il volo. Il giorno dopo non ho trovato posto quindi sono andato a quello dopo ancora.

- Quindi? - domandai iniziando a preoccuparmi.

- Quindi rientro domenica pomeriggio.

- Domenica pomeriggio ora di Modena?

- Pensi che ti darei l'ora di Los Angeles?.

- Capisco… - commentai cercando di nascondere più possibile il mio disappunto per la concomitanza degli eventi.

- Problemi?

- No, no, tranquillo. A che ora torni, esattamente?

- Dovresti venire a prendermi alle quindici e trenta a Bologna.

- Quindi partire alle tre da casa…

- Già.

- Posso farcela! - mi scappò detto ad alta voce. Pensavo ovviamente al mio pranzo.

- Bene. Ti ringrazio.

- Figurati… Tutto bene, lì?

- Pare di sì. Speriamo.

- Speri cosa?

- Che ci sia un seguito positivo…

- Speri che vengano degli americani a farsi tatuare da te in Italia?

- Si può sperare di tutto, no? Non costa nulla…

- Anche questo è vero.

- Okkei, allora ci vediamo domenica. Salutami la piccola, dille che le scrivo più tardi.

- Scusa una domanda…

- Sì?

- Tua figlia ha un cellulare?

- Sì, gliene ho lasciato uno, per poter comunicare con lei.

- E controllare me…

- Devo andare.

- Vai, vai.

La comunicazione si interruppe.

- Cazzo! - esclamai.

Mi appoggiai allo schienale della sedia per iniziare i negoziati con la mia coscienza. Tecnicamente il tempo per incastrare il pranzo, c'era. C'era però anche una bambina da dislocare. Una bambina dotata di cellulare che avrebbe potuto segnalare al padre ogni mia mancanza. Facevo una certa fatica a ricordare a me stesso che il problema non era il cellulare, ma essere certi dell'incolumità di Katerina. Forse se mi fossi concentrato su questo più meritorio pensiero, avrei trovato una soluzione. E infatti, riflettendo su cosa avrebbe fatto piacere alla bimba, mi venne in mente che durante i weekend autunnali il Modena Golf & Country Club, di cui ero stato socio anni prima, organizzava corsi per principianti. Chiamai il mio vecchio insegnante. Di corsi non ce n'erano, ma la disponibilità a intrattenere Katerina per un paio d'ore in cambio di una considerevole quantità di denaro sembrava possibile. Dissi che gli avrei fatto sapere.

Telefonai a Giulia.

- Avevo iscritto Katerina a un corso di golf per bambini domenica sera, - dissi dopo i convenevoli. - Sai quanto le piace, no? Il problema è che mi hanno appena detto che non hanno raggiunto il numero di bimbi per far partire il corso, così ho parlato con il mio vecchio maestro. Per fortuna mi ha dato disponibilità a farle due ore di lezione. Mi costa una follia, ma passi, non voglio darle questa delusione. Il problema è che lui ha tempo solo nelle ore del pranzo.

- Accidenti, mi dispiace. Però hai fatto una bella cosa.

- Ti ringrazio.

- Quindi come facciamo?

- Eh, bisognerà rimandare.

- Già.

- A meno che…

- Cosa?

- Mi stavo chiedendo, visto che Samantha sembra divertirsi a guardare me e Katerina che giochiamo a minigolf al parco, se per caso i tuoi genitori che la tengono domenica non avrebbero voglia di farsi due passi per il campo da golf assieme a lei mentre Katerina fa lezione.

- Beh, ai miei genitori farebbe proprio bene passeggiare un po'. Ma ti dirò di più: visto che Samantha, a forza di vedervi giocare, mi ha chiesto che la porti anche io al campo da minigolf, potrei farle fare il corso assieme a Katerina! Così divideremmo anche il costo.

- Sarebbe fantastico, davvero.

- E poi così abbiamo un po' di tempo in più…

- Su questo punto, purtroppo ti devo contraddire. Mi dispiace non avertelo detto prima, ma sono un po' un disastro con gli orari e mi ero confuso. Sai com'è, la natura non mi aveva predisposto per fare la mamma…

- Certo…

- Alle tre meno dieci devo per forza prendere Katerina. Dobbiamo andare assieme da un'altra parte. Mi spiace. Il corso sarebbe da mezzogiorno alle due. Quindi alla mattina preparerei il necessario per il pranzo; alle undici porterei Katerina dai tuoi e poi verrei lì per l'assemblaggio finale. Mangiamo e alle due e mezza ti dovrò per forza salutare. Se credi che sia fatto tutto troppo di fretta rimandiamo alla prossima settimana.

- Ma no, dai. Questa idea del golf mi sembra comunque carina. Piuttosto se preferisci possiamo mangiare al ristorante del Club mentre aspettiamo le figlie, così non devi sbatterti a cucinare.

- Ma io ci tengo a cucinare! E poi ho già pensato al piatto. Ti preparerò la mia famosa *Macedonia di Calamari Cannibali.*

- Con un nome così, come posso dire di no?

- Infatti non puoi. Ci vediamo domenica mattina.

Mi congedai e venni investito da un curioso senso di colpevole soddisfazione. Avevo più o meno risolto il problema riuscendo anche a risparmiare sul prezzo del maestro di golf. Avrei fatto divertire Katerina tenendola nel contempo sotto protezione e, a dio piacendo, avrei gettato le basi per una ripresa dell'attività sessuale interrotta con la partenza per il Messico. Qualcosa di simile dovevano provarlo i truffatori quando gabbavano dei sempliciotti indifesi.

La domenica arrivò velocemente. Katerina era entusiasta della mia proposta di farle fare la lezione di golf. Un po' meno di essere in compagnia di Samantha. Diceva che le sembrava inutile. Come fosse possibile che una bambina di sei anni utilizzasse l'aggettivo *inutile* per descrivere una persona, tutt'ora mi sfugge, ma lo presi come una delle imperscrutabili stranezze della dinastia di Mauro. In effetti non avrei saputo trovare parola più adatta. Non solo. Quando mi ci fece riflettere, ebbi l'impressione che l'aggettivo andasse piuttosto bene anche per descrivere la madre, ma invece di sentire che stavo commettendo il solito errore di ficcarmi in una situazione di intimità con una persona per me insignificante, mi feci scivolare addosso il problema. In fondo non stavo facendo nulla che lei non desiderasse. Il solo vantaggio dell'essere adulti, nelle relazioni di coppia, è che le responsabilità sono condivise: non si può essere stronzi una seconda volta senza che la tua partner ti abbia consentito di esserlo una prima.

Cercai di coinvolgere Katerina nella preparazione del mio pranzo. Le dissi che volevo sperimentare un piatto per poi cucinarlo a suo padre alla prima occasione, per festeggiare il suo ritorno. Il pesce non le piaceva particolarmente per cui farle pulire i calamari fu facile e divertente buttando la cosa in scommessa. Dissi che ero certo che non avrebbe tollerato sporcarsi le mani con le budella puzzolenti di quelle bestie e lei ovviamente mi smentì. Il *Calamaro Cannibale*, poi, era un nome che la intrigava. Si trattava ovviamente di un calamaro ripieno di una crema il cui ingrediente principale era il calamaro stesso. Mentre le insegnavo l'uso della *sac a poches*, la prendevo in giro dicendole che stava riempiendo un calamaro infilandogli roba su per il sedere e lei rideva a crepapelle mimando smorfie che passavano dal sadico allo schifato.

Alle undici, con diversi minuti di ritardo sulla tabella di marcia, uscii di casa con la borsa termica in una mano e Katerina nell'altra. I nonni di Samantha ci aspettavano impazienti fuori dall'uscio di casa. Mi scusai e abbandonai la mia finta figlia a loro, dandole un bacio sulla fronte. Alle undici e cinquanta suonavo il campanello di Giulia.

- Un cuoco senza cucina! - gridai al citofono quando sentii domandare chi fosse.

- Sali, terzo piano.

Entrai nell'appartamento con le mani impegnate dal cibo e da una bottiglia di vino che mi ero fermato a comperare per strada in un ristorante. Mi limitai dunque a un bacetto sulla guancia della mia ospite, che si abbassò a riceverlo con una sorta di inchino piuttosto buffo, ma dolce a vedersi.

- Presto! Presto! - dissi ridendo. Cercavo di farle prendere in ridere il fatto che il tempo fosse davvero molto limitato. - Mi serve una padella antiaderente e una donna che apparecchi e versi due bicchieri di vino.

Giulia sorrise in modo composto, mi indicò dove trovare la padella, poi si mise ad eseguire i compiti che le avevo assegnato. Nel frattempo sistemai sul piano della cucina tutto quello che avevo portato da casa: per prima cosa i cestini di pasta *brisé* che avevo cotto in forno quella mattina e che sarebbero stati i nostri piatti, poi l'insalata valeriana, la busta con i sei calamari ripieni, l'ampollina con l'aceto balsamico, una pesca noce, un grappolo d'uva e uno spicchio d'aglio. Per fortuna Giulia doveva essere una buona cuoca: la sua cucina era ampia e funzionale. Ben visibili di fianco ai fornelli c'erano alcuni tipi di sale, diverse spezie, la pepiera e una bottiglia di olio d'oliva senza etichetta che sapeva di buono. Mi chiusi in cucina intimandole di non entrare per nessun motivo, di sistemarsi a tavola e di prepararsi che sarei stato da lei in men che non si dica. In effetti dovevo solo completare la cottura dei calamari, rosolandoli appena in padella dopo avervi aromatizzato un cucchiaio di olio ed uno spicchio d'aglio. I calamari erano stati già bolliti, quindi era sufficiente dorarli un poco, più per dar loro un colore e un poco di croccantezza, che altro. Mi ci vollero quattro minuti d'orologio. Nel mentre avevo sistemato un po' di valeriana nei cestini di pasta e fatto una dadolata con la pesca. Disposi tre calamari per cestino in modo che si sorreggessero a vicenda, versai un po' di dadini di pesca sia dentro ai cestini che all'esterno di essi, sui piatti su cui erano appoggiati, lo stesso feci con l'uva. Spruzzai alcune gocce di aceto balsamico tradizionale sulla composizione e un giro d'olio extravergine all'interno dei cestini. Mi tolsi il grembiule, aprii la porta. Giulia rimase a bocca aperta e io lo interpretai come un buon auspicio.

Brindammo all'incontro e ci mettemmo a mangiare cercando di rompere il ghiaccio. Giulia chiese del mio lavoro di tatuatore, se fossi costretto a tenere Katerina lontano da un ambiente in cui doveva bazzicare gente strana. Cercai di cavarmela buttandola sul ridere, raccontando di alcuni tipi curiosi che mi era capitato di incontrare all'*Oetsi Tattoo* quando andavo a trovare Mauro. Lei rideva in modo composto, come se fosse davvero divertita ma si sentisse in colpa per il fatto di prendere per i fondelli qualcuno che non era presente.

Pensai che forse "*inutile*" non fosse nemmeno la definizione più corretta per descrivere quella donna. "*Noiosa*" era più calzante.

Cercai di adeguarmi al suo modo *politically correct* di condurre una conversazione. Tentai di dare una risposta alla sua domanda su Katerina, dicendole che sì, la tenevo abbastanza distante dal negozio, ma che non disdegnavo di tanto in tanto portarla con me affinché non crescesse troppo nella bambagia e si rendesse conto di com'era il mondo reale.

- Si vede che sei un bravo papà, - commentò. - Si vede da come lei ti guarda e ride. Sembrate amici, più che padre e figlia.

- È così. Siamo amici.

Adoravo poter dire la verità sapendo di mentire. Festeggiai con una boccata di vino. Confidavo che l'alcol mi aiutasse a far passare il tempo meno lentamente.

- È davvero una sensazione strana, questa... - disse Giulia dopo alcuni minuti, quand'ebbe terminato di mangiare il contenuto del cestino.

- In che senso?

- Beh, era un po' che un uomo non cucinava per me.

- Ti ricordo che per quanto ne sai potrei essermi fermato ad un ristorante a comperare tutto già fatto.

- No, non ci credo. Si vede che ci sai fare.

Iniziai a sperare che non partisse coi complimenti. Col mettere la conversazione sul piano della povera donna sola da tanto tempo che era commossa da tante attenzioni. Era il genere di discorsi che trovavo meno erotico in assoluto. Inoltre sapevo benissimo che quando una conoscenza iniziava in questo modo, di lì a breve mi sarei trovato a rispondere delle illusioni create nei primi giorni e poi disattese.

- Dai che non è vero! - dissi per farle capire che doveva tirarsela un po'. - Se sono due anni che sei separata, non credo che siano due anni che non hai un pranzo galante.

- Ma tu ci riesci a gestire sia la tua vita privata sia Katerina? E poi per una donna over trentacinque separata, la cosa è diversa...

- Ti piace il calamaro? - domandai per glissare su entrambi gli argomenti. *Donna over trentacinque separata* mi aveva generato uno sbadiglio interiore. Come poteva sperare di risultare interessante se si poneva così?

- Sì è ottimo. Che mi rispondi? - domandò ancora con mio grande disappunto.

- Essere soli è il secondo miglior stato possibile, - dissi mentendo. - Nel senso che meglio di essere soli c'è solamente essere in coppia e felici, ma peggio di essere soli ci sono mille situazioni possibili di coppie infelici e fintamente felici.

- Come vorrei essere intelligente come te!

- Intelligente?

- Non ci avevo mai pensato a questa cosa.

Le guardai il seno, immaginandolo sotto al vestito. Era abbondante e qualcosa mi diceva che doveva anche essere ben fatto. Pensai che sarebbe stato decisamente meglio se si fosse spogliata e avesse smesso di parlare piangendosi addosso.

- Sei una bella donna. Sei libera. In un certo senso hai il mondo hai tuoi piedi.

- Ecco, hai detto la parola magica!

- Piedi?

- Tu non hai idea di quanto sia difficile essere così alta...

- Nel senso che gli uomini si sentono in soggezione?

- Sì. A te non darebbe fastidio passeggiare con me mano nella mano?

- Mi stai dando del nano?

- Ma no, scusa... Non volevo...

- Ehi, sto scherzando! Non chiedere scusa.

- Ah ok, scu... Vabbé.

- Comunque sì. È per questo che ho voluto venire qui e non andare al ristorante del Club, - dissi sapendo che era un altro modo per dire la verità facendo credere che fosse una battuta.

- Vedi? È sempre così...

Senso dell'umorismo, zero. Cercai di pensare ancora a che forma dovessero avere le sue tette nonostante il secondo sbadiglio inguinale.

- Stavo scherzando anche adesso... Tu mi sa che hai bisogno di un'iniezione di autostima.

- Dici eh?

- Sì.

- E come posso fare, secondo te?

Feci una pausa. Guardai i piatti. Avevamo entrambi praticamente finito. A lei restava da mangiare il cestino, ammesso che avesse capito che era commestibile. Io stavo masticando l'ultimo boccone di insalata. Lei era una palla al piede colossale. Non ero per nulla sicuro che sarei riuscito a occupare un'altra ora di tempo cercando di rendere a lei comprensibile ogni mia battuta. Per contro, mettermi a lavare i piatti facendole capire che ritenevo concluso l'incontro non sarebbe stato molto cortese. L'idea di vederla in azione, sessualmente parlando, mi intrigava ancora. Anzi, in quel momento la curiosità di capire se fosse scatenata a letto era ancora più forte di prima, visto che oltre alla mole c'era pure l'indole a renderla impacciata ai miei occhi. Lanciarmi in un'avance era nelle mie corde. Corde da suicida. La possibilità che lei cogliesse l'occasione, però, era ciò che mi attirava e mi dissuadeva allo stesso tempo. Sapevo infatti che se lei si fosse tolta l'abitino della domenica e avesse sfoggiato sotto di esso una provocante tutina in latex, avrei avuto voglia di andarmene prima che mi legasse e m'appendesse da qualche parte, ma mi sarei divertito a stare al gioco per qualche minuto. Se al contrario avesse accettato, ma si fosse messa a pelle di leone sul tavolo supplicandomi di fare di lei ciò che volevo, avrei avuto voglia di andarmene e basta. C'era poi la possibilità che si scandalizzasse della mia prematura iniziativa e mi pregasse sdegnata di levare le tende. Avrei provato un po' di vergogna, in quel caso, che però mi sarebbe scivolata addosso giusto nel tempo necessario a raggiungere Katerina e iniziare con lei il tragitto verso l'aeroporto. Come spesso mi accadeva, scelsi la strada più incerta.

- Fammi vedere le tette, - dissi con decisione, pentendomene subito dopo.

- Scusa?

- Hai detto che vuoi una iniezione di fiducia? Beh, io vorrei guardarti le tette. E toccarle, anche. Non ti fa piacere saperlo?

- S… Sì… - rispose spaesata.

- Vieni qui.

Giulia si alzò goffamente dalla sedia tenendo i suoi occhi fissi nei miei. Non c'era lussuria in quello sguardo, solo stupore e un po' di felicità. Mi fissava perché aveva bisogno di sostegno per riuscire ad assolvere al compito che l'attendeva e nel quale, evidentemente, teneva a fare bella figura. Mi allontanai dal tavolo, stando seduto sulla sedia, in modo che tra le mie ginocchia e il tavolo stesso ci fosse posto per ospitarla. Lei si fermò proprio lì, in piedi, e sorrise, aspettando il mio cenno a proseguire. Alzò le mani dietro al collo e mosse la chiusura lampo un poco verso il basso. Continuò a far scendere il cursore della zip con una sola mano portandola dietro la schiena, mentre con l'altro braccio teneva il vestito bloccato sul seno, affinché non cadesse. Seduto sulla sedia mi sentivo ancora più basso del normale. Ma questa posizione così subordinata, in netto contrasto con ciò che accadeva nella realtà, non faceva che esaltare il mio ruolo dominante. Allungai la mano sulla sua, irrigidita sul petto, e gliela scostai. La parte superiore del vestito cadde piegandosi in vita, lasciando scoperta la pancia e mostrando il reggiseno copiosamente riempito.

- Via, - dissi riferendomi a quest'ultimo.

Giulia attese qualche secondo, abbozzando un sorriso imbarazzato, poi con un gesto rapido liberò il suo seno ad ammorbidirsi sul costato.

Dentro alle mie mutande il nulla. Non percepivo alcun segno di reazione e più guardavo il suo viso, disperso a un metro da me, più sentivo che a quel nulla sarebbe seguito altro nulla. Appoggiai i palmi delle mani a ghermire le sue bocce. Altro nulla. Sapevo benissimo che non avevo speranza. Più avrei pensato alla brutta figura di mostrarmi nudo con un uccello barzotto e delle dimensioni del calamaro che avevamo appena finito di mangiare e più questo si sarebbe ostinato a mantenere il suo flaccido status quo. C'era un solo modo per uscirne a testa alta: prendere l'iniziativa in modo unilaterale; prodigarmi in quasi un'ora di preliminari, sesso orale e digitale. Ovviamente senza mai sfilarmi i pantaloni. Cominciai a baciarle la pancia, un po' perché dovendo prendermela comoda era meglio che partissi da lontano, e un po' perché era già lì davanti alla mia bocca senza che dovessi nemmeno alzarmi. Era morbida di quella morbidezza dovuta all'abbandono. Al tatto si raggrinziva in modo piuttosto antiestetico. Col mento appoggiato al petto, Giulia mi guardò per un po' mantenendo sul volto lo stupore per l'evoluzione degli avvenimenti, poi finalmente si rilassò e reclinò la testa all'indietro. Ne approfittai per lavorare sulla lampo e terminarne la corsa verso il basso. Il vestito cadde ai suoi piedi ed io affondai le dita nelle natiche infilandomi lateralmente sotto gli slip. Stava meglio vestita, questo era certo. Mi domandai cosa avrei provato se fosse stata un po' più intraprendente. Mi sarei comunque sentito fuori posto e avrei iniziato a chiedermi cosa mi spingesse in intimità con donne che non mi piacevano, o, se si fosse scatenata, mi sarebbe piaciuta indipendentemente dalle sue forme? Non ebbi il tempo di darmi una risposta perché il mio dito medio, nel suo girovagare, sfiorò qualcosa che attirò la mia attenzione. La sua falange estrema si trovava ad almeno un paio di centimetri dalla giunzione delle natiche e a cinque dalla vagina, eppure ebbi la netta sensazione di aver sfiorato un corpo estraneo. Per un attimo temetti che Giulia avesse il ciclo e indossasse un assorbente di prima generazione. Sarebbe stata una disdetta. Il mio piano di lanciarmi nel sesso orale a senso unico sarebbe presto naufragato e probabilmente lei sarebbe stata costretta a prendere l'iniziativa e avrebbe tentato di raggiungere il piccolo oggetto che vergognosamente tenevo nascosto nelle mutande. Mossi un po' il dito verso il centro, quasi di soppiatto, giusto per verificare l'esattezza della mia supposizione. Con mio grande stupore capii subito di essermi sbagliato. L'oggetto che avevo sfiorato ora avvolgeva il mio dito. Non si trattava di un assorbente, infatti, bensì di pelo. Forse avevo smarrito un po' le proporzioni e tutto era regolare, là sotto, ma tanto per rendermi immediatamente conto di ciò che avrei dovuto affrontare, feci un bel respiro e le abbassai le mutandine. Giulia respirò rumorosamente a sua volta, appoggiando le mani sul tavolo alle sue spalle e inarcando la schiena. Stava carburando. Ciò che mi trovai davanti lo avevo visto solo in un film porno degli anni settanta e in alcune foto di Araki: una massa di pelo canuto e selvaggio schiacciata sul sesso e sul pube da ore, settimane, forse mesi di intima costrizione e pronta a esplodere in tutto il suo reale volume alla prima folata di vento.

Passai le dita tra quei riccioli come tra il vello unto di una pecora. La matassa, prendendo aria, iniziò a gonfiarsi. Lei si sedette sul tavolo allargando le gambe e offrendomi il manto affinché io potessi meglio vedere come affrontarlo. Da quel ribassato punto di vista, con Giulia ormai all'indietro sugli avambracci, vidi ciò che avevo sfiorato pochi istanti prima. Quello che appariva come la pelliccia di un gatto persiano, infatti, ricopriva la vagina ben sotto di essa e si estendeva fra le chiappe come non avrei immaginato potesse succedere se non a un uomo delle caverne. Tentai di dipanare l'intrigo usando i polpastrelli dei pollici, che sentivo sfiorare le grandi labbra. Pian piano intravidi il sesso che aveva iniziato a sbavare creando filamenti gelatinosi che s'attaccavano ai peli dando vita ad uno spettacolo disgustoso. Avessi avuto il teletrasporto mi sarei smaterializzato all'istante, ma le mie scelte erano limitate a due soltanto: alzarmi e creare un caso diplomatico o completare quello sporco lavoro impiegando esattamente quarantacinque minuti. Maledissi la mia tendenza autodistruttiva e mi concentrai. Affondai i pollici e divaricai le grandi labbra cercando di mantenere pulito l'ingresso della vagina. Quando fui contento del lavoro di giardinaggio, avvicinai la bocca e diedi una timida leccata di punta sulla clitoride. Il grido stridulo di Giulia mi diede il la per un primo affondo. Quando la mia lingua fu totalmente dentro di lei, mi ritrovai le narici invase di peli e del loro odore di urina. Era un odore vecchio, stratificatosi nel tempo a causa del potere assorbente della cheratina. Ebbi l'istinto a vomitare e starnutire contemporaneamente, per cui mi scostai un poco. Mi infilai le punte dei pollici nel naso per fermare il prurito e chiudere l'accesso all'odore.

- Ancora! - supplicò la stangona.

- Andiamo sul divano, - suggerii per perdere tempo.

- Ancora! - ribadì.

Presi una boccata d'ossigeno e tornai a infilare la lingua, rimanendo in apnea con le dita nel naso. Giulia sottolineò la sua soddisfazione con un rantolo.

- Andiamo sul divano, - dissi ancora, alzandomi dalla sedia affinché non vi fosse possibilità di contraddirmi. Giulia si sollevò e mi fissò con occhi ben diversi da quelli di pochi minuti prima. La vidi avvicinare minacciosamente le mani alla mia cintura. Facendo finta di non essermene accorto mi spostai a versarmi un bicchiere di vino. Lo bevvi lentamente assaporandone il sapore e cercando d'inspirarne i sentori affinché spazzassero via le particelle odorose che mi si erano incastrate nei condotti nasali.

La presi per mano e l'accompagnai in salotto. Cercavo di mantenere il controllo delle operazioni atteggiandomi a unico arbitro del gioco. Lungo il breve tragitto riuscii a buttare un occhio all'orologio della cucina: all'ora in cui sarei dovuto andarmene mancavano ancora trentacinque minuti, quindi dovevo tenere duro ancora per almeno altri venti. Quando fui vicino al divano le diedi una spinta in modo che cadesse con le ginocchia sul cuscino e rivolgesse il sedere all'esterno. Ero curioso, a quel punto, di vedere bene a cosa potesse arrivare la natura se lasciata fiorire rigogliosa. Ciò che Giulia aveva tra le natiche e su buona parte delle stesse lo avevo visto raramente negli spogliatoi maschili delle palestre. Tutto sommato, riuscendo a tenere il naso lontano da quella matassa maleodorante, la situazione poteva anche risultare divertente. Era divertente pensare, ad esempio, che per lei tutto ciò fosse normale. Si era preoccupata che la propria altezza potesse inibirmi psicologicamente, ma nulla aveva detto per mettermi in guardia sui pericoli della foresta pluviale. Se ne stava lì, tranquilla e felice a quattro zampe, a farsi massaggiare la clitoride e il buco del culo come se nulla fosse. Era divertente pensare, infine, che qualcuno posizionato alle mie spalle potesse pensare che io stessi masturbando un Grizzly.

Il tempo scorreva agilmente, per fortuna. La voglia di sesso di Giulia faceva sì che lei si perdesse nell'assaporare il piacere che le arrivava in parte dalla passera ma principalmente dalla sensazione di essere tornata desiderabile. Riuscii a giocare con lei in quella posizione per una decina di minuti. A quel punto, a così poco dallo scoccare dell'ora di fuga, potei facilmente adoperarmi per lasciarle un buon ricordo. La feci girare e poi, stando in ginocchio sul pavimento, mi avvicinai tra le sue gambe, dandole l'illusione che avrei subito abbassato i pantaloni per penetrarla. La penetrai, invece, prima con un dito, poi con due, tre e infine con quattro dita, lasciando che la sua vagina si adattasse a ogni stadio di quel *fisting*. Mossi quel maglio in modo energico dentro e fuori di lei, stando ben attendo che le espressioni sul suo volto si mantenessero sempre sul confine fra il piacere e il dolore. Giulia godette in modo sguaiato un paio di minuti dopo, diventando paonazza in volto e poi lasciandosi andare sul divano a spasmi da tarantolata per una trentina di secondi.

- Cazzo, se ci voleva! - disse ridendo subito dopo.

- Ho notato, in effetti, che ne avevi una certa voglia…

- No, guarda, quella non era voglia. Era *bisogno*…

- Sono contento, - dissi sorridendo.

- Non puoi essere contento ancora del tutto… - commentò facendomi l'occhiolino ed ammiccando al mio basso ventre che non poteva immaginare così disinteressato agli eventi esterni.

- Temo che dovremo rimandare, per quello. Fammi controllare l'ora, per favore - dissi alzandomi.

Mi diressi in cucina, sciacquai la mia mano e la mia bocca sotto al getto del rubinetto e poi, alzando la voce, le confermai che l'orologio segnava implacabilmente l'ora del mio arrivederci alla prossima.

- Ci conto, - le sentii rispondere.

Pensai tra me e me che avrebbe contato a lungo e iniziai a sbarazzare la tavola mentre Giulia si ricomponeva lentamente.

- Mi dispiace, che tu debba correre via così. Perché non lasci fare a me, lavo tutto e poi tu passi a prendere la roba stasera o domani…

- Ma figurati. I grandi chef si prendono sempre cura delle loro cucine. Arrivano, creano e puliscono. Sempre.

Giulia sorrise. Io mi rilassai convinto di aver portato a termine la missione. Cinque minuti dopo caricavo sull'auto tutto ciò che avevo portato con me un paio di ore prima. Di me, in quella casa, rimaneva solo un buon ricordo. Se ne sarebbe andato presto anche quello, ma il tempo necessario a separare Katerina dalla famiglia di Giulia e correre con lei all'aeroporto a prendere Mauro me l'ero guadagnato.

Con la stessa espressione scocciata con la quale avevano accolto il mio ritardo quando avevo consegnato loro Katerina, i genitori di Giulia mi attendevano nel parcheggio del Modena Golf & Country Club. Li ignorai concentrandomi invece sui visi delle due bambine che erano raggianti.

- Allora Trottola, com'è andata?

- Zio Michele, è stato bellissimo! -. Esclamò Katerina, abbracciando le mie gambe.

- Zio? - disse la nonna di Samantha.

- Papà... - si corresse Katerina con aria colpevole, fissandomi poi immediatamente dopo quasi a domandare perdono. Le sorrisi, le strizzai l'occhio e poi la presi per mano.

- È una lunga storia, - risposi alla vecchia. - Lunga come la strada che dobbiamo fare ora, - continuai rivolgendomi a Katerina. - Dai che siamo in ritardo!

Corremmo ridendo verso la mia auto, mano nella mano. Scappammo via lasciando tre sguardi severi alle nostre spalle. Pochi istanti dopo un bip mi segnalò un sms in arrivo. Era Mauro che segnalava di essere atterrato. Ero in ritardo pazzesco.

- Tuo padre sta per sgridarmi...

- Perché hai fatto finta di essere lui?

- No, perché gli toccherà aspettarci. Sul fatto che ho fatto, anzi che *abbiamo fatto* finta che io fossi lui... Direi che potrebbe rimanere il nostro segreto, che dici?

- Va bene.

L'accarezzai e mi concentrai sulla guida veloce.

Mauro stava fumando una sigaretta seduto sulla sua valigia all'uscita del terminal. Accostai fermandomi proprio davanti a lui e mentre Katerina gli saltava addosso, aprii il baule dell'auto e caricai il bagaglio.

- Hai mezz'ora di ritardo, - disse invece di salutarmi.

- E tu due giorni di ritardo, - risposi sorridendo, ma piuttosto seccato dal suo modo di fare. Aveva un aspetto di merda, provato dal viaggio, per cui non polemizzai ulteriormente.

- Com'è andata? - domandò in tono un po' più conciliante.

- Trottolina, perché non glielo dici tu a questo trombone, com'è andata?

- È stato bravo. Abbiamo fatto un sacco di cose fighe.

- Fighe?

- Non gliel'ho insegnata io, quella parola, - specificai.

- Ho imparato a giocare a golf!

Sorrisi orgoglioso che lei sfoggiasse la sua allegria davanti al padre. Mauro, seduto al mio fianco, si voltò all'indietro e le passò la mano tra i capelli.

- A casa mi racconti tutto e poi vedremo se è stato bravo davvero…

- Tutto tutto non posso! Gli amici hanno dei segreti, lo sai?

Mauro girò il viso verso di me e mi aspettai uno sguardo che diceva che delle omissioni di cui aveva fatto cenno Katerina avremmo poi dovuto parlare per bene in privato. Allo stop all'uscita dell'aeroporto andai a incrociare i suoi occhi per raccogliere quell'occhiata. Il volto stanco di Mauro, invece, si piegò impercettibilmente in avanti, i suoi occhi si chiusero poi si riaprirono lentamente mentre le sue labbra, senza emettere alcun suono, mimarono un "*Grazie*".

Morte sua, vita nostra

Febbraio 2006

Quando Mauro varcò la soglia del bar, realizzai che era la prima volta che veniva a salutarmi sul posto di lavoro. Ammesso che quello fosse il motivo del suo ingresso.

- Ma lo sapevi, che lavoravo qui, o sei entrato per caso?

- Io per caso non faccio nulla, nemmeno quando sono strafatto.

- E lo sai, invece, che da giovane eri più simpatico? Avevi quel non so che di *naive*, quell'innocenza da bambino che, accanto al tuo aspetto da orco e al tuo filosofeggiare lisergico rendeva molto piacevole la tua presenza.

- Certo che lo so. Infatti la mia presenza ti era così piacevole che appena ho avuto bisogno di te, hai pensato bene di non farti più sentire per un anno…

- Finirò mai di scontare la mia pena per questo?

- Non so, non ho ancora deciso.

- Vedi di deciderti in fretta, allora. Cosa vuoi? Devo far finta di lavorare.

- Non vedo nessuno a cui dovresti rendere conto, ma fammi comunque un caffè.

- A cosa devo la visita, dunque? - domandai mentre armeggiavo sulla *Cimbali*.

- Domani vedo Sara.

- Sara… Quella Sara?

- Sì.

- Esci con lei?

- Viene lei da me.

Le conversazioni con Mauro avevano spesso la caratteristica di far sorgere più dubbi di quanti ne riuscissero a dirimere.

- Se sei venuto a chiedermi il permesso, diciamo così, per ma va bene. In fondo ti è sempre piaciuta. Però sta attento a non innamorarti. Se devi usarla per passarti il tempo, divertirti e avere qualche distrazione, secondo me fai benissimo: è la persona giusta. Però come morosa, non lo farei. Lo so che parlo da uomo ferito, però come amico, proprio perché sono stato ferito dalla sua natura, ti sconsiglierei di fare sul serio, con lei.

- La tua imbecillità a volte mi fa paura.

- Ti ho offeso? Sei già innamorato di lei?

- Ecco, appunto…

- Mi spiace, non volevo mancarti di rispetto.

- Viene a farsi tatuare.

- È una cosa carina.

- Viene a farsi tatuare e basta. Non ci esco, non siamo morosi o amanti o altro. Mi ha telefonato in negozio e mi ha chiesto se poteva prendere un appuntamento per un tatuaggio. Tutto qui.

- Ah. Ok. Scusa. Non avevo capito.

- Tranquillo, lo so che non sei normale…

- Fanculo.

- Ok.

Ci fu una breve pausa di decantazione.

- Dicevi della telefonata di Sara… Che cazzo viene a fare? Proprio da te deve farsi tatuare? Ha sicuramente un disegno in testa.

- Lo spero. Sennò sono ore a sfogliare cataloghi…

- Un disegno criminale, intendo. Vuole arrivare a me passando attraverso te.

- Basta che paghi…

- È la tua unica preoccupazione?

- Sì perché di te abbiamo già parlato al telefono.

- Ecco, lo sapevo. Che cosa ti ha detto?

- Che è innamorata di te.

- Ma per favore…

- Non le credi?

- Mi ha tradito ripetutamente con la stessa persona e poi ha tradito la mia disponibilità ed è andata a divertirsi con lui e un'altra donna, Mauro. Non te lo ricordi? Ti sembra il comportamento di una persona innamorata?

- Anche tu dicevi di essere mio amico, ma sei scappato via quando ho avuto bisogno di te.

- A ridagli! Non sono scappato per non essere di aiuto a te. Sono scappato perché avevo una cosa importante da fare che in quel momento mi è sembrata più importante di stare vicino a te. E mi sono anche pentito di averlo fatto.

- Quindi che cosa ci sarebbe di strano se anche lei si fosse pentita?

Abbassai la testa.

- Suppongo nulla, - ammisi. - È che il tradimento in una coppia sembra più importante di quello tra amici, - tentai di giustificarmi.

- E perché mai?

- Ti si fredda il caffè…

- Hai ragione, fammene un altro. Ma ne pago uno solo perché mi stai distraendo con le tue solite menate del cazzo. Son proprio curioso… Perché sarebbe più importante?

- Sono peggio io che ho tradito il tuo bisogno di vicinanza o tu che non hai perdonato il fatto che io dovessi correre dietro al mio bisogno di amore?

Anche Mauro abbassò la testa. Sembrava accorgersi per la prima volta di un punto di vista dal quale non aveva mai osservato le cose.

- Non ti crucciare, - lo tranquillizzai. - Mi sono risposto da solo. Ho certamente sbagliato ad andarmene perché tu eri reale e Roan non lo era più. Perché tu avevi bisogno e Roan tutto il contrario, altrimenti sarebbe tornata lei stessa da me.

- Però, come mi ha detto quanto sei tornato, rifaresti esattamente lo stesso errore.

- Temo di sì, - ammisi.

- Forse è così, - disse Mauro con l'aria di chi voleva stipulare un trattato di pace. - La nostra natura umana è semplicemente egoista. Siamo portati, diciamo così, a pensare a noi stessi più per istinto naturale di conservazione della specie, che non per cattiveria o scarso spessore morale.

- È uno dei discorsi più seri ed articolati che ti abbia mai sentito fare. Certamente l'unico con queste caratteristiche col quale io sia perfettamente d'accordo, - dissi sorridendo. - Quindi ci stringiamo la mano e ci mettiamo una pietra sopra?

Mauro annuì e alzò il palmo affinché io potessi dargli *il cinque*.

- Riguardo a Sara, - ripresi pochi istanti più tardi, - la verità è che non ha importanza cosa lei pensi di me. Se sia davvero innamorata oppure no. Io sono convinto che non lo sia, ma che in buona fede confonda con l'amore il suo senso di colpa, ma anche se fosse davvero sincera con se stessa e con me, io non sarei interessato perché non riuscirei più a fare sesso con lei. Punto. L'immagine di lei che si fa trombare dal Picasso prima e dal Picasso assieme all'altra ninfomane poi, ha azzerato ogni mia eccitazione nei suoi confronti. Se vuoi tatuarle in fronte "*Michele non vuole più scoparti!*", mi fai un piacere.

- Facciamo che te la saluto, che le dico che ti ho riferito della sua visita e che questa cosa invece gliela spieghi tu?

- Va bene, facciamo così, - concordai sorridendo.

- D'accordo Viso Pallido, domani ti faccio sapere com'è andata, - disse Mauro alzandosi dallo sgabello. - Il caffè lo offri tu, vero?

- Eri venuto solo per dirmi questa cosa di Sara? - domandai mentre annuivo sulla questione del caffè.

- Sì. Come vedi anche io ammetto i miei sbagli. Se vengo a conoscenza di informazioni che riguardano le tue ex, non le tengo più segrete, ma vengo a riferirtele subito. Tanto ho scoperto che sei capace di incasinarti comunque.

- Vattene, va'... - esclamai quand'era già sulla porta. - Passo da te domani così mi racconti.

- Posso almeno guardarle il culo?

- Il pezzo forte è la passera. Se hai occasione, ti consiglio quella.

Mi vergognai un po' di aver usato quella frase irrispettosa della mia storia d'amore con Sara, ma sentii che per suggellare la ripartenza sincera dell'amicizia con Mauro, era stata la cosa giusta da fare.

Il sorriso di Mauro mentre mi faceva *ciao ciao* con la mano, confermò la mia sensazione.

L'indirizzo del destino

Febbraio 2006

Entrai baldanzoso all'*Oetsii Tattoo*, sicuro che sarebbe stato uno spasso farmi raccontare della sessione di tatuaggio di quella mattina.

Mauro era solo, nel laboratorio. Seduto su uno sgabello sembrava osservare la cura delle proprie mani, indeciso se intervenire con una limatina alle unghie o una sessione di pinzette sui peli delle falangi.

- Allora? - domandai.

- Ho sfregiato la tua ex, - disse senza guardarmi.

Capii allora che stava fissando le mani come se fossero le artefici di un delitto.

- Scusa? - domandai sedendomi di fronte a lui, nel centro della stanza.

- Mi è scappata la mano, le ho fatto un segno, una specie di graffio d'inchiostro fatto a zigzag...

Che vuoi che sia pensai e mi preparai a far uscire dalla mia bocca, ma il mio giudizio sull'argomento *segni sulla pelle*, Mauro non lo avrebbe certo considerato attendibile e decisi di trattenermi.

- Una cosa irrimediabile? - domandai, invece.

- Ma no, cioè… In qualche modo farà… Si inventerà una decorazione… Comunque non lo so, ha iniziato a tuonare, incazzata come una pantera, ed è uscita. Il tatuaggio non era nemmeno a metà…

Non era il racconto che mi sarei aspettato di sentire quand'ero entrato, ma la cosa mi faceva sorridere comunque. Tra l'altro ero convinto che Sara non fosse il tipo da sporgere denuncia e che quindi Mauro non avrebbe avuto conseguenze a causa del suo errore.

- Senti, mi spieghi come è stato possibile? Sei sempre così attento. Si è mossa?

- Le stavo sorreggendo la tetta con la mano sinistra…

- Non dirmi che ti sei messo a guardare le tette invece di dove stavi disegnando…

- … e la mano destra ad un certo punto ha cominciato a fare quello che voleva, si è mossa per un minuto intero fuori dal contorno del tatuaggio e non riuscivo a spostarla ne a controllarla.

- Le hai fatto uno scarabocchio a zigzag sulla tetta?

- Già…

Sentii lo stimolo di una risata, ma poi mi resi conto che l'espressione del mio amico era più severa del normale e mi feci serio anch'io.

- Eri fatto?

Se avesse risposto di sì, avrei cambiato idea sulla reazione di Sara. Lo avrebbe spennato vivo.

- Sono quattro mesi che non mi faccio.

- Quattro mesi? - domandai incredulo. - Ma ti è scoppiato il cervello?

Per quale motivo scelsi proprio quelle parole, tra tutte le possibili che avrei potuto usare per domandargli come mai avesse interrotto una delle sue pratiche preferite, pratica che tra l'altro, a mio giudizio, contribuiva a renderlo così unico ed insostituibile nella mia vita, ancora me lo domando. Mauro alzò lo sguardo per la prima volta da quando ero entrato, appoggiò le mani malandrine sulle ginocchia e col volto spaventato rispose con un semplice *Sì*.

Mi si gelò il sangue, ma la comunicazione di Mauro era stata così minimale che, in una frazione di secondo, sentendomi in dovere di dire qualcosa, dovetti prendere in considerazione l'ipotesi di aver completamente frainteso il messaggio e di apprestarmi a blaterare qualcosa di totalmente fuori luogo. Il risultato della mia indecisione fu che mi si paralizzò del tutto la favella e l'unica cosa che uscì da me fu un grugnito ebete accompagnato da un'inutile espressione preoccupata e interrogativa.

- Glioblastoma, si chiama. Uno a cui piace vincere facile... - disse tamburellando con il dito indice sulla parte superiore del suo cuoi capelluto.

I dubbi sparirono e con essi anche l'espressione idiota della mia faccia.

Non ricordo quanto tempo rimasi in silenzio ad osservare il mio amico. Ricordo bene il suo volto assorto nel nulla, però, e il fatto che non fu lui a riprendere la conversazione.

- Non si può operare?

- Già fatto.

- Già fatto? Ma che cazzo stai dicendo? E quando? E perché io non lo sapevo? - cominciai a domandare nervosamente, a raffica.

- Quando mi hai tenuto Katerina, quattro mesi fa. Sai il convegno a Los Angeles?

- Non eri a Los Angeles?

- No, ero al Policlinico.

- Qui a Modena?

- Sì. Ho pensato che se te lo avessi detto, ti saresti sforzato di essere un genitore modello e lei avrebbe capito che c'era qualcosa che non andava. Invece se non ti avessi detto nulla, avresti fatto qualche casino e lei avrebbe pensato che era tutto normale.

Oltre a non fare una piega, il ragionamento aveva pure avuto la conferma dei fatti, quindi non potei far altro che abbassare lo sguardo e cercare di capire com'era stato possibile che non mi accorgessi di nulla. Capire però non era facile e la mia mente non mia aiutava. Era come se si rifiutasse di accettare le parole di Mauro e tentasse di confutarle con prove della loro falsità.

- E l'aeroporto? Sono venuto a prenderti a Bologna…

- Mi ci hai anche portato, se è per quello…

- Già.

- Faceva parte del piano, mi dispiace.

Non mi entrava in testa che lui avesse voluto tenermi all'oscuro della malattia, ma nel contempo potevo benissimo immaginare che tutto era successo troppo poco tempo dopo il mio ritorno dal Messico. Non avevo avuto il tempo di riqualificarmi ai suoi occhi e lui aveva agito usandomi per massimizzare il risultato.

- E l'intervento? - domandai ripristinando il contatto con l'ambiente circostante. - Non è riuscito?

- Sì, è riuscito, me l'hanno asportato. Era superficiale.

- Beh…, bene, no? - chiesi conferma, non sicuro di capire la situazione nella sua globalità.

Mauro mi guardò con la benevolenza che si concede agli ingenui.

- Quello che è successo oggi può avere un solo significato, - rispose. - Che è tornato. E…

- E cosa? - lo interruppi, quasi non accettando che ci potesse essere un "*e*", un qualcos'altro, un'aggravante ulteriore ad un quadro che mi sembrava già il peggiore possibile.

- E che la chemio e la radio non stanno funzionando.

- Chemio… Radio… Le stai facendo tutt'ora?

Mauro mi rivolse un nuovo sguardo compassionevole, si mise la mano sinistra tra i capelli, li afferrò e li sollevò di venti centimetri. Rimase così, per una decina di secondi, con la parrucca da vecchio metallaro in mano a sovrastare il cranio spelacchiato.

- Sei stato al pronto soccorso? - domandai senza riuscire a staccare gli occhi da quella parrucca.

- No.

- Dai ti ci accompagno io. Non credo sia il caso che tu stia qui dopo un episodio del genere no?

- No, non dovrei.

- Andiamo, allora!

- Aspetta. Katerina esce da scuola alle quattro, oggi.

- Sono le tre e un quarto…

- Cinque minuti poi mi accompagni a prenderla, ok? La portiamo da mia madre.

- Certo… - risposi, quasi impossibilitato a pronunciare più di tre parole alla volta.

- E poi, - proseguì con un tono sottomesso, - c'è una cosa che devo darti.

Alcune decine d'ipotesi su cosa avesse da darmi di così importante da far ritardare la nostra uscita di casa, passarono in rassegna nella mia mente. Mi convinsi che si sarebbe alzato e da un cassetto avrebbe tirato fuori un foglio con il suo testamento. Pensai tutto questo senza dire una parola e quando Mauro, vedendo la mia attesa silenziosa, si decise ad alzarsi, andò effettivamente ad un cassetto e ne estrasse come avevo previsto un pezzo di carta, sentii il panico diffondersi dentro di me.

Avanzò deciso a porgermi il foglio. Guardandolo provai l'istinto di assolvermi per la mia disattenzione. Tutto avrei potuto dire tranne che fosse malato. Di una cosa chiamata glioblastoma, che si trovava nel cervello e che di solito vinceva le sue partite.

Presi il foglio tra le dita ed osservai Mauro sedersi di nuovo di fronte a me. Lo guardai, come a chiedergli un'anticipazione, ma lui fece cenno di leggere. Era un foglio singolo piegato in due e se si trattava delle sue ultime volontà, non doveva essersi sprecato in chiacchiere. Quando aprii il foglio e vidi che di scritto c'erano solo poche lettere e che la calligrafia era femminile, capii che non si trattava di ciò che avevo temuto e tirai un sospiro di sollievo, come se l'assenza di un testamento stesse a significare che la fine non era così vicina.

Lessi lettere, lessi numeri, cercai di comporre tutto in parole con un significato, ma non ci riuscii. Non fino a quando arrivai all'ultima parola, *Mexico*, e capii che non c'era alcun significato in quelle parole, ma che esse rappresentavo semplicemente un indirizzo e un numero di telefono. E un indirizzo in Messico non poteva che essere l'indirizzo di Roan.

Ero completamente annichilito. In centoventi secondi avevo ricevuto due notizie sconvolgenti e le loro conseguenze, come corollari di un teorema appena dimostrato, stavano invadendo la mia mente. Riuscivo a sentirle tutte, le domande e le risposte che vociavano dentro di me. Mauro morirà? Se faccio questo numero Roan risponderà? No che non morirà. Certo che lei risponderà. E se dovesse morire? E se lei sentendo la mia voce dovesse riattaccare? Lo faccio stare a casa mia? Vado io da lei? Che ore sono?

- Sono le tre e venti.

- Eh? - domandai riconnettendomi al mondo reale.

- Hai chiesto che ore sono. Sono le tre e venti, - rispose Mauro, continuando a fissarmi, come preoccupato per la mia reazione.

- Ho chiesto che ore sono?

- Sì...

- Ho chiesto solo quello? - chiesi preoccupato di non essermi accorto di aver data voce a tutti i miei pensieri.

- Sì... - disse di nuovo.

- Possiamo andare, ora.

- Ok...

Era ovvio che in quel momento quello dei due che sembrava avere problemi all'encefalo ero io. Non riuscivo a mettere in fila due pensieri e la cosa più furba mi sembrò quella di dare a me stesso qualcosa da fare. A lui, probabilmente, quella di farmela fare.

Uscimmo dal negozio e salimmo sulla mia auto senza dire più nulla fino all'arrivo di Katerina, quando, come automi cui avevano premuto il pulsante *ON*, riprendemmo a parlare con lei e tra noi come se nulla fosse. Mauro telefonò ai suoi genitori annunciando l'arrivo della nipotina. Lo guardai baciarla, quando la lasciammo, con un bacio normalissimo, nemmeno lontano parente di un bacio d'addio. Mi feci forza pensando a questa immagine e feci rotta verso l'ospedale.

Priorità e opportunità

Febbraio 2006

Nel pronto soccorso dell'ospedale, per motivi a me ignoti, diedero a Mauro bassa priorità e ci toccò aspettare oltre un'ora. Avevo così tanti pensieri in testa, così tante domande, che preferii starmene zitto per un po', cercando di metterle in fila non per ordine d'importanza, ma per opportunità. Dovevo cioè decidere se fosse o meno il caso di esternare i miei dubbi. Per non turbare Mauro, in un caso, e per non sembrare distaccato, nell'altro. Non potevo farci nulla se assieme alla notizia del tumore al cervello del mio amico così recentemente riconquistato anche il nome di Roan e i misteri legati all'esistenza di un foglio contenente i suoi recapiti, affollavano la mia mente. Che voleva dire il fatto che non considerassero Mauro un caso urgente? Che era spacciato e non valeva la pena visitarlo subito? Perché non mi aveva detto nulla, dopo l'intervento? Non mi riteneva davvero più un amico, dopo il mio viaggio in Messico e mi aveva affidato Katerina solo perché non aveva alternative? Aveva senso che gli domandassi cosa pensasse davvero di me o era necessario che dimostrassi ora, anche se forse troppo tardi e a prescindere dal suo pensiero, che gli volevo bene e poteva appoggiarsi a me per qualunque cosa? E poi Roan… Che dovevo fare, con quel numero di telefono? E nel pensare "dovevo" intendevo sia il fatto di aggiornarla sulle condizioni di Mauro, visto che evidentemente erano rimasti in contatto, sia l'opportunità che fossi proprio io a chiamarla, costringendola in qualche modo ad un'interazione con me che non aveva voluto avere per quasi dieci anni. Dieci anni...

Mediai tra le due cose, il cancro e Roan, e sperai che la sua risposta mi suggerisse una strada da percorrere sul modo di accompagnarlo dialetticamente ed emotivamente in quest'attesa e nel proseguo della giornata.

- Lei lo sa? - domandai sventolando il foglio davanti a noi.

- No.

- Vuoi che l'avverta? Per questo mi hai dato il numero? - domandai sforzandomi di combattere una specie di gelosia che mi frantumava il petto e che non riusciva a farmi capire il perché lei avesse scelto di comunicare con lui, dio solo sapeva da quando e per quanto, e non con me. E per quale motivo lui non mi avesse mai detto come potevo trovarla.

- Non te lo immagini il motivo per cui ti ho dato quel numero?

Abbassai il capo ed evitai di rispondere. Evitai perché ne immaginavo mille, di ragioni, e non volevo deluderlo nel dire quella sbagliata. Evitai perché ciascuna di queste ragioni comprendeva immancabilmente la morte di lui. Ed evitai perché per la prima volta dal giorno in cui in aeroporto avevo visto Roan andarsene, gli occhi mi s'inondarono di lacrime e il mio pomo d'Adamo si trovò impantanato senza riuscire ad andare né su né giù.

Quando finalmente arrivò il nostro turno, Mauro mi disse di seguirlo dentro ed io mi preparai psicologicamente alla stranezza di imparare da un estraneo ciò che realmente stava succedendo dentro al mio amico.

Fummo accompagnati in un ambulatorio per un'ulteriore attesa. Ci dissero che il neurologo sarebbe sceso a minuti dal reparto.

- Da domani riprendo a farmi le canne, - disse Mauro. - Glielo dico chiaro e tondo a questo qui che arriva.

- Ma senti dolore? - domandai vergognandomi un po' per la mia ignoranza.

- No. Però tanto vale, non ti pare? Mi faccio le canne da venticinque anni e son sempre stato felice. Adesso sono infelice e smetto? No, grazie. E poi ti pare che io possa vivermi tutto questo da sobrio? Adesso glielo dico, al dottorino, che non solo riprendo a farmi le canne, ma raddoppio la dose.

- Ma non ti accorgerai nemmeno di avermi di fianco!

- Hai ragione. Triplico, - ribadì beffardo.

- E nemmeno Katerina…

- Ok, dai, raddoppio e non se ne parli più.

- Buongiorno, - disse il neurologo entrando nella stanza e sfoggiando quel bel sorriso che avevo sempre immaginato essere presente sui volti dei medici che avevano a che fare coi malati terminali.

Si accomodò di fronte a noi e ripercorse brevemente con Mauro la sua storia clinica. Ebbi così finalmente chiaro il suo percorso. Tutto era iniziato sei mesi prima, poco prima del mio ritorno, con un episodio simile a quello di quel pomeriggio. Le dita della mano si erano messe a fare quello che volevano e la sua deambulazione era stata difficoltosa. La diagnosi del cancro gli fu fatta un mese dopo, proprio la settimana in cui mi presentai al suo negozio e questo diede una prospettiva del tutto nuova al nostro incontro e al suo apparente distacco nei miei confronti. Il tumore era fra i più aggressivi, ma superficiale ed operabile e l'intervento, come mi aveva in effetti raccontato poco prima, era andato bene. Aveva accettato di far parte di un protocollo di cura sperimentale per testare l'efficacia di un nuovo farmaco che avrebbe avuto lo scopo di "affamare" le cellule tumorali riducendo loro selettivamente l'apporto sanguigno, ed anche a questa procedura, così come alle terapie chemio e radio, aveva risposto in modo assai positivo.

Fino ad oggi.

- Mi sono anche pisciato addosso, - confessò Mauro al termine del suo resoconto di quello che era successo nelle ultime ore.

Il volto del neurologo si rabbuiò e il suo sorriso scomparve per la prima volta. Ebbi l'impressione che abbassasse lo sguardo per non mostrare la sua espressione.

- Quanto tempo fa ha avuto questo episodio d'incontinenza?

- Un'ora fa circa, - rispose Mauro.

Non sapevo se intervenire. Mauro aveva evidentemente perso la cognizione del tempo e fargliela notare mi sembrava crudele. D'altro canto se il medico aveva fatto quella domanda forse era importante che avesse una risposta attendibile.

- Mauro, sarà stato ieri, che dici? Stamattina avevi la cliente in negozio, e un'ora fa circa eravamo in auto e stavamo venendo qui.

- Confermo. Un'ora fa. - disse Mauro fissando il medico negli occhi a far intendere che era perfettamente in grado di intendere.

- Mi hai pisciato in auto? - domandai come colpito da una folgorazione.

- Sì, - rispose il mio amico voltandosi verso di me e sfoggiando un sorriso sarcastico.

- Ma…

- E non sai che goduria, dopo quello che mi hai fatto passare, potermi vendicare sapendo che non puoi nemmeno darmi la colpa… Non l'ho mica fatto apposta, ti giuro… È la malattia, vero dottore? Però quando l'ho sentita arrivare, me la sono assaporata tutta, mentre usciva e andava ad inzuppare il sedile della tua auto…

Impietrito e inerme, incapace di reagire esattamente come aveva appena pronosticato, fissai il neurologo come alla ricerca di un sostegno umano. Il medico trattenne a stento un'incipiente risata e si ricompose immediatamente, quasi sollevato dal modo in cui il suo paziente stava affrontando la cosa.

- D'accordo, - disse, - allora facciamo immediatamente una risonanza di controllo in una zona ben precisa. Nel mentre lei rimane qui per qualche ora a fare una flebo per ridurre l'edema che evidentemente sta pressando su qualche zona di controllo motorio.

- Riguardo a lei, - continuò rivolgendosi a me, - le suggerisco di andare a prendere al suo amico qualcosa che sia utile per passare la notte qui. Facciamo questa terapia, aspettiamo l'esito della risonanza, domani o dopodomani lo mandiamo a casa con un'idea più precisa su cosa fare.

- Le volevo anche dire, - intervenne Mauro, - che mi sono stancato di fare il virtuoso e che da domani riprendo a farmi le canne.

- Non ho nulla in contrario, - rispose il dottore. - Anzi, le dirò di più: domani valuteremo assieme al medico che l'ha avuta in cura se modificare la terapia e passare ad un protocollo a base di cannabis.

- Mi sta prendendo per il culo?

- No, affatto. Ma non si rallegri troppo. Non le sto dicendo che la faremo fumare spinelli dalla mattina alla sera, ma che ci sono farmaci che stanno dando ottimi risultati nella lotta ai tumori, tra cui quelli al seno e cervello, a base di derivati della cannabis. Niente sballo, mi dispiace.

- Quindi per lo sballo posso procedere in modo tradizionale.

- Se mi promette di non andare in giro a dire che sono d'accordo…

- Affare fatto, - concluse soddisfatto.

- Vabbé io… Allora… Vado… - dissi timidamente nel tentativo di intrufolarmi nel loro dialogo.

Mauro mi porse le chiavi di casa e concordammo cosa dovevo portargli. Disse che avrebbe chiamato lui stesso i genitori affinché tenessero Katerina per la notte.

- Ah, mi scusi, - sentii dire dal neurologo quando mi trovavo ormai sulla porta dell'ambulatorio. - Non so se le può essere utile, ma proprio all'uscita del policlinico, cento metri a destra... - disse facendo poi una pausa e guardando Mauro, - C'è un autolavaggio!

Chiusi la porta dietro di me e feci almeno dieci passi prima di smettere di sentire il rumore delle loro risate.

Last minute planning

Marzo 2006

- Quindi che si fa, ora? - domandai a Mauro non appena si fu seduto sul divano di casa.

Ero appena stato a prenderlo all'ospedale, dopo una settimana di ricovero iniziata il pomeriggio in cui lo avevo portato al pronto soccorso e durante la quale lo avevano stabilizzato e gli avevano fatto non solo la risonanza ma tutta quella serie di esami che erano serviti ad avere un quadro clinico estremamente chiaro: il tumore aveva recidivato dopo l'intervento e si era riformato in un'altra area del cervello dove non era possibile intervenire chirurgicamente. Mauro non lo diceva mai esplicitamente, ma era ormai chiaro che le cure sarebbero solo servite ad allungargli la vita di qualcosa, ma che il suo orizzonte si sarebbe esteso non oltre la fine dell'anno. A meno che il protocollo a base di una cosa chiamata THC, un derivato della cannabis che sui topi funzionava benissimo, non avesse fatto il miracolo.

- Per prima cosa mi faccio una canna, poco ma sicuro, cazzo! - esclamò con grande serenità e soddisfazione, iniziando a ravanare nel cofanetto dei cannoni. - E poi t'illustro il fantastico piano in due mosse che ho elaborato in questa settimana.

- Oh madonna... - commentai perplesso.

- Primo, - disse non appena espirata la prima liberatoria boccata di fumo, - ti devo tatuare.

- Mi devi cosa?

- Secondo! - gridò per non darmi modo di proseguire. - Si parte tutti per un viaggio. Facciamo una bella scorta di quel TH qualcosa, quei cannoni in pasticche, mandiamo a quel paese gli insegnanti di Katerina che si opporranno a farle perdere due settimane di scuola, e partiamo.

- Non ho mica capito questa cosa del tatuaggio…

- In realtà ci sarebbe anche un terzo punto…

- Quale? - domandai rassegnato.

- Ho così tanta voglia di trombare che mi farei pure Rosi Bindi. Ma posso aspettare a quando saremo al caldo, al mare, fuori da questo appartamento che non so se come dici tu assomiglia a un lager, però indubbiamente mi ricorda un po' troppo l'ospedale.

- Capisco, - provai a dire per assecondarlo ma pur sempre preoccupato che davvero mi toccasse stargli al seguito in una goliardica ultima primavera all'insegna del "*faccio tutto quello che non ho potuto fare prima e spero di schiattare fra le tette di una baldracca portoricana*". - L'ultimo punto l'ho afferrato, sta tranquillo, quindi prova un po' a ripetermi i primi due che non sono sicuro di aver compreso l'architettura generale del tuo piano meraviglioso…

- Beh, il primo punto è il più semplice. Fino a che ho tutto questo cortisone in corpo che mi tiene la capoccia bella frizzante e le mie talentuose mani sono perfettamente sotto il mio controllo, ti voglio tatuare. Ma non una cosa da froci impotenti come quel pennuto che mi chiedesti mille anni fa. Un disegno mio, magari piccolo, ma che potrai conservare per sempre come mio ricordo.

- Ti assicuro che mi basta pensare a quando mi hai detto che hai goduto pisciandomi in auto, per non dimenticarmi di te.

- E dobbiamo farlo subito, magari domani stesso, perché non vorrai mica correre il rischio che ti sfregi come ho fatto alla tua intraprendente fidanzata.

- Ex fidanzata, - precisai riservandomi di mandarlo a quel paese solo quando avesse finito di descrivermi il suo delirio. - E poi?

- E poi partiamo. Funziona così: ti tatuo, ti lascio tre giorni per far cicatrizzare il disegno e poi ci facciamo una vacanza. E magari durante la vacanza, mentre tu mi tieni mia figlia, io trombo.

Attesi quasi un minuto, in silenzio, per essere sicuro che avesse finito. Sembrava sereno, soddisfatto di aver partorito quelle idee come se esse potessero rappresentare la soluzione a tutti i suoi problemi. Fu nel guardarlo così pacificato, coi rivoli di fumo che gli filtravano lentamente dalle narici, che compresi che non solo non avrei potuto sottrarmi all'idea del tatuaggio, ma che essa rappresentava un grande gesto d'affetto nei miei confronti. Da quasi vent'anni il mio corpo s'istoriava di orrende figure che svelavano a me e al mondo i più intimi recessi della mia mente, ma non avevo mai pensato di concedere un piccolo spazio alla creatività del mio migliore amico e portare su di me almeno un disegno che fosse icona di qualcosa che sentivo ben oltre la sfera dell'inconscio, ossia lo stupendo influsso che aveva avuto su di me in tutti quegli anni e l'importanza delle sue osservazioni, delle sue critiche e delle sue prese per il culo senza le quali sarei stato un uomo ancora peggiore.

- Vada per il tatuaggio... Ma non esagerato, ok? Perché hai ragione, mi fa piacere averne uno tuo, però sono pur sempre un po' stufo di veder scomparire da vent'anni il colore naturale della mia pelle...

- Ottimo!

- E poi dicevi del viaggio...

- Sì.

- Bisognerà pensarci, no? Organizzare...

- No, io non organizzerei proprio nulla.

- Ma che faccio, vado in agenzia...

- E cerchi un bel *last minute*.

- Un *last minute* per me, te e Katerina?

- Sì, ti pare che ci sia un biglietto con un nome più adatto di un *last minute*, per uno come me?

- Non mi fai ridere.

- Prenditi una canna, allora!

- Ok, - dissi rassegnato. - Allora dopodomani vado in agenzia e prendo un *last minute* per qualche posto dove faccia caldo e ci siano troie, ho capito bene?

- No, non hai capito un cazzo. Oserei dire "come al solito", ma eviterò...

- Non mi sembra che tu abbia evitato, in effetti...

- Non ho intenzione di andare in un posto caldo qualsiasi...

- Dove ci siano troie... - lo interruppi.

- Io voglio che andiamo in un posto ben preciso. Anzi... - disse creando suspense, - Ad un *indirizzo* ben preciso!

- Ossantodio!!! - esclamai realizzando il suo perverso disegno.

- Ebbene sì, si parte tutti per il Messico!

L'imboscata

Marzo 2006

Il foglio se ne stava appiccicato da un'ora al monitor del mio computer. Il numero di telefono lo conoscevo ormai a memoria. Avevo controllato: era di un cellulare. Avrei potuto telefonare o avrei potuto mandare un messaggio di testo. Di per sé era già una scelta abbastanza difficile, ma nulla a confronto della scelta delle parole che avrei dovuto pronunciare o scrivere.

Iniziai comunque col decidere che fosse meglio scrivere. Meglio per me, naturalmente, e forse anche per Roan che avrebbe avuto modo di riflettere ed essere più sincera nella risposta.

Presi il telefonino in mano e iniziai a scrivere.

Ciao, sono Michele. Volevo dirti che io Mauro e Katerina stiamo venendo a trovarti.

Cancellai tutto.

Ciao, sono Michele. Mauro vorrebbe portare me e sua figlia in Messico. Ci ospiteresti?

Cancellai tutto.

Io, Mauro e Katerina vorremmo fare una vacanza in Messico. Puoi suggerirci un itinerario? Spero tu stia bene, Michele.

Nemmeno un fratello avrebbe usato tanta confidenza e quotidianità nelle sue parole. Nemmeno un estraneo avrebbe scritto meno riferimenti a ciò che era successo. Cancellai tutto di nuovo e scrissi la verità, senza pensare alle conseguenze.

Mauro sta morendo. Chiamami. Michele.

Inviai il messaggio.

Il telefono squillò dieci ore dopo, quando già stavo andando a dormire.

- Pronto.

- Ciao.

Riconobbi la voce e sentii il cuore pulsarmi allo sterno.

- Ciao…

- Come stai? - Si capiva che era in imbarazzo totale e che le sarebbe occorso qualche minuto di conversazione futile per carburare.

Feci un lungo respiro. Il battito del mio cuore si era spostato in alto, in gola, e avevo paura che quest'emozione mi strozzasse la voce.

- Non c'è male. E tu, invece?

- Non è uno scherzo, quello che mi hai scritto, vero? - domandò ignorando il mio interrogativo.

- No. Ti pare?

- Non mi ha mai accennato nulla…

- Beh, a me non ha nemmeno detto che vi sentivate… - buttai lì con un tono misto tra il polemico e il depresso.

- Lo so.

Rimasi in silenzio, stringendo le mascelle per obbligarmi a non aprire questo fronte di conversazione.

- Che cosa gli è successo? - domandò Roan liberandomi dall'impasse.

- Ha un tumore. Al cervello. Lo hanno operato ma poi si è ripresentato. Ora sta per iniziare una cura sperimentale perché non è più operabile. Francamente però non so quanto sia ragionevole sperare.

- Ho capito, - commentò laconica.

- C'è dell'altro, però. E non ti nego che sono molto in imbarazzo nel dirtelo.

- Dimmi. Peggio di questo potrebbe esserci solo che hai qualche guaio anche tu…

- No, - risposi senza riuscire a non pensare, contemporaneamente, che se le fosse davvero importato di me non sarebbe sparita per così tanti anni. - Io sono ok.

- Bene.

- Mauro vorrebbe venire lì da te, in vacanza, con Katerina.

- Va bene, mi sembra una buona idea, se se la sente.

- Strano a dirsi per uno nelle sue condizioni, ma non l'ho mai visto così carico… Non è questo il problema però. Se fosse così ti avrebbe chiamato lui, suppongo.

- E quale sarebbe?

- Che lui vuole che io lo accompagni.

- Ok.

- Ok? Non sarebbe un problema per te?

- No. Mi farebbe piacere.

Le avrebbe fatto piacere. Disse quelle tre parole con una nonchalance disarmante, ma davvero fastidiosa. *Per quale cazzo di motivo, se ti facesse piacere vedermi, non hai proposto tu di vedermi?*, avrei voluto urlare nel microfono del cellulare. La stizza tuttavia venne spazzata via come una piuma da un uragano quando nel mio cervello entrò prepotentemente la scenografia di una nuova rappresentazione teatrale: il mio incontro con Roan. Un incontro che in dieci anni avevo imparato a non ritenere possibile, sarebbe avvenuto. Nelle circostanze peggiori possibili, ma sarebbe avvenuto.

- Diavolo d'un tatuatore…

- Come?

- Scusa, stavo pensando ad alta voce. Allo scherzo che mi ha combinato quel disgraziato…

- Viene anche Luba? Si è rifatta viva? - domandò facendomi capire che Mauro la teneva al corrente degli avvenimenti da molto tempo.

- No. Luba non è qui in Italia. Non so nemmeno se sia al corrente.

- Katerina come l'ha presa?

- Non credo che lo sappia ancora, se non glielo ha detto ieri sera. Può darsi che il Messico serva anche a questo, a preparare il terreno.

- E tu come stai? Sul serio, questa volta.

- Incasinato. Nei pensieri, intendo. Per il resto non mentivo, sto bene. Però questa cosa di Mauro mi ha scombussolato un bel po'.

- Lo immagino.

Io immaginai invece che qualunque altra mia parola avrebbe solo rischiato di mettere in dubbio una certezza che era acquisita ed accettata: l'incontro con lei. Chiamai allora a raccolta tutta la mia buona volontà e mi obbligai a interrompere un dialogo che avrei voluto continuare per ore, forse per giorni, per tutta la durata del viaggio da qui al Messico, senza mai staccare l'orecchio dal telefono fino a quando non me la fossi trovata davanti ed avessi potuto verificare che tutto stava accadendo davvero.

- Allora… Ti faccio sapere i dettagli del volo… Devo andare oggi a cercarne uno.

- D'accordo, ci sentiamo nei prossimi giorni. Ti mando un indirizzo email al quale puoi trovarmi. Abbraccia Mauro da parte mia.

La comunicazione si chiuse e nella stanza entrò un silenzio irreale. C'erano troppi pensieri erranti e contrastanti che rimbalzavano sulle pareti del mio cervello perché il rumore di quegli impatti non fosse udibile all'esterno. Tirai un accidente ad alta voce, incazzato col sorriso sul volto. Possibile che ancora una volta io fossi costretto a essere felice per una cosa nata per la situazione più infelice in cui avrei mai pensato di trovarmi? Possibile che dovessi far coesistere entrambe le emozioni dentro di me? Mi accesi una sigaretta e decisi che quello sarebbe stato il tempo a mia disposizione per indugiare su quegli interrogativi. Così feci, infatti, spensi il mozzicone ed uscii di casa alla volta di una agenzia di viaggi. Trovai facilmente tre biglietti, poi telefonai a Mauro per sapere dove fosse e andai da lui a pianificare i dettagli della preparazione.

Mauro era al negozio, ma non stava come la sera precedente. Sulla porta aveva appeso un cartello che avvertiva che il negozio era chiuso per un problema alle fognature. Lui era nella stanza in cui faceva i tatuaggi, seduto sul suo sgabello ma senza alcun paziente davanti a lui. Fisicamente era in forma, come se nulla fosse successo, ma lo trovai abbacchiato come il giorno di una settimana prima in cui lo avevo portato al pronto soccorso. Gli domandai cosa non andasse di preciso e mi rispose che non aveva nulla in particolare. Mi resi conto che ogni qual volta la sua indole cazzona soccombeva alle preoccupazioni e probabilmente alla paura che il suo futuro incerto portava nella sua vita, il suo umore precipitava in un rispettoso silenzio. Sembrava fare davvero di tutto per non sobbarcare me di quella paura, quando invece io avrei sperato di poterlo scaricare di quello e di altri pesi, per espiare le mie colpe nei suoi confronti e per meglio sopportare la vergogna della gioia che stavo contenendo dentro di me.

- Le messicane non sono delle gran fighe, mi sono informato. Però ci sono un sacco di mezzosangue. Che dici, prenotiamo da qui anche quelle o vuoi arrangiarti quando siamo là?

- Spogliati!

- Sei sicuro che questa cura alla cannabis non ti riconsegni alla comunità guarito ma frocio?

- Sei il solito pistola. Spogliati, che ti faccio il tatuaggio.

Mi ero dimenticato di quel particolare del suo piano di azione. E non vedevo alcun modo moralmente accettabile per sottrarmi a quel suo desiderio.

- D'accordo, facciamo 'sta cosa…

- Bravo.

- Che cosa mi devo togliere? Fa un po' freddo, qui dentro…

- Sì, in effetti mi sono dimenticato di accendere il riscaldamento. Ora lo faccio. Rimani in maglietta, dai, vedo di farti qualcosa sul braccio.

- Mi metto qui? - domandai dopo essermi tolto maglione e camicia ed indicando il lettino del paziente.

- Si, sdraiati a pancia in alto.

Obbedii e nel mentre mi strinsi le spalle nelle mani, per scaldarmi.

- Cazzo, fa freddo, hai un panno?

- Certo. Eccolo qui! - disse estraendone uno da sotto al lettino, come se il paziente infreddolito fosse la norma.

- Tengo fuori il braccio, così?

- Stai pur coperto del tutto, adesso. Preparo l'attrezzatura.

Lo vidi alzarsi e armeggiare con alcuni flaconi, prima di posizionarsi in piedi alle mie spalle.

- Buonanotte, - disse.

- Sì, magari... Figurati se mi addormento, con questo freddo… E poi son troppo curioso di sapere cosa stai per farmi.

- Non era un invito.

- E cosa?

- Era un ordine!

Sul suo volto, che vedevo alla rovescia sopra di me, scomparve l'aria mesta degli ultimi minuti e tornò l'energia che gli conoscevo. Comparve sotto forma di un ghigno e di un urlo mefistofelico.

- Dormi, bastardo! - sentii intimarmi prima di vedere la sua mano precipitarmi sulla faccia e premermi su naso e bocca con tampone imbevuto di una sostanza acetica. Il freddo scomparve, sostituito da una vampata di calore, e con esso anche la luce attorno a me.

Di nuovo in gabbia

Marzo 2006

Venni percorso da un brivido violentissimo e mi svegliai nella nebbia.

- Cazzo che freddo! - dissi.

La luce abbacinante e diffusa rispecchiava perfettamente la mia incapacità di discernere i contorni del contesto in cui mi trovavo. Chi ero, dov'ero, cos'era successo. Ci volle un altro minuto perché gli occhi si liberassero di una sorta di cataratta che rendeva tutto fluorescente e l'ambiente circostante cominciasse a rendersi riconoscibile. Mi trovavo nella mia camera da letto, sdraiato sul materasso, completamente vestito. La luce del sole entrava dalla finestra cadendomi in faccia in modo violento. Che giorno e che ora fosse e per per quale motivo mi trovassi lì, non mi era ancora chiaro. Ciò che mi aiutò a ricordare gli avvenimenti delle ore precedenti fu un sentore d'etere che raggiunse i miei ricettori nasali provenendo non dall'ambiente esterno ma dall'interno del mio naso.

- Figlio di puttana! - esclamai tentando di sollevarmi di scatto dal letto ma stramazzando invece al suolo per il forte giramento di testa, il calo di pressione e la fitta all'encefalo che seguirono immediatamente il mio spostamento. La visita di cortesia all'*Oetsi Tattoo*, la pantomima di Mauro e la sua aggressione tornarono ad essere improvvisamente ricordi limpidi come fatti appena accaduti. Mi misi a sedere, per terra, con la schiena appoggiata al letto aspettando che la stanza smettesse di ruotare e provai a concentrarmi. Mi era difficile mettere le cose in ordine di importanza e dare loro un giudizio di merito. Cos'era successo a Mauro? Perché mi aveva addormentato con l'inganno? Possibile che avesse tramato qualcosa contro di me proprio nel momento in cui mi ero dimostrato più disponibile nei suoi confronti? Non era forse quello il momento in cui, per via della sua situazione medica, aveva tutto da guadagnarci nell'avermi al suo fianco come amico? No, il complotto non stava in piedi. C'era una sola spiegazione possibile, ossia che fosse stata la malattia al cervello a fargli perdere il controllo. Deglutii. Avevo la gola secca che mi bruciava. Vidi un bicchiere d'acqua sul comodino e allungai tutto il corpo ed il braccio per afferrarlo. Lo ghermii a fatica e lo tirai verso il bordo del mobile, ma quando non ebbe più l'appoggio sotto di sé, il suo peso fu sufficiente a sbilanciare il mio corpo in avanti e finii col petto a terra pochi istanti prima che il bicchiere stesso cadesse e si frantumasse spargendo vetri ovunque. Quando mi rimisi seduto, la t-shirt bianca che avevo addosso era macchiata di sangue. Piccole gocce sul petto e sull'addome dovute ai vetri che dovevano avermi ferito. Notai che non sentivo alcun dolore e mi parve molto strano. Alzai la maglietta e ebbi un momento di totale confusione. Ciò che vidi azzerò ogni mia certezza spazio temporale e per un momento assai lungo temetti di aver sognato gli ultimi dieci anni della mia vita. Sul mio petto si trovava il tatuaggio che avevo chiamato "La Gabbia", che era apparso il giorno dell'addio di Roan e che era poi scomparso dal mio corpo assieme a tutti gli altri la notte in cui Laura era venuta a casa mia. Provai ad alzarmi ma ancora nulla. Dovevano avermi drogato. Pensai questa cosa al plurale e non riferita a Mauro perché la presenza di quel tatuaggio metteva in discussione ogni mia certezza, ogni accadimento degli ultimi dieci anni, compresa la stessa sparizione dei tatuaggi. L'idea che Roan se ne fosse appena andata e che io dovessi ancora una volta rivivermi l'acme di quel dolore, mi dilaniava. Presi un coccio di vetro da terra e provai a graffiarmi la pelle appena sopra al capezzolo. Sentii un leggero bruciore e niente più. Una nuova goccia di sangue uscì dal graffio e mi rigò il petto. Alla sua vista sentii un sibilo perforarmi il cervello e persi di nuovo i sensi.

Mi risvegliai non so quanto tempo dopo, in un lago di sudore. Ero svenuto rimanendo con la schiena appoggiata al letto e il capo reclinato all'indietro sul materasso. Tutto sommato mi sembrava di stare meglio. Avevo la mente più lucida e la testa non mi faceva più male, però provavo un diffuso dolore alla cute sulla spalla e sul petto. Lentamente, con molta circospezione e tenendomi sempre appoggiato al letto, mi alzai in piedi. Per prima cosa mi tolsi la maglietta e mi diressi in bagno per guardarmi allo specchio. Vidi immediatamente la lingua nera che saliva dal collo e si biforcava sotto all'orecchio arrivando all'occhio con la sua estremità più lunga. Mi ricordavo bene di quel disegno: l'avevo visto ogni mattina per tre anni. Era la parte emersa, per così dire, di un groviglio di linee formate dai microscopici punti in rilievo tipici della tecnica di tatuaggio Maori. Dal collo esso scendeva alla spalla destra e da lì si estendeva sul petto a formare una sorta di cespuglio di rovi. Era sicuramente stata la realizzazione di quel tatuaggio a causarmi il dolore. Il Moko, infatti, prevedeva di martellare la pelle punto per punto, con un punteruolo intriso di inchiostro. Immaginai che il dolore fosse stato tenuto a bada fino a pochi minuti prima grazie alla somministrazione di un potente anestetico che era anche responsabile del mio torpore.

Sentivo sempre un gran bisogno di inumidirmi la gola ma era come se lo specchio che rifletteva l'immagine del mio corpo celasse in sé il mistero della mia vita e delle mie ultime ore, per cui facevo fatica a distogliere lo sguardo e abbassare la testa a sorseggiare un po' d'acqua dal rubinetto. I frammenti dei ricordi della mia vita, reinterpretati alla luce della Gabbia e del dolore che mi causava, creavano una gran confusione nella mia mente. Se l'ormai ventennale storia delle mutazioni della mia pelle altro non era che il frutto di un incubo indotto dall'anestetico, non so cosa ne sarebbe stato del mio equilibrio mentale. L'immagine allo specchio mi diceva che non avevo vent'anni e che avevo effettivamente molti tatuaggi sul corpo, ma questo non era sufficiente a dirimere i dubbi. Se avessi scoperto di lì a minuti che non avevo fatto altro nella vita che farmi tatuare orrende figure dal mio amico Mauro, usufruendo magari dei suoi cocktail allucinogeni per meglio sopportare il dolore dei tatuaggi e della vita, avrei realizzato con orrore e vergogna che la maledizione dei tatuaggi altro non era che la vita parallela che mi ritrovavo a vivere ad ogni viaggio psichedelico. Per sciogliere i nodi nella mia memoria avevo bisogno di altro tempo per riconquistare del tutto la mia lucidità, o di qualche altro indizio.

Bevvi un po' d'acqua e poi, barcollando fuori dal bagno, andai a cercare per la casa qualcosa che assomigliasse ad un telefono cellulare. Lo trovai nella giacca appesa all'ingresso. La data sul display indicava Marzo 2006. Era già un buon indizio. Il nuovo tatuaggio della Gabbia, dunque, poteva davvero essere una riedizione del tatuaggio di Roan datato 1996. L'altra alternativa possibile era che il tatuaggio del 1996 non fosse mai esistito e lo avessi sognato quella notte stessa nel mio incubo, probabilmente dopo aver passato ore a progettarne la forma assieme a Mauro. Le due ipotesi mi mandavano in confusione e m'inducevano un certo disagio, ma non si poteva dire che io fossi davvero sconvolto al pensiero che di lì a poco avrei scoperto quale delle due vite, quella coi tatuaggi spontanei o quella con droga e tatuaggi normali, era stata davvero la mia. A sconvolgermi era piuttosto il pensiero che se molti dei miei ricordi erano frutto di un'attività onirica assai intensa e assai tossica, ciò significava probabilmente che Roan non era mai esistita. Pensare a lei come a qualcosa di irreale quando avevo appena coronato il sogno di poterla rivedere, era qualcosa che non sapevo davvero se sarei riuscito a sopportare. Tornai a fissare il telefono e mi venne in mente l'unico modo possibile per fare chiarezza all'istante: chiamare Mauro e domandare a lui.

- Sei pronto? - disse la sua voce.

Non avevo ancora fatto il numero. Non avevo ancora portato il telefonino all'orecchio. Capii che ero davvero suonato. O forse stavo sognando nel sogno.

- Pronto! - dissi parlando nel telefono.

- Allora spogliati che ti do la pomata.

- Ma che cazzo succede? - urlai tenendo il cellulare prima davanti al naso e poi scaraventandolo sul divano.

- Tutto ok? Stai bene? - riprese a rimbombare la sua voce.

Mi voltai. Mauro era alle mie spalle.

- Tu dove sei? - domandai senza nemmeno rendermi conto dell'assurdità della domanda.

- Sono qui. Stai bene?

- No. Perché non sei al telefono?

- Scusa?

- Mauro, non sto capendo un cazzo.

Andai a terra di nuovo.

Mi svegliai ancora sul letto, a pancia in alto e torso nudo.

- Non ti muovere, sei unto come un tacchino prima di entrare in forno.

Il tatuaggio mi faceva un male cane.

- Che cosa mi hai fatto?

- Eravamo d'accordo, no, che ti avrei tatuato?

- Ma avevi detto…

- Lo so, lo so che avevo detto che non avrei fatto qualcosa di grosso, però era solo per non spaventarti. L'arte si esprime meglio in grandi dimensioni.

- Mauro dimmi una cosa. Roan esiste?

- Non mi sembrava di aver esagerato con gli anestetici. Forse sei allergico a qualche ingrediente.

- Mi hai drogato, vero?

- Drogato… Che parolone… Un tatuaggio del genere ha bisogno di molte ore per essere realizzato. E di solito queste ore vengono ripartite in diverse settimane. Ma noi tutto questo tempo non ce lo avevamo, giusto?

- Non lo so, dimmelo tu.

- No, non ce lo avevamo. Avevamo un paio di giorni al massimo. Più altri quattro per farti riprendere, più uno per farti preparare la valigia.

- La valigia?

- Il Messico, ricordi? La partenza è fra sei giorni.

- Quindi Roan…

- Roan ci sta aspettando. Mi ha mandato un messaggio subito dopo che l'hai chiamata.

- Ok, - dissi stancamente. Mi sembrava l'unica cosa cui avesse senso pensare per evitare di disperdere le forze che sentivo ben sotto il livello minimo.

- Quindi posso dormire ancora un po'?

- Sì.

- Questo mostro che mi hai disegnato mi sta facendo impazzire.

- Tranquillo. Ho messo una cosa speciale dentro la pomata cicatrizzante. Ti entra in circolo attraverso la pelle. Vedrai che fra poco non senti più nulla e domani sarai come nuovo.

- Certo che potevi scegliere un altro disegno, cazzo! - esclamai sentendomi sempre più intontito.

- Sono molto fiero del mio lavoro, invece. A parte il fatto che non ho avuto crisi durante tutto il lavoro e quindi hai un disegno senza sbavature; a parte il fatto che per essere il mio primo Moko, bisogna ammettere che è venuto davvero molto bene; a parte tutto questo, dicevo, mi sembra una buona idea averti fatto risparmiare un po' di pelle e con un unico disegno permetterti di ricordare le due persone con cui trascorrerai la più bella vacanza della tua vita.

- Tu e Roan?

- Esatto.

- Accetto la cosa solo perché mi sta bene avere addosso qualcosa di tuo, finalmente. Ma il fatto che tu abbia scelto proprio questo disegno, non mi sembra proprio che sia stata una buona idea. Quando lei se ne andò, vedere quel disegno ogni giorno mi faceva stare molto male. Spero solo che quel dolore non ritorni a far parte della mia vita di tutti i giorni. Comunque ci penseremo più avanti. Ora sono troppo stanco per ragionarci su, figurati per incazzarmi con te.

- Ricordati che sto morendo. Non puoi incazzarti.

- Piantala e lasciami dormire.

- D'accordo. Ci sentiamo domani. Non grattarti, non lavarti, non muoverti fino a domani mattina, ok?

- Ok…

Non lo sentii nemmeno uscire di casa.

What do we do in Kathmandu?

Marzo 2006

Per smaltire le tossine nel mio sangue ci vollero i quattro giorni previsti da Mauro. Il quinto giorno il tatuaggio non faceva più male. Prudeva un po' ma non avevo bisogno di farmaci o droghe per sopportarne il fastidio. All'alba del sesto giorno, assieme a Mauro e Katerina, entravo al terminal delle partenze di Milano Malpensa trascinando una valigia che Mauro mi aveva fatto stranamente completare con una serie di indumenti pesanti.

- Ma il costume lo devo comunque portare? - gli avevo chiesto.

- Ma certo, - mi aveva risposto come se avessi domandato un'ovvietà.

Avevo immaginato che volesse portarmi a fare chissà quale trekking sui vulcani messicani e non avevo approfondito oltre. Che mi portasse dove gli pareva! Le uniche cose di cui m'importava erano che lui fosse felice e che io potessi rivedere Roan. Fosse anche stato in una capanna alle pendici di un vulcano in eruzione, mi sarebbe andato bene.

- Kathmandu? - esclamai preoccupato leggendo la destinazione sul mio biglietto. - Cazzo c'entra Kathmandu?

- C'è stato un piccolo cambio di programma... - disse Mauro senza degnarmi di troppa attenzione mentre consegnava le sue valige all'operatrice del check-in.

Non sapevo come procedere nella conversazione. Potevo forse oppormi al viaggio senza fare l'ennesima figura da menefreghista solo perché la destinazione vanificava il mio incontro con il mio antico amore?

- Tranquillo, - mi venne incontro il mio amico non appena terminate le operazioni. - L'ho concordato con Roan, questo cambio di destinazione. Sta volando là anche lei.

Mi sforzai di annuire come se la cosa mi sfiorasse relativamente. Avanzai verso il check-in mentre Mauro mi sfilava accanto. Quando mi diede finalmente le spalle tirai un grosso sospiro di sollievo. Solo più tardi, mentre già ci trovavamo a bordo e l'aereo stava muovendosi verso la pista di decollo, domandai spiegazioni.

- Come mai vi siete messi d'accordo per Kathmandu?

- Principalmente perché ci sono piante di marijuana alte metri che crescono selvagge.

- Capisco. E servirebbero alla tua cura?

- Mi hanno detto che un atteggiamento positivo è fondamentale per facilitare la guarigione. Sono sicuro che la visione quotidiana di foreste di marijuana potrebbe predisporre il mio animo ad un atteggiamento oltremodo positivo.

- Ho capito, stai sparando cagate. Hai detto che "principalmente" è per quel motivo. Parlami del "secondariamente"...

- Secondariamente, - rispose abbozzando un sorriso, - pare che a Pokhara ci sia una scuola Ayurvedica presieduta da un medico che potrebbe aiutarmi.

- Quindi è in questa città che siamo diretti?

- Sì.

- E Roan? - ebbi il coraggio di chiedere.

- La incontreremo là. Lei sono anni che ci va.

- Roan che fa la scuola Ayurvedica? Pensa un po'.

- No, che va a Pokhara a fare escursioni. Credo che abbia un uomo lì. Uno Sherpa.

Mi ammutolii nuovamente. Io avevo portato Roan sulla strada della eterosessualità e un cazzo di Sherpa ne aveva approfittato? In tutti quegli anni, per una ragione che io stesso non sapevo darmi, non avevo mai pensato alla vita sessuale di Roan domandandomi come se la stesse passando sotto quel profilo. Non avevo mai fatto ipotesi, ma mi resi conto solo in quel momento che se l'avessi fatto l'avrei pensata assieme ad una donna. Nel mio immaginario, Roan era una lesbica che essendosi innamorata di me, una persona di sesso sbagliato, aveva anteposto l'amore alle preferenze sessuali. La notizia datami da Mauro mi causò uno sconforto così profondo che il fatto che l'aereo avesse iniziato a rullare mi parve come una sorta di condanna: non potevo più sfuggire al mio destino di accompagnatore in quel viaggio della speranza. Avrei rivisto Roan, sì, ma in compagnia di un energumeno dalla schiena curva. Avrei ascoltato racconti di epiche imprese uscire dalla bocca di lui fissando lo sguardo rapito di lei non raggiungermi mai. Girai la testa verso Mauro come se il suo volto potesse spiegarmi il motivo per cui le informazioni dovessero sempre defluire da lui verso di me in uno stillicidio così lento e snervante. La cartolina di Roan anni prima, la notizia del tumore, l'indirizzo di Roan, il viaggio in Messico, poi Kathmandu ed infine lo Sherpa. Ognuna di quelle notizie mi era arrivata in modo indolente, in alcuni casi nemmeno voluto e comunque sempre con grande ritardo rispetto all'avvenimento descritto dalla notizia stessa. Gli occhi di Mauro però erano chiusi ed il viso era disteso. Forse in quella tranquillità stava la risposta. In quel volto così pacificato nonostante il rumore del decollo, nonostante la malattia, nonostante l'importanza di quel viaggio, c'era probabilmente il segreto che io non avrei mai capito: una bilancia per dare la giusta misura alle cose che lui doveva avere naturalmente dentro di sé.

Mi sporsi allora oltre il corpo del mio amico a guardare come se la passava Katerina. Era del tutto assorta ad osservare il decollo dall'oblò. Teneva le dita della mano del padre strette nella sua, ma senza paura, in un morbido contatto. Sentendosi osservata si girò e mi vide che la fissavo. Poi guardò il padre e vedendolo assopito non mi disse nulla, ma sfoggiò un sorriso esagerato che esprimeva tutta la sua eccitazione. Era bellissima e felice. Avrebbe fermato il tempo, se solo avesse potuto, per rimanere a lungo in quello stato, librata nell'aria e con un futuro pieno di cose nuove da scoprire. Anche suo padre avrebbe fermato il tempo, se solo avesse potuto, per evitare di darle la brutta notizia e forse per evitarle di privarla di lui. E io? Davvero avrei voluto anch'io fermare il tempo ed evitare di vedere Roan col suo Sherpa, se solo avessi potuto? Forse, no, mi dissi. Ora che la sapevo ubicata in un luogo preciso, se non l'avessi incontrata avrei avuto quel pensiero per sempre. Dovevo affrontarla, con o senza Sherpa. Perché ne avevo voglia da troppo tempo, perché era giusto che fosse così, e perché forse avrei chiuso una volta per tutte quel cassetto recante il nome che da dieci anni tenevo aperto nella mia mente. Magari era diventata una culona inguardabile e mi sarebbe passata la poesia in un nanosecondo. Chiusi gli occhi e provai ad addormentarmi con quel pensiero.

Entrare nella città di Kathmandu fu shoccante. Lo sarebbe stato in ogni modo, ma facendolo con la predisposizione mentale di un viaggio in Messico, lo fu probabilmente molto di più. Lo stupore dovuto al caos nelle strade, raramente asfaltate ma comunque fangose, invase da motorini, biciclette, auto e gente tutti rigorosamente rumorosi, fu tuttavia un toccasana sensoriale che ci consentì di allontanare i pensieri principali per qualche ora.

Mauro aveva trovato alloggio presso il centralissimo Lai Lai Hotel, una topaia che si trovava a metà nella scala qualitativa dei possibili pernotti offerti dalla città. Approfittando della stanchezza di Katerina, che giurò di non muoversi, chiudemmo la porta della stanza a chiave e andammo a farci una passeggiata. Erano circa le diciotto e andare a letto subito, per noi adulti, avrebbe significato scombussolare il bioritmo per una settimana. Attenti a memorizzare il percorso, raggiungemmo in breve il corso principale e da lì cominciammo a procedere a zonzo per il quartiere di Thamel lasciandoci condurre dal flusso delle persone e dal fascino dei negozi che vendevano abbigliamento e articoli per la montagna a prezzi furfantescamente stracciati. Era la prima volta che mi trovavo assieme a Mauro al di fuori di un contesto conosciuto. La nostra trentennale amicizia era evoluta ed involuta ciclicamente sempre all'interno del teatro delle nostre abitazioni e dei luoghi di lavoro. Il massimo a cui eravamo arrivati era stato di portare le nostre conversazioni al tavolo di qualche ristorante o locale notturno. Vedere Mauro guardare le vetrine era di per sé curioso, ma farlo in quel contesto così diverso dalla nostra normalità immergeva la serata in una atmosfera anacronisticamente allegra e spensierata.

Dopo circa un'ora di cazzeggio decidemmo di fermarci a bere una birra e mangiare qualcosa. Optammo per un locale chiamato Yak Restaurant, all'interno del quale erano seduti numerosi occidentali. Rifiutammo la birra calda, specialità della casa, e ordinammo un paio di Everest gelate come accompagnamento dei Momo, i ravioli nepalesi che Mauro insistette per assaggiare.

- Se mi toccherà incontrare Roan con le coliche e il caghetto, t'ammazzo! - esclamai nel vedere il piatto. I Momo erano cotti al vapore e tutto lasciava presagire che l'acqua locale non fosse ben sopportata dalla nostra flora intestinale.

- Devi solo aspettare un po', per vedermi morto, non ti scomodare.

- Idiota. Se non avessi speranze non saresti qui. Ti conosco, sei troppo letargico per affrontare un viaggio senza che ci sia un motivo più che valido.

- Te ne do atto. Ho i miei buoni motivi,- disse avvicinando la bottiglia di birra per il brindisi.

- Ma a proposito di speranze, - continuò dopo aver mangiato un paio di Momo, - non ti sembra che tu ne stia riponendo un po' troppe su questo incontro con Roan?

- Ti ho forse detto di avere delle speranze di qualche tipo?

- È proprio per questo che lo penso. Stai facendo di tutto per non parlarne e questo mi dice che non pensi ad altro.

- Penso di più a te e Katerina. - dissi mostrandomi un poco risentito.

Mauro sorrise e riprese a ingurgitare Momo.

- È domani mattina che partiamo per Pokhara? - domandai sorridendo a mia volta, per fargli capire che non aveva del tutto sbagliato la sua analisi.

- Sì. A metà mattina. Mi sono messo d'accordo con Amar, il tipo dell'hotel. Ci ha procurato un'auto con autista.

- Non potevamo andarci da soli con un'auto a noleggio?

- Siamo in ferie, no? Godiamocela. E poi non è proprio dietro l'angolo.

Alzai a mia volta la bottiglia e poi, dopo il secondo brindisi, feci cenno ad una signorina al banco che ci portasse altre due birre.

- Sono sincero, non so che risponderti, - dissi poco dopo. - A proposito di Roan, intendo. Non so che cosa risponderti perché non so che cosa pensare esattamente. L'unica cosa di cui sono certo è che vederla mi farà bene. Non credo che possa aumentare la voglia che ho di stare con lei, visto che è una voglia che si è alimentata da sola proprio perché lei se ne è andata. Un po' come con Laura, ricordi? Se un amore ti viene tolto forzatamente prima che possa evolvere, e magari anche sfibrarsi, si rimane attaccati a quell'amore come se fosse il più grande possibile. Roan è stata capace di farmi dimenticare Laura, ma poi se ne è andata pure lei e io mi sono ritrovato punto e a capo. Se la rivedo, mal che vada proverò per lei quello che già provo, ma magari la presenza dello Sherpa mi darà uno stimolo per riuscire a dimenticarmene.

- La presenza di chi?

- Dello Sherpa, il suo uomo di cui mi hai parlato.

- Ah, quello... Sì, può essere. Sono stranamente d'accordo con te. Male non può farti. E magari è diventata un cesso…

- L'ho pensato anche io!

- Scherzavo! Non ci conterei troppo, fossi in te.

- No?

- No, era troppo una gran topa per peggiorare così repentinamente.

- Repentinamente non direi. Sono passati dieci anni!

- Sì, ma ne ha pur sempre solo trentatré… E ti ricordo che il tuo Fucking Ratio con lei era al di sotto di zero punto cinque…

- Il mio ché?

- Il tuo Fucking Ratio. È una cosa che mi ha spiegato Luba. Esprime il rapporto fra i giorni trascorsi assieme le scopare fatte.

- Ossantodio. Detta così è terribile.

- Sì, però rende bene l'idea di quanto te lo facesse rizzare…

- Non ti sapevo né così matematico né così scurrile, ma purtroppo hai ragione anche stavolta. Ok, mi preparo a vedermela davanti ancora bellissima. Non mi resta che sperare nell'effetto Sherpa, allora.

- Ecco, bravo. Pensa al suo, di Fucking Ratio…

Alzai il dito medio e ci facemmo una risata. Dopo una ventina di minuti avevamo finito la nostra cena. Pagammo e nell'uscire dal locale decidemmo di fare altri due passi per smaltire l'alcool e stancarci al punto tale da essere sicuri di dormire fino all'indomani e riagganciare così la normale sincronia tra il sonno e l'oscurità. Arrivammo fino a Durbar Square. Avevo letto di questa piazza durante il volo, nella rivista della compagnia aerea. Sapevo dunque che vi avrei trovato la statua della divinità chiamata Hanuman. Mi era stata subito simpatica. Non tanto per il suo aspetto di scimmia, né per per il suo essere rappresentazione di saggezza, forza e moralità, ma per la sua storia narrata nel poema epico indiano *Ramayama.* Hanuman, infatti, aveva aiutato Rama, incarnazione di Visnu a liberare la sua amata moglie Sita dallo spirito maligno Ravana. C'era qualcosa, in quella storia, che sentivo aderente alla mia vicenda. Alla vigilia del mio incontro con Roan e col suo malefico Sherpa, dunque, non mi sembrò una cattiva idea andare a dire una preghierina al cospetto di quella divinità.

- Lo so che ti sembro ridicolo, - dissi a Mauro che mi guardava perplesso depositare l'incenso ai piedi della scimmia.

- No, affatto. Sapessi cosa ho fatto io in India…

- Tu sei stato in India?

- Sì, l'anno scorso, mentre tu eri a caccia di quella che incontrerai domani.

- In India dove?

- Sono stato un po' in giro e poi una settimana a Varanasi, a studiare le l'iconografia induista.

- L'iconografia induista, - ripetei a pappagallo, impressionato dal fatto in sé e dalle parolone che uscivano dalla bocca del mio amico.

- Guarda che nel mondo dei tatuaggi queste cose servono!

- Okkei, okkei, ci credo....

- Poi però Varanasi era troppo affascinante per rinchiudermi dentro una scuola e così non ho fatto altro che andare a zonzo per la città. Potrei viverci, a Varanasi, sai? Sicuramente potrei morirci.

- A ridagli!

- No, sul serio! Indipendentemente da quello che mi sta succedendo adesso. È che lì si respira davvero quella che dovrebbe essere la spiritualità pura. Lo sai che secondo gli induisti, se muori a Varanasi ti liberi dal ciclo della morte e della rinascita dal quale usciresti solo con l'Illuminazione? Vedere i vecchi provenienti da tutta l'India che arrivano in qualche modo lì e poi vivono per strada aspettando solo la morte è una cosa che impressiona, ma fa anche pensare a quale sia il modo giusto per affrontare la morte. Ho girato come un pazzo anche io a raccogliere acqua del Gange e depositarla nei vari altari sparsi per la città. È divertente e liberatorio.

E poi non ti dico quando vedi le cremazioni, - continuò pochi istanti dopo, con gli occhi entusiasti. - La parola *lutto* lì non sanno nemmeno cosa sia. Ti giuro che ti verrebbe voglia di approfondire la religione solo nella speranza che ti dia la forza di affrontare la morte con la loro naturalezza!

- Minchia se sei cresciuto!

- Scusa?

- È che realizzo solo adesso che sono trent'anni che ti conosco e trent'anni che penso a te come al ragazzino strambo che ho visto la prima volta. Adesso mi sembri così "adulto"...

- Domani ho previsto una fermata a Pashupatinath, - proseguì ignorando il mio delirio. - Lì si vedono le cremazioni da vicinissimo, così ti rendi conto di quello che sto dicendo!

- Non è che hai organizzato tutto questo per ammazzarti e domani la cremazione a cui dovrò assistere sarà la tua, eh? Sarebbe da te, cazzo! Non mi dici mai niente se non all'ultimo momento!

- No, no, sta' tranquillo. Domani sera saremo a Pokhara tutti e tre.

- Sono così cotto che stasera dormirei comunque, anche se mi avessi detto che quello era davvero il tuo piano.

- Non avresti tentato di dissuadermi?

- Magari domattina.

- Andiamo bene...

- No, andiamo a letto!

- Ok, andiamo a letto, pappamolle.

- Ti ricordo che hai abbandonato una figlia in una bettola di Kathmandu…

- Hai ragione, ma lei era davvero stanca e dovendo decidere a quale dei due fare da balia, ho scelto quello che ne aveva più bisogno!

- Rivoglio il Mauro fuori di testa!

Mauro si fermò a fissarmi, poi abbassò lo sguardo e s'incamminò davanti a me verso l'hotel.

- Sapessi quanto lo rivorrei anch'io, - gli sentii dire sottovoce.

Occhi contro occhi

Marzo 2006

La sveglia fu puntata alle sei.

Io e Katerina avremmo dormito altre quattro ore. Lei addirittura non si era nemmeno svegliata quando eravamo rientrati in camera. Mauro era già in piedi che armeggiava con il contenuto della sua valigia. Ci disse di sbrigarci. Non poteva sapere che la flemma nepalese ci avrebbe fatto attendere un'ora l'arrivo del nostro mezzo con autista. Mezzo era il sostantivo adatto a descriverlo. Nel senso che non era intero. Nemmeno l'autista sembrava nel completo controllo di sé, ma si trovò a meraviglia con Mauro che lo affiancò intessendo discorsi in un improbabile crogiolo di lingue e di gesti lungo tutto il tragitto verso Pashupatinath. Io e Katerina alternavamo momenti di abbiocco a commenti stupidi su tutto ciò che vedevamo dal finestrino e ci appariva bizzarro.

Pashupatinat si trova a pochi chilometri ad est della capitale ma ci vollero quaranta minuti per raggiungerla. Lasciammo l'autista in attesa accanto all'auto e ci addentrammo nel paese fino a raggiungere le rive del Bagmati, il fiume che forma l'intera valle di Kathmandu. L'avvicinamento fu accompagnato da un graduale aumento dell'odore di carne alla griglia. Un lento presagio dello spettacolo che ci stava aspettando. Arrivammo al fiume dall'alto, sfilando accanto ad alcuni Sadu che presidiavano ciascuno una sorta di proprio loculo di riposo e meditazione. Pittati in apparenza più a usufrutto dei turisti fotografi che non per tradizione, i Sadu si offrivano agli obiettivi tendendo la mano in cambio di monete ed avendo come sfondo i fumi che salivano dal fiume.

Raggiungemmo il cuore del paese dopo qualche minuto. Mauro aveva preparato Katerina cercando di spiegarle che non avrebbe dovuto impressionarsi né spaventarsi. Che il rito a cui avrebbe presto assistito altro non era che il modo giusto di affrontare la morte. Mentre passeggiavamo gli avevo fatto notare che farle vedere una cremazione a cielo aperto poco prima di darle la notizia della sua malattia poteva risultare traumatico. Che in generale parlarle della morte poteva risultarle traumatico, ma mi aveva risposto con un cenno della mano che era un modo sbrigativo per mandarmi a quel paese.

Sui ghat del fiume stavano bruciando una decina di corpi. Sotto di noi, a non più di tre metri, avvenivano le cremazioni delle caste povere. Di fronte a noi, sull'altra sponda, numerose persone assistevano alla cremazione di qualche ricco parente defunto.

Katerina rimase con gli occhi puntati sulla pira proprio sotto di lei. Mauro l'aveva fatta sedere sul parapetto e la teneva stretta un po' per rassicurarla, un po' per non rischiare che cadesse di sotto. Un povero cristo attizzava le braci sotto il feretro, rintuzzava i tizzoni e ributtava sul fuoco i pezzi di arti che si staccavano dal corpo. Il fumo e con esso l'odore delle carni veniva a tratti portato alle nostre narici dal vento ballerino che dalla montagna s'insinuava nell'alveo del fiume. Osservare Katerina così calma ed assorta m'aiutò a guardare la scena con maggiore obiettività. Non condividevo ancora l'opportunità della sua presenza lì, ma col senso del discorso di Mauro non potevo che essere d'accordo. C'era pace, in quel rito. E pulizia. C'era un rapido ritorno alla polvere ed all'unione con gli elementi della natura. Ciò che ogni persona sana di mente avrebbe dovuto auspicare per le proprie spoglie mortali al posto della decomposizione.

Arrivò un nuovo cadavere portato a spalla da quattro parenti su una sorta di lettiga. Lo composero sulla pira sotto di noi a destra. Era il corpo di una donna. Le legarono un pezzo di stoffa fra i capelli e sulla bocca vennero sparsi semi di grano. Il volto era macchiato della polvere rossa usata per la Bindi. Il feretro venne ricoperto di paglia ad eccezione del volto e poi da un velo di stoffa arancione. Tutte e quattro le persone che avevano portato il corpo stavano completando il rito, occupandosi ognuno di una sua parte. L'atto finale fu l'accensione di una piccola fiaccola di paglia che venne appoggiata fra le labbra della defunta e che precedette di pochi istanti l'accensione della pira.

Ci allontanammo pochi minuti dopo, pian piano, senza dire una parola. Mauro mi sembrava più provato di sua figlia, come se le spiegazioni che le aveva dato per renderle accettabile lo spettacolo lo avessero svuotato e reso vulnerabile. Ero convinto che con la condanna che si ritrovava sul capo, fosse stato per lui fin troppo naturale immaginarsi al posto di quella donna e immaginare Katerina vederlo affrontare l'ultimo viaggio. Non potevo immaginare la forza delle emozioni che gli stavano attraversando la mente. Eppure, quando montammo sull'auto venti minuti dopo e riprendemmo il lungo viaggio verso ovest alla volta di Pokhara, Mauro riprese a parlottare e gesticolare allegramente con l'autista come se nulla fosse. Io chiusi gli occhi e mi addormentai.

Mi svegliai e mi riaddormentai più volte, a dire il vero. Il viaggio durò infatti molte ore. Katerina al mio fianco perdeva spesso il controllo del capo e veniva ad appoggiarlo al mio braccio. Mauro faceva più o meno lo stesso tra una chiacchierata e l'altra, penzolando tra il mento e lo schienale. Quando aprivo gli occhi e lo vedevo assopito, mi tranquillizzavo. Quella sua iper attività motoria e affabulatoria mi metteva tristezza. Nel corso di tutta la vita non lo avevo mai visto così cinetico e osservarlo in quello stato mi comunicava fretta di consumare gli ultimi scampoli di vita.

Arrivammo a Pokhara nel tardo pomeriggio. Durante gli ultimi cento chilometri non avevo dormito affatto. Alla vista della prima indicazione col nome della città, avvistata un paio d'ore prima, il cuore aveva iniziato a battermi forte. Non era la quota, ancora bassissima, bensì l'ansia da imminente incontro con Roan. Mentre scaricavamo i bagagli al Tibet Home Hotel, la immaginavo sbucare da ogni angolo. Avevo pensato alla sua frase d'esordio, passandone in rassegna alcune possibili centinaia assieme alle relative risposte. Schiarivo la voce. Facevo prove di normalità alla quale tentavo d'obbligare i muscoli del volto. Il cuore, invece, proprio non voleva obbedire. I polpastrelli sul polso sinistro mi dicevano che ero a centotrenta battiti, più o meno.

Mauro aveva prenotato due stanze, per fortuna. Sentivo di avere bisogno di quella dose di solitudine a cui ero ormai abituato e che i due ultimi giorni mi avevano invece sottratto. Pensavo di potermela prendere comoda. Con Mauro non ci eravamo detti nulla né dati appuntamento quindi ritenevo che ci saremmo risentiti dopo un paio d'ore per andare a cena. La stanza era decente. Nulla di più, nulla di meno. Sistemai il mio bagaglio in un angolo, scelsi qualcosa di pulito che sistemai su una sedia, mi spogliai e andai a lavarmi. Ci volle un po'. Sia per avere l'acqua calda, sia per bagnarmi, insaponarmi e sciacquarmi, visto che il liquido scendeva dalla doccia incrostata come urina dal pisello di un malato di prostata. Nel momento in cui uscii dal bagno, lavato, sbarbato, avvolto nell'accappatoio asciutto e pronto a perdere i sensi sul letto per un'oretta, Mauro bussò alla porta. Di fare un'altra passeggiata io e lui da soli non ne avevo voglia. Non perché non mi andasse di fargli compagnia, ma perché semplicemente volevo stare solo, tentare di dormire per riposarmi dal viaggio e dallo stress dovuto alle tante ipotesi di incontro con Roan che avevano martoriato la mia mente nelle ultime ore. Mauro non mi aveva detto per quando questo incontro fosse programmato e io ero riuscito a non domandare, ma curiosità e ansia mi divoravano. Se lui non avesse avuto già abbastanza problemi personali gliele avrei urlate in faccia e gli avrei implorato i particolari per prepararmi al meglio. Mi sarei potuto appostare, vedere se lei arrivava con o senza lo Sherpa, con o senza dieci chili di sovrappeso accumulati in altrettanti anni e sulla base di ciò scegliere il modo giusto di atteggiarmi, ammesso che ce ne fosse uno adatto. Aprii la porta deciso a rifiutare ogni proposta di Mauro e obbligarlo invece a estorcergli le informazioni di cui necessitavo per affrontare Roan.

Lei, però, e non Mauro, era la persona fuori dalla mia stanza.

Sentii distintamente quattro colpi esplodermi nel petto. Altri appena meno violenti accompagnarono i trenta secondi che mi ci vollero per rendermi conto della situazione e completare la mia scansione della figura di Roan. Vestita con pantaloni da trekking, *pile* leggero e con i capelli appena più lunghi della spazzola che portava dieci anni prima, mi fissava in attesa della mia reazione, mantenendo una sorta di sorriso timido che tradiva imbarazzo. Non era diventata la chiavica che avevo sperato. O temuto. Mi sembrava avesse qualche chilo in più ma così vestita avrei detto che fosse solo più tonica e muscolosa di un tempo. In una parola, era ancora bellissima. In più parole, elegante e selvaggia assieme, la personificazione delle dicotomie che rendono intriganti gli esseri umani.

Non la vedevo da dieci anni e mi trovavo davanti a lei senza preavviso, nudo sotto un accappatoio. Non sapevo nemmeno come salutarla. Con un bacio sulla guancia? L'ultima volta che l'avevo baciata era stato facendo l'amore con lei. Al successivo incontro lei se ne era andata senza nemmeno il bacio soffiato dal palmo della mano. Un bacio sulla guancia era troppo poco per il primo ricordo e troppo per il secondo. Riuscii a dire un ciao, le feci segno di entrare, presi i vestiti che avevo preparato e andai in bagno a rendermi presentabile. Quel viaggio sarebbe stato una via crucis e qualche secondo di raccoglimento per affrontarne la prima stazione mi avrebbe fatto comodo.

Mi sfilai l'accappatoio e vidi *La Gabbia* sul petto. Odiai Mauro per avermi tatuato quella cosa. Avrei decisamente preferito presentarmi a lei privo del disegno che aveva suggellato la fine della nostra storia. Come se essa, proprio per via della presenza di quel marchio, non avesse potuto ricominciare. Mi vestii, feci un bel respiro e uscii.

Roan era seduta sul letto. Dio solo sa quanto avrei voluto lanciarmi addosso a lei, stenderla e possederla nel silenzio, rimandando ogni parola, spiegazione e racconto a quando questi non avrebbero più potuto frenare la potenza dei nostri sensi.

- Ho immaginato questo momento molte volte. Mai avrei pensato sarebbe successo qui. Quasi nemmeno sapevo dov'era, il Nepal, fino a ieri.

- Un posto vale l'altro, per parlare.

- Detto da una che ha evitato come la peste di vedermi e parlarmi per dieci anni, è indubbiamente vero, - pensai ma non credo pronunciai ad alta voce.

- Avevo puntato sul Messico, - dissi invece, riferendomi al mio tentativo di localizzarla in quel paese.

- Sì, ho saputo.

- Il buon Mauro ti ha avvertito così che potessi levare le tende?

- Mauro non mi ha detto nulla, allora. L'ho saputo solo qualche giorno fa che eri venuto a cercarmi. Credo che Mauro volesse assicurarsi che avrei acconsentito a vederti.

- Molto premuroso, nei tuoi confronti, - commentai con sarcasmo.

- Magari voleva evitarti la sofferenza di arrivare qui e vedermi scappare.

- Magari sì. Vediamola così, che è meglio. In genere le ragioni che muovono le azioni di Mauro mi risultano difficili da decifrare. Quindi mi sta bene non pensarci troppo.

- Comunque non ce ne sarebbe stato bisogno, di avvertirmi del tuo arrivo in Messico, perché in quel periodo ero spesso qui.

- Ah già. Anche io ho saputo…

- Di cosa?

- Dello Sherpa.

- Non ho capito, - disse aggrottando la fronte.

- Mauro mi ha detto del tuo fidanzato con cui fai trekking. Lo Sherpa.

Roan scoppiò a ridere. Non riuscii nemmeno a fare caso al significato della sua risata, al probabile scherno che essa manifestava nei miei confronti. Notai soltanto la nostalgia che avevo avuto del suo sorriso e della sua risata. Quella nostalgia si materializzò in tutta la sua forza nel petto e la sentii premere contro allo sterno e farmi male come un cancro che mi veniva estirpato dal torace. Gli occhi mi si inumidirono. Mi girai per non farmi vedere e fingendo di soffiarmi il naso, mi asciugai le lacrime in un fazzoletto di carta che presi dalla valigia.

- Ma hai presente, - disse senza smettere di ridere, - quanto brutti sono, gli Sherpa? Come avrà fatto a rimanere serio, mentre te lo diceva?

Sorrisi a mia volta. Sembravo forse condividere l'ilarità della burla che Mauro aveva architettato alle mie spalle. In realtà era l'aver saputo che non c'era alcuno Sherpa a mettermi di buon umore.

- Io volevo dormire, - disse Mauro spuntando dalla porta della camera, rimasta accostata, - ma lui mi avrebbe tormentato con domande su di te per tutto il viaggio. Mi è venuta così. Però ha funzionato. Non ha più detto una parola.

Passai da uno sguardo all'altro. Da quello strafottente di Mauro a quello compassionevole e divertito di Roan. Raccolsi tutta la loro soddisfazione per quanto fosse facile ed appagante prendersi gioco di me e tutto sommato non potei far altro che rallegrarmene. Se fare la figura dell'allocco era quanto serviva a distendere la tensione e far spuntare il sorriso ad entrambi, mi stava più che bene.

Mauro entrò nella stanza ed andò ad abbracciare Roan. Non si parlarono. Si guardarono come avessero discusso per ore ed ore negli anni passati. Mauro tornò poi verso la porta, appoggiandomi una mano sulla spalla. Chissà se in segno di scuse o come suggerimento a non prendermela troppo.

- Ci vediamo tra un'ora giù di sotto? - domandò.

Roan fece segno di sì col capo. Io la imitai.

- Sembriamo persone che si vedono tutti i giorni, - dissi commentando il fatto che nessuno si era lasciato andare alle tipiche frasi da rimpatriata o si era comportato con l'imbarazzo della grande distanza da colmare in pochi istanti.

- È solo perché è più facile fare finta che sia così. Ma lo sappiamo che non è così, - rispose Roan alzandosi dal letto ed andando a guardare fuori dalla finestra.

- Sì, hai ragione.

- Mauro mi ha raccontato di che periodo fosse, quello in cui tu sei andato in Messico a cercarmi.

- Già.

- Se ci sedessimo di fronte, occhi contro occhi, con l'intenzione di raccontare davvero cosa è successo dentro di noi nei momenti in cui ci siamo allontanati e mentre vivevamo lontani, credo che avremmo davvero difficoltà a parlare. Forse avremmo addirittura paura di sentire la nostra voce ricordarci cosa abbiamo fatto, - disse dandomi le spalle.

Aveva fatto cenno alla mia decisione di abbandonare Mauro e sembrava che a quel fatto fosse riferita la sua ultima frase, ma era facile immaginare che stesse anche parlando di sé. Della sua decisione di abbandonare me. Di abbandonare noi.

Feci di nuovo uso del fazzoletto. Pensai che lei stessa rimanesse girata per non mostrare qualche lacrima. Per non trovarsi, come aveva appena detto, occhi contro occhi. Poi però si girò e di pianto il suo volto non mostrava segno.

- Ci vediamo fra un po', ok? Mi devi anche dire di Mauro. È stato un po' vago in proposito e mi piacerebbe saperne di più per organizzare l'incontro col dottor Maharjan.

- Ok.

Mi sfilò accanto andando verso la porta della stanza.

- Roan, - la chiamai. Mi fece molto effetto pronunciare il suo nome per rivolgermi a lei in carne ed ossa.

- Dimmi.

- C'è davvero speranza che l'Ayurveda possa aiutarlo?

- Ci costa qualcosa sperarlo?

- No, non ci costa nulla, - commentai non troppo soddisfatto della risposta. - Ci vediamo dopo.

- Sì. A dopo.

Chiusi la porta a chiave dietro di lei e mi buttai sul letto. Sperai di percepire l'odore del suo passaggio sulle coperte, ma trovai ben altri sentori. Non sarei riuscito a chiudere occhio e riposarmi come avevo sperato di fare.

Tutto sommato, però. Non sentivo di averne più così tanto bisogno.

Il fascino del pollo

Marzo 2006

Mauro era già seduto assieme a Katerina su un lurido divanetto di fianco alla reception. Mi vide spuntare e mi guardò come si aspettasse di leggere sul mio volto le conseguenze del mio incontro con Roan.

- Come ti senti? - gli domandai.

- Bene, perché?

- Giusto nel caso decida di menarti, non vorrei fossi così debole da rimanerci secco.

Sorrise ed abbassò gli occhi.

- Vuoi picchiare il mio papà? - domandò Katerina.

- Ci stavo pensando. Non pensi anche tu che una sculacciata se la meriterebbe?

Si fermò alcuni istanti a riflettere, poi disse un secco *No* e guardò il padre come per raccoglierne l'approvazione.

- Eccomi, - disse Roan entrando nella stanza. La sua puntualità doveva essere parte della sua componente maschile.

Mauro fece le presentazioni fra lei e Katerina. Roan fu dolce e gentile, del tutto a suo agio nel trattare con la bambina. Uscii dall'albergo per non guardare. Un minuto dopo mi raggiunsero tutti e ci incamminammo. Katerina era distratta dalle persone e in generale da tutto ciò che vedeva, così lei e Mauro rimanevano spesso indietro. Pur avendola a fianco, non volevo riprendere discorsi personali con Roan. Lo avrei fatto, forse, solo se si fosse presentata un'occasione con tempo a disposizione

- Per caso ti ha anche parlato di certi suoi desideri?

- Di che tipo?

- Eh, non so nemmeno se farti la domanda esplicitamente. Ultimamente sono più le menzogne che mi racconta che le verità. Vedi la storia dello Sherpa.

- Mi ha solo confermato che domani mattina faremo due chiacchiere sulla sua salute. Così poi domani pomeriggio io posso parlare con il medico e sentire quando può riceverlo.

- Tu qui esattamente cosa ci vieni a fare?

- Ho una specie di agenzia che organizza i trekking. In realtà non è mia. Do una mano nei mesi in cui c'è attività. Mi piace qui. No, dire *mi piace* è troppo poco. Quando ti si apre la vista sugli ottomila nelle giornate di cielo limpido e magari sei in giro per rifugi, tra la gente che vive sulle montagne, questo luogo ha un fascino incredibile che ti entra dentro e ti riempie. È da provare, perché spiegarlo non è facile. Comunque, per fartela breve, tra Nepal e Messico ho trovato un mio equilibrio.

- Non hai rinunciato a spostarti di continuo ma ti sei limitata a due luoghi soltanto, insomma.

- Sì, una cosa del genere. E poi accompagno spesso i clienti spagnoli e sudamericani Quando fanno fatica a interagire con le guide locali, il titolare dell'agenzia manda me. Ormai conosco gli itinerari. Alla fine è un modo per essere nomadi anche girare per le montagne e avere a che fare con persone che vengono da tutto il mondo.

- Il titolare è uno Sherpa?

- Ma lo sai, almeno, che cosa è uno Sherpa?

- A dire il vero no. Non sono i portatori?

- È diventato un modo di chiamare i portatori, sì, ma in realtà sono un'etnia.

- Ho capito. Quindi?

- No, non è uno sherpa. In realtà è una titolare. È donna. Il marito era uno Sherpa. Però lui è morto e adesso è lei che porta avanti le cose.

- Col tuo aiuto.

- Sì.

- L'hai anche portata sulla tua sponda? - domandai rendendomi conto che fare esplicito riferimento alla sua omosessualità era un comportamento idiota che manifestava la mia scarsa tranquillità

- La mia sponda non è mai stata molto definita, dovresti saperlo.

- In entrata forse no. Ma in uscita lo è decisamente. Quando uno lo metti sull'altra sponda, non lo consideri proprio più, - commentai venendo meno al mio proposito di non parlare di noi.

- Ne parleremo, se vuoi, di questa cosa. Magari non stasera visto che siamo in compagnia. Possiamo farlo appena procuro un appuntamento galante a Mauro.

- Ah, di quello io stavo parlando! Allora te lo ha detto!

- Che ha voglia di scopare? Sì me lo ha scritto per mail. Gli ho anche offerto di farlo io.

Mi ammutolii.

- Sto scherzando…

- Avevo capito, - mentii.

Passeggiamo in silenzio fino ad un locale dove Roan sembrava di casa.

Dopo aver ordinato un Chicken Tandori mi alzai dal tavolo e andai all'esterno del locale a fumarmi una sigaretta e riordinare i pensieri. Katerina mi raggiunse dopo un paio di minuti.

- È lei quella che eri andato a cercare in Messico?

- Sì. Che ne dici?

- È vero: è bella. Però hai visto come ha le braccia?

- Dici i tatuaggi? Sì, ho visto.

- Sono strani.

- È la storia della sua sua vita.

- Un po' come i tuoi.

- Tu che ne sai, dei miei tatuaggi?

- Papà mi ha detto qualcosa.

- Tu e quell'uomo avete un rapporto strano. Devo ancora capirlo.

- Io e te siamo ancora amici? - domandò ignorando per fortuna la mia osservazione.

- Perché me lo chiedi? Certo che lo siamo.

- Adesso che c'è lei magari volevi essere amico suo.

- No, non voglio essere amico suo, Katerina. Ma voglio continuare ad essere amico tuo.

- Okkei.

- Torniamo a mangiare?

- Sì, va bene. Ho ordinato una cosa strana.

- Qui tutto è strano, mi sa.

- È vero. Anche papà è strano.

- E io? Ti sembro strano? - domandai per distrarla dalla sua osservazione sul padre.

- Sì. Dentro anche tu mi sei sembrato un po' strano. Si vede che ti piace. Quando parli con lei sembri un po' come Samantha.

- Samanhta?

- Inutile.

- Qualche psicologo ottuagenario deve essersi impossessato del corpo di questa bambina, - commentai sotto voce.

- Cosa?

- Niente. Dicevo che ho una amica intelligente.

- Sì.

Le diedi una pacca sul sedere e la spedii dentro a raggiungere gli altri due. Camminai lento dietro di lei, cercando di prendere tempo e decidere cosa avrei dovuto fare per avere un atteggiamento più interessante agli occhi di Roan. La risposta in realtà la conoscevo bene. Sarebbe bastato che lei smettesse di piacermi e sarei subito tornato nel pieno controllo della situazione. Da pollo sarei passato a gallo in un baleno. Mi sedetti fissandola. Non ce la potevo fare. Mi piaceva troppo. Mi piaceva troppo il solo pensare che fosse lì. Che avrebbe potuto essere lì anche domani. Mi sarei sforzato, questo sì. Sforzato di non sforzarmi. Ma in fin dei conti, quello che sapevo essere la sola cosa alla mia portata, era rassegnarmi. Rassegnarmi alla goffaggine e all'insicurezza dell'essere innamorato dell'impossibile.

- Il pollo è perfetto, per me, - dissi ad alta voce, senza rendermene conto.

- Cosa? - fu la risposta in coro dei miei commensali.

- Nulla. Una cosa mia. Mi compiacevo di aver ordinato il pollo.

Mi guardarono senza capire.

Shiro Dhara

Marzo 2006

Avevo bevuto un paio di birre di troppo, la sera prima. La testa era pesante. Nemmeno lo stomaco aveva gradito la presenza di alcool in eccesso. Il Chicken Tandori era ancora lì indigerito. Guardai l'orologio. Mauro e Roan dovevano essere già a colloquio. Buttai l'occhio fuori dalla finestra. La giornata era favolosa. Decisi di andare a fare una passeggiata sul lago.

Per strada comperai dei biscotti in una baracca che vendeva un po' di tutto e mi fermai a bere un chai bollente. In cielo non c'era una nuvola e sulle rive del lago Phewa mi si presentò il panorama più affascinante che avessi mai visto. Riflesse sull'acqua, tra le lunghe imbarcazioni di legno, si specchiavano le cime dell'Himalaya. Mi feci dire i nomi da un tizio che armeggiava sulla sua barca ma li trovai impronunziabili. Mi ricordai delle parole di Roan e cominciai a capirne l'emozione. Cosa invece ci trovasse nel viversi quelle sensazioni da sola e non in compagnia di qualcuno di importante, proprio mi sfuggiva. Ero lì, davanti ad uno spettacolo che anche un profano come me comprendeva essere maestoso, e sentivo la mia solitutine come una sorta di bavaglio. Non sapevo con chi commentare il panorama, non sapevo a chi descrivere la pelle d'oca che mi provocavano i ghiacci riflettersi nell'azzurro del lago.

- Fantastico, vero? - disse Roan alle mie spalle, spaventandomi.

Incontrarla mi rendeva felice. Dava un senso al mio tempo. Allo stesso modo, però, la sua tranquillità, la sua ingiustificata confidenza nel rapporto con me, il suo non mostrarsi influenzata dagli anni di distanza e insensibile al mio dramma dell'abbandono, mi preoccupava. Da un punto di vista emotivo mi trovavo senza dubbio in una posizione di inferiorità e questo, secondo la mia esperienza, non poteva che aumentare il suo fascino ai miei occhi e diminuire il mio ai suoi. Non faceva eccezione il fatto che fosse sbucata dal nulla come avesse piazzato su di me un localizzatore satellitare.

- Come hai fatto a trovarmi? - le chiesi.

- Non te ne sei accorto, ma quando sei uscito dall'albergo, noi eravamo nella stanza di fianco alla reception e ti abbiamo visto. Poi guardati. Ti manca solo la cravatta. Non è stato difficile chiedere alle persone delle bancarelle se avevano visto passare un europeo vestito da impiegato di banca.

Piegai la testa verso il basso e mi guardai. Ero in jeans e camicia a maniche corte, grigio chiaro. Un paio di All Star nere completavano un quadro che non mi sembrava avesse nulla di particolare.

- Continuo il mio giro, - le risposi stizzito. - Non credo che importi a nessuno, qui, di come sono vestito. Mi stupisce che importi a una come te, - conclusi salutandola con la mano e iniziando a camminare.

- Una come me? - domandò bloccandomi.

- Una come te, tatuata dalla testa ai piedi, dovrebbe fregarsene delle apparenze. A meno che non si scopra che ti sei tatuata proprio per farti notare e non per questioni di tradizione.

Roan sembrò accusare e me ne compiacqui. Provai anche, subito dopo, quella paura d'aver esagerato nella reazione che solo chi ha poco margine di manovra può avvertire. Decisi comunque di allontanarmi.

- Non vuoi sapere cosa abbiamo deciso di fare? - domandò ancora, riferendosi al loro colloquio.

- Lasciamo che sia lui a decidere cosa vuole farmi sapere, - risposi violentandomi.

- Come vuoi.

M'incamminai. Chissà chi dei due aveva fatto la cazzata peggiore. Io ero di sicuro in lizza per vincere il premio, visto che avrei voluto trascorrere più tempo con lei e invece me ne stavo allontanando. Riguardo a lei, non sapevo che pensare. Provai a immaginare diversi scenari. Se non era per nulla pentita di avermi mollato ed era felice delle scelte di vita fatte, lasciarmi cuocere nel mio brodo doveva addirittura esserle di sollievo. Se al contrario provava sensi di colpa nei miei confronti, ma era stata troppo timorosa o magari orgogliosa per ripresentarsi a me in ginocchio sui ceci, questa mia visita in Nepal avrebbe rappresentato una sorta di ultima occasione e il suo lasciarmi andare a camminare da solo le dava una chance di vittoria del premio. Il suo atteggiamento poteva essere compatibile con questa ipotesi? Mi risposi di no. La triste verità è che non era ragionevole pensare che dopo dieci anni lei avesse interesse per me. La normalità del comportamento di Roan era figlia proprio di quel suo disinteresse, mentre il suo essere presente era spiegabile con la semplice "buona educazione".

Quando mi voltai indietro, alcuni minuti dopo, Roan non era più visibile. Avevo fatto ciò che mi sentivo, ossia rispondere per le rime ad una frase che avevo giudicato poco rispettosa. Inoltre avevo seguito il principio base della seduzione, ossia dimostrare di avere una dignità, un pensiero autonomo, e di non essere lo stereotipo dell'invertebrato innamorato. Eppure mi sentivo un coglione. Non riuscivo più a godermi il panorama. Decisi di rientrare e cercare Mauro per sentire come stava e verificare se dietro quel *Non vuoi sapere cosa abbiamo deciso di fare?* non si celasse una richiesta di aiuto o collaborazione per portare avanti la terapia.

Arrivai all'hotel con molta circospezione, nascondendomi dietro ad ogni angolo e ad ogni cespuglio, per evitare che un incontro con Roan mi facesse fare la figura di quello che aveva fatto il duro, ma duro non era affatto.

Mauro era nel prato davanti all'hotel. Stava fumando una canna incurante della presenza di Katerina.

- Te la godi? - gli domandai.

- È roba proprio buona, sai? Quasi quasi, invece di stare qui a tirarla per le lunghe, me ne sparo una dietro l'altra e buonanotte suonatori!

Strabuzzai gli occhi e gli feci capire che doveva stare attento a dire queste cose quando c'era la figlia nei paraggi.

- Ma no, - rispose al mio rimprovero silenzioso. - Anzi, sai cosa ti dico? Che mi sembra un ottimo momento per parlare con lei e dirle tutto.

- Una fantastica idea, davvero! - commentai sarcastico. - Essere fumato sicuramente ti aiuterà nella scelta delle parole giuste.

- Tranquillo. La canna non è un problema. Ka, vieni un po' qui!

- O santo dio!

Katerina abbandonò l'animaletto che nell'erba stava attirando la sua attenzione, si avvicinò e si mise a sedere sulle ginocchia del padre.

- Tesoro, - esordì dopo aver espirato il fumo a lato dell'orecchio della figlia.

Misi la testa fra le mani e chiusi gli occhi, in attesa del peggio.

- C'è lo zio Michele che ti deve dire una cosa che riguarda il tuo papà.

Aprii gli occhi di scatto, scuotendo la testa.

- Cosa? - mi ribellai.

- Perché non me la dici tu? - obiettò Katerina.

Annuii guardandolo con odio e terrore.

- È lui che scrive i libri, lo sai, vero? È più bravo di me con le parole.

Seguirono alcuni secondi eterni nei quali la necessità di mostrarmi tranquillo agli occhi di Katerina e la volontà di fulminare Mauro con lo sguardo si mischiarono e si alternarono rapidamente generando chissà quali espressioni sul mio volto.

- Trottolina, - mi decisi. - Ricordi quando ti dicevo che una sculacciata a tuo padre ci sarebbe stata proprio bene e tu mi hai detto di no?

- Sì.

- Beh, ti sbagliavi.

- Perché?

- Perché quella sagoma di tuo padre ha pensato bene di prendersi una malattia e così siamo venuti tutti qui perché c'è un dottore che può aiutarci.

- E cosa c'entra questo con le sculacciate?

Mauro si mise a ridere e poi a tossire, quasi strozzato dal fumo che gli andò di traverso.

- Perché… Perché non doveva prendersi questa malattia, ecco perché.

- È una malattia brutta? - domandò guardando il padre, che le fece cenno di continuare a fare a me le domande.

Anche io lo guardai, sperando di capire dalla sua espressione quanta verità fossi autorizzato a svelare.

Roan entrò nel cortile dell'hotel, ci vide e si avvicinò.

- Fra un quarto d'ora andiamo, - disse rivolta a Mauro. Lui annuì e le indicò una sedia con un dito, sempre rimanendo in silenzio. Roan aggrottò la fronte, non capendo cosa stesse succedendo.

- Sì, Trottola, è una malattia molto brutta. Per questo siamo venuti fino a qui.

- Perché a casa non ci sono i dottori che possono guarire il papà?

- No, però qui c'è questo dottore speciale. Un po' strano. Lo abbiamo detto, no, che qui sono tutti strani? Adesso stiamo andando a conoscerlo, vero? - conclusi rivolgendomi a Roan.

- Sì, ci aspetta fra poco.

- Ecco, vedi? - ripresi.

- Andiamo a conoscere questo dottore e sentiamo che medicine dice di prendere. Così, mentre papà fa la cura, noi stiamo in questo bel posto. Che è molto più bello che a casa, non sei d'accordo?

- Non c'è il campo da golf, - fece notare Katerina.

- E invece sì che c'è! - intervenne Roan. - È a sei chilometri da qui e io ci vado spesso.

- Tu giochi a golf? - chiese la bambina.

- Molto meglio di lui, - rispose Roan, indicandomi. - Domani andiamo, se ti va.

Katerina guardò suo padre.

- Sentiamo il dottore. Poi decidiamo, - sentenziò.

-Va bene.

- Andiamo? - domandai intuendo che era un buon momento per interrompere la chiacchierata.

Katerina si rannicchiò fra le braccia di Mauro. Lui la baciò e poi la fece scendere dalle ginocchia. Roan si alzò. Si misero a camminare. Portai una mano alla fronte e poi la usai per strofinarmi la faccia, incredulo di essere uscito indenne dalla situazione.

- Non vieni con noi? - domandò Mauro.

- Si va a piedi? - chiesi.

- Sì, è qui a trecento metri.

- Eccomi.

Mi alzai, provato, e li raggiunsi.

Camminammo per pochi minuti fino a giungere nei pressi del *Ayurveda Health Center* di Pokhara, un bell'edificio color mattone su quattro piani preceduto da un'ampia gradinata. La struttura era una collaborazione fra tedeschi e nepalesi. La contaminazione teutonica, almeno sotto il profilo dell'igiene e dell'ordine, era percepibile fin dalla reception. Ci fecero sedere in un salottino a fianco del banco di accoglienza e ci portarono acqua minerale e the.

Il Dott. Maharjan si presentò pochi minuti dopo. Salutò Roan con un bacio sulla fronte, strinse la mano a tutti gli altri e ripeté i nostri nomi dopo ciascuna presentazione.

- Perché tu e il tuo amico, - disse in inglese rivolto a Roan, - non vi fate fare un trattamento mentre io e Mauro procediamo con la visita? Vi consiglio un buon massaggio e poi lo Shiro Dhara. Offre il Centro, ovviamente.

- Pensavamo di fare una passeggiata con Katerina, mentre aspettavamo, - fece notare Roan.

- Nient'affatto! – obiettò il dottore con un sorriso. – La piccola Katerina ci farà compagnia, e ci sarà utilissima, non è vero?

Lei annuì. Mauro la guardò e poi fece segno che si poteva fare.

Il dottore prese atto che la sua proposta era stata accettata quindi diede istruzioni in nepalese affinché qualcuno si prendesse cura di noi secondo le sue indicazioni. Indicò a Mauro e Katerina di precederlo verso le scale e poi si voltò verso me e Roan.

- Namaste, - disse giungendo le mani ed inchinandosi prima di scomparire dalla nostra vista.

Due ragazze ci fecero segno di seguirle. Percorremmo un corridoio, una rampa di scale e poi un secondo corridoio. Roan venne fatta accomodare in una stanza ed io in quella adiacente. Venni lasciato solo. Dopo un paio di minuti un uomo magro sulla trentina, vestito di cotone bianco, entrò nella stanza, mi disse che mi sarei dovuto spogliare completamente e sdraiare sul lettino. Uscì per consentirmi di farlo in privato. Eseguii l'ordine pensando che oltre il muro divisorio Roan stava facendo la stessa cosa. Stava adagiando il suo corpo nudo e tatuato sul largo lettino da massaggi e si stava coprendo con un velo di lino bianco. Chiusi gli occhi ed attesi prono che tornasse il massaggiatore. Entrò in effetti pochi istanti dopo, senza quasi fare rumore. Avvertii le sue mani unte sulla pelle e provai a rilassarmi immaginando le mani della massaggiatrice che a pochi metri da me stava toccando le pelle di Roan. I pensieri s'intorpidirono e mi abbandonai a loro per quasi un'ora. Le mani del massaggiatore sembravano conoscermi da sempre. Applicavano la giusta pressione e mantenevano i movimenti lunghi e lenti che creavano una sorta di gabbia sensoriale che mi faceva sentire protetto. Quando sentii una mano muovermi la caviglia per attirare la mia attenzione, mi resi conto non solo che mi ero praticamente addormentato, ma che mi ero pure girato senza accorgermene.

L'uomo mi disse che avrei dovuto seguirlo perché tra un trattamento e l'altro era prevista una tisana depurativa. Mi indicò un accappatoio e disse che mi avrebbe atteso fuori dalla stanza. Uscii e lo seguii. Mi portò in un salottino dove Roan era già seduta davanti ad una tazza di una tisana fumante. Venne riempita anche la mia tazza e fummo lasciati soli.

- Di massaggi ne ho fatti, in vita mia, - dissi sedendomi accanto a lei, - ma questo è stato di gran lunga il più professionale. Una mano favolosa.

Roan non rispose. Teneva la tazza della tisana tra le mani, senza portarla alla bocca. Mi resi conto che mi stava fissando le gambe.

- Che c'è?

- Dove sono i tatuaggi che avevi sui polpacci?

- È successo che una notte tutti i tatuaggi sono scomparsi, - dissi come se le stessi riferendo qualcosa del tutto normale.

- Scomparsi? Così, all'improvviso?

- Sì, come erano arrivati, se ne sono andati.

Roan aggrottò le ciglia.

- Lo so che è una cosa strana. Ma visto che anni fa avevi accettato, e peraltro verificato, che potessero apparire, immagino non sia difficile credere che possano anche scomparire. Comunque capisco la tua sorpresa. Per me è stato uno shock molto forte. A momenti ci rimango secco.

- Non è quello, - disse sempre più scossa.

- E cos'è, allora?

- È che molti anni fa Mauro mi aveva descritto il tatuaggio che ti era venuto dopo che me ne ero andata. Mi aveva addirittura fatto un disegno di suo pugno e me l'aveva spedito per posta. Secondo me era un momento in cui lui sperava che io potessi tornare sui miei passi. Per te. Ma anche per lui, forse. Per avere una coppia di amici da frequentare.

- E quindi? – domandai mentre l'embrione di un dubbio stava nascendo nel centro del mio cervello.

- Se sono scomparsi tutti…

- Sì? – domandai senza accorgermene, forse per confermare il mio dubbio che stava diventando certezza.

- Perché quel tatuaggio è ancora lì? – terminò di chiedere indicando il mio collo con il dito indice.

Passai le dita sotto l'orecchio. Potevo leggermi la lingua nera sulla giugulare come fosse una scritta in Braille contenente il machiavellico piano di Mauro che stava prendendo forma.

Aprii i lembi superiori dell'accappatoio con entrambe le mani e mostrai il petto.

- Questo qui, intendi?

- Sì. È quello che ti è venuto dopo che me ne sono andata, vero?

Tecnicamente, per essere davvero sincero, avrei dovuto rispondere di no. Il tatuaggio di cui parlava Roan era davvero scomparso e ciò che mi ritrovavo ora inciso a martellate sulla cute era un vero tatuaggio Maori, creato pochi giorni prima da Mauro affinché potesse essere sfoggiato proprio lì, in quel momento, al cospetto di Roan. Non dovevo fare altro che confermare ciò che lui aveva reso credibile, verificare se anche la reazione di Roan sarebbe stata simile a ciò che lui aveva previsto.

- Beh, sì. Avrei dovuto essere più preciso. Sono andati via tutti, tranne uno.

Lessi lo sgomento sul volto di Roan. La guardai bere dalla tazza utilizzando quel gesto per isolarsi e pensare, più che per distendersi.

Arrivò una delle ragazze e attirò la nostra attenzione. La mia più che quella di Roan, che era assente e frastornata. Ci alzammo in piedi e la seguimmo. Ci portarono di nuovo nelle stanze di prima che erano state attrezzate per l'esecuzione dello Shiro Dhara.

Mi distesi sul lettino con uno stato d'animo assai diverso da prima. Non avevo più le mani sul corpo di Roan, ma gli occhi dentro alla sua mente. Vedevo scorrere i suoi pensieri. O di questo almeno ero convinto. Roan aveva dato grande peso, dieci anni prima, alla maledizione dei tatuaggi. Scettica in prima battuta, mi aveva costretto ad avere un rapporto con una prostituta al solo scopo di verificare che la maledizione fosse reale. Forse proprio il rimorso per non avermi creduto ed avermi obbligato alle corna le aveva annebbiato il giudizio. Aveva deciso che i tatuaggi erano il vero segno del possesso e del potere delle altre donne su di me. Rimanendo con me, mi aveva detto, avrebbe rinunciato a quel potere. Solo andandosene, fu il suo ragionamento delirante, avrebbe potuto marchiarmi e mettersi almeno alla pari delle altre. A nulla erano valse le mie parole. I miei tentativi di spiegarle l'ovvio. Era lei che volevo. Era lei che amavo e che mi amava. Era lei che era differente dalle altre proprio perché di lei non portavo alcun segno sulla pelle.

Ciò che aveva appena visto le aveva sconvolto ogni certezza. Ci avrei giurato. Si stava chiedendo come mai proprio e solo il suo tatuaggio era uscito indenne dall'epurazione. La spiegazione più semplice non poteva che essere una. Lei stessa l'aveva suggerita a Mauro anni prima, chiedendogli conferma che il tatuaggio fosse comparso veramente. Il tatuaggio era lì perché il destino aveva deciso che fosse lei la sola ad avere titoli per possedermi. Era lì perché lei era la sola che io avrei portato sempre con me.

- Ti amo, - bisbigliai pensando a Mauro.

- Grazie, signore - sussurrò la ragazza che stava armeggiando dietro alla mia testa, con inglese stentato e atteggiamento dimesso.

Aprii gli occhi.

- Mi scusi, stavo sognando, - dissi per toglierla dall'imbarazzo.

- È veramente molto bella, la sua signora, - disse infatti, sollevata.

Sorrisi.

- Grazie, ma sono gay. Almeno per oggi.

- Sì signore, - disse inchinandosi.

Chiusi di nuovo gli occhi e mi abbandonai con facilità al piacere dell'olio caldo e profumato che iniziò a colare sulla mia fronte.

Bisogno e volontà

Marzo 2006

Non vedevo Roan da un paio di giorni. Eravamo usciti assieme dall'*Ayurveda Health Center* ma lei era rimasta in silenzio. Non l'avevo forzata a parlare, mostrando tranquillità. Nei due giorni successivi si era vista molto poco. Passava all'hotel per pochi minuti il pomeriggio tardi, giusto per un aggiornamento sulla terapia di Mauro.

Mauro, dal canto suo, non si era speso in grandi spiegazioni a proposito della visita medica. Aveva detto di aver concordato una sorta di protocollo terapeutico con il Dott. Maharjan e nulla più. Aveva iniziato a fumare un numero di spinelli doppio del solito, ma non era chiaro se per piacere personale o come parte di quel protocollo.

Mi ero alzato presto, quella mattina e avevo fatto colazione col solito bicchiere di *chai* bevuto a bordo lago. Guardando l'Himalaya con la tazza fumante tra le mani avevo deciso che sarebbe stato davvero stupido non approfittare della situazione per andare a fare un trek verso le montagne. Senza arrivare ai lunghi percorsi che da Pokhara portavano al campo base dell'Everest o dell'Annapurna, pensai che qualcosa alla mia portata avrei potuto trovarlo. Avevo sentito parlare di un tour ad anello di sole tre notti nel Santuario dell'Annapurna, un itinerario che condivideva i primi due giorni con trek del campo base prima di rientrare a valle. Finii la mia bevanda e m'incamminai verso l'albergo, deciso a prendere informazioni su come meglio organizzare la cosa. Salii in stanza a prendere la guida Lonely Planet che avevo acquistato un paio di giorni prima. Volevo controllare se c'erano agenzie più affidabili di altre, evitare inoltre di rivolgermi anche solo per caso a quella in cui lavorava Roan. Avrei dato qualunque cosa per trascorrere due notti tra le montagne insieme a lei, ma ritenevo che arrangiarmi in qualcosa per la quale lei era la scelta più ovvia, avrebbe ribadito la mia indipendenza, la mia capacità di rinunciare a qualcuno che amavo se questo qualcuno non amava me. Avevo quarant'anni, ormai. Saper accettare di non essere desiderato avrebbe dovuto far parte del mio bagaglio di uomo maturo. La maturità era insomma alla mia portata. Lo sarebbe stata, più precisamente, se fossi riuscito a fare certe scelte per sincera convinzione, non per ponderata strategia.

Quando sentii bussare alla porta, cinque minuti più tardi e proprio mentre stavo per uscire dalla stanza, percepii che fosse lei. Fu un'intuizione, un caso o un normale collegamento mentale alla sua visita di qualche sera prima, ma non mi sbagliavo. Roan si sforzò di portare al sorriso i muscoli tesi del suo volto. Mi chiese di entrare e si sedette su una sedia accanto al tavolino. Io di fronte a lei, sul materasso.

- Sei sparita.

- No, però avevo bisogno di pensare.

- Lo immagino.

- Davvero? Sai anche a proposito di cosa?

- Beh, non è difficile. La tua espressione quando hai visto "*La Gabbia*", ha parlato da sola.

- La gabbia?

- Ah, scusa, è il nome che ho dato al tuo tatuaggio.

- Come mai?

- Come mai quel nome, vuoi sapere?

- Sì.

- Quando l'ho visto per la prima volta è stata la prima cosa che mi ha fatto venire in mente. Che tenesse in gabbia il mio cuore. Che io stesso fossi in gabbia.

- Ma ti avevo appena lasciato libero.

- Dimostri di essere stupida nel dire così.

- Sì, lo so, hai ragione, scusami.

- Non c'è peggior gabbia di quella che ti si crea dentro quando ami qualcuno che ti lascia senza una spiegazione che abbia un senso.

- Ho capito! – esclamo come a supplicarmi di non rincarare la dose.

- Ok.

- Però io una spiegazione te l'ho data.

- Ho detto con un senso, Roan. Dimostrami che avesse senso lasciarmi per poter mettere un timbro su di me, come fossi una cartolina, e cambierò idea.

- Su cosa dovresti cambiare idea?

- Sull'opinione che mi sono fatto di te.

- Che sarebbe?

- Che hai fatto una scelta che non fa onore alla tua intelligenza. Che hai dimostrato tutta la tua giovinezza di allora, la tua immaturità.

- E la mia paura.

- Può darsi anche quella. Non posso saperlo.

Seguì un minuto di silenzio.

- Avevi in mano l'elemento più importante di tutti, - ripresi a dire, - per ribadire il fatto che ero tuo più di quanto fossi stato di altre in passato.

- Quale elemento?

- Avevi il mio amore. Incondizionato, motivato, sentito. La mia convinzione assoluta a vivere per sempre con te, mai provata prima. Ma quello che è assurdo, inconcepibile e crudele, è che hai continuato ad avere questo potere anche andandotene. Perché quell'amore era così grande che non è bastato ciò che mi hai fatto per farlo sparire.

Roan non toglieva i suoi occhi dalla mia bocca, come se dovesse trovare riscontro a ciò che sentiva nella lettura labiale.

- Stai cercando di dirmi che mi ami ancora?

- Non sto cercando di dire o fare nulla. Ti dico come sono andate le cose, - risposi riuscendo non so come a dire qualcosa di diverso da un semplice sì.

- Mi dispiace, Michele. Forse hai ragione che fosse solo immaturità, la mia. Lo vedo che il tempo ha dato più ragione a te che a me. Ma io me lo ricordo, il mio stato d'animo di quei giorni.

Due lacrime riempirono i suoi occhi.

- Non ti devi giustificare.

- Ma io voglio giustificarmi, cazzo! - esclamò lasciando cadere le lacrime lungo le guance. – Non sempre si vuole ciò di cui si ha bisogno.

Quella frase mi stupì molto. Non la condividevo. Non con lei come oggetto, almeno. Ma era acuta e profonda. Custodiva probabilmente in sé tutto il suo travaglio di un tempo. Le forze contrapposte che aveva dovuto gestire.

- E' successo tutto troppo in fretta, cazzo! - riprese. - Io quasi non sapevo nemmeno cosa fosse un uomo, prima di incontrare te. Forse non sapevo nemmeno cosa fosse l'amore. Non dico il mio, ma quello che una persona poteva provare per me. Specie un maschio. Lo capisci? Io ero sempre stata in fuga. Mi sono tatuata proprio per dimostrare la mia fuga. Da quel momento fino a quando ci siamo incontrati la mia sola ragione di vita era stata essere libera, anticonformista. Ma non potevo sapere che tutte le mie scelte, compreso quella di andare con altre donne, erano finalizzate a quello scopo. Che non ero davvero convinta di intraprendere ciascuna di esse.

Mi colpì sentirla dire qualcosa di molto simile al ragionamento sulla maturità che avevo formulato solo pochi minuti prima. Sembrava un segno, il fatto che potessimo essere giunti alla maturità nel medesimo istante. Forse ero alla ricerca spasmodica di segni, ma non potevo ignorare che quel ragionamento fosse arrivato a lambire i nostri cervelli nello stesso istante e per giunta innescato dal nostro incontro.

- E poi non è che il mio primo uomo fosse proprio quello giusto da cui cominciare, non credi?

- In che senso? Per via dei tatuaggi?

- Certo. Vabbé, all'inizio non sapevo se credere a quella storia. L'ho ascoltata e era affascinante, ma lo sarebbe stata anche come storia inventata per dare una motivazione cinematografica ai brutti tatuaggi che avevi addosso. Credo di aver premiato la tua fantasia, mettendomi con te.

- Andiamo bene…

- Poi però il dubbio mi è venuto, ovviamente. Stando con te non poteva non venirmi. Tu non hai mai dato modo di credere che quello che mi avevi raccontato fosse un'invenzione. Così ho fatto la cazzata più grossa. Invece di crederti e basta ho voluto cercare la prova che stavi dicendo la verità

- Non è stata la cazzata più grossa, Roan. Io ho acconsentito a darti quella prova. Non volevo ma ho fatto anche quello.

- È vero. La cazzata più grossa è stata quella di sottovalutare l'effetto che mi avrebbe fatto scoprire che davvero i tuoi tatuaggi avevano quella origine e quel significato. E' stato troppo, per me.

Non dissi nulla. L'ennesima dimostrazione che quello dei tatuaggi era stato un'anatema malefico che aveva condizionato la mia vita facendo scappare le donne che avevo amato, mi abbatteva sempre. Ancora non conoscevo le ragioni per cui proprio a me era stato riservato quel destino. Non sapevo quindi nemmeno cosa fare per liberarmi della maledizione. Avevo imparato a conviverci, questo è vero, ma tale passo in avanti aveva il sapore della sconfitta. Era l'adattamento del vinto a vivere secondo le regole del vincitore.

Ci guardammo in silenzio. Nei miei occhi la tristezza di un futuro senza controllo. Nei suoi quella di un passato non controllato.

- Me lo fai rivedere? – domandò.

La guardai indeciso sul da farsi. Cosa dovevo rispondere? Cosa dovevo fare? Nella partita a scacchi che stavo giocando, le sue lacrime, il suo tentativo di rendersi giustificabile ai miei occhi, la sua volontà di sapere se io fossi ancora innamorato di lei, avevano reso difficile trattarla come avversaria. Era ancora una preda, sì, ma una preda che dovevo fare mia perché ritenevo fermamente che il suo posto fosse con me. Capii che quello era il momento. Il momento di cosa non lo sapevo nemmeno io, ma di certo era quello. Qualunque cosa avrebbe indirizzato e caratterizzato il mio rapporto con lei per il futuro, sarebbe avvenuto in quell'istante, in quella stanza. Mi decisi. Sbottonai la camicia e le mostrai il petto, girando la testa per darle visuale sulla parte del collo che dalla spalla saliva all'orecchio.

- Perché è rimasto solo lui, dei vecchi tatuaggi, Michele?

Era proprio l'interrogativo che avevo immaginato si fosse posta. Mauro era senza dubbio un genio. Pensai alla menzogna che avrei dovuto raccontarle rispondendo con tatticismo a quella domanda. Non avrei potuto dire la vera verità senza vanificare ciò per cui Mauro aveva lavorato. Senza darle motivo di ritornare sui suoi passi. Senza distruggere ogni residua possibilità di ricongiungimento con lei. Ciò di cui avevo bisogno era un modo diverso di vedere la verità. Non mi fu difficile trovarlo. I tatuaggi erano asetticamente legati in mutua relazione con le persone. Fine di una relazione voleva dire nuovo tatuaggio. Fine di un periodo voleva dire via tutti i tatuaggi. Punto. L'amore non c'entrava nulla in tutto ciò. Io però amavo Roan, e non era giusto ignorare questa cosa. La verità vera sui tatuaggi non raccontava la verità vera dei fatti. Il tatuaggio che mi aveva fatto Mauro, o meglio la sua stessa presenza sul mio corpo, sì che rispecchiava fedelmente la realtà delle cose. "La Gabbia", e dunque Roan, era ancora lì dove era giusto che fosse. Mentire era in fondo il modo più facile per dire la verità.

- A volte penso ai soggetti dei miei tatuaggi, - dissi rinfrancato dal mio ragionamento - Li guardo, leggo in essi un'interpretazione della mia relazione con la persona cui sono riferiti. Questa interpretazione è corretta, ma è una delle tante possibili, altrettanto valide. Perché un disegno e non un altro, allora? Quello che voglio dire è che io non so con certezza cosa determini l'apparizione dei miei tatuaggi e di conseguenza nemmeno perché essi siano spariti. Posso anche dare un'interpretazione, ma alla fine l'unica cosa di cui sono sicuro è ciò che provo davvero, ciò che sento dentro di me. Quello che sento per te da dieci anni, Roan, lo sai: credo che saremmo felici solo stando insieme. Tutto qui.

- Tutto qui? - sottolineò disarmata, con un sorriso.

- Sì.

Si avvicinò e passò un polpastrello sul mio petto, sulle linee del tatuaggio. La mia pelle s'increspò, in parte per il lieve solletico, in gran parte per l'emozione di un contatto che avevo sognato per così tanto tempo..

- È iniziato tutto così, ricordi? Con le mie dita sui tuoi tatuaggi.

Non riuscii nemmeno ad aprire bocca. Feci segno che ricordavo bene.

- Ci sono altri nuovi tatuaggi… - disse sconsolata.

- Sono passati dieci anni, Roan.

- Lo so, lo so.

- Ignorali, ti prego.

- Ho una paura fottuta.

- Anche io. Che tu non ti renda conto, ancora una volta, di cosa rappresenta ciò da cui scappi.

Respirò profondamente. Riprese a scorrere il tatuaggio, ora con entrambe le mani e molti polpastrelli. Le sue dita erano sulla mia pancia, sul mio cuore, sul mio collo, sul mio viso. Impalato mi lasciavo leggere, incapace di smettere di non fare nulla.

- Ti chiesi se in casa tua c'era uno specchio – disse rievocando ciò che era successo nell'incredibile serata che aveva stabilito l'inizio della nostra relazione. L'avevo condotta allo specchio della mia camera da letto. Mi aveva messo di fronte ad esso, chiedendo di spogliarmi. Al mio fianco, rivolta verso lo specchio a sua volta, si era svestita e mi aveva invitato a guardarci nudi, ad osservare le somiglianze della nostra condizione, a cogliere le differenze enormi della nostra storia raccontata sui nostri corpi. Il mio corpo deturpato, il suo istoriato, ci avevano detto che la sola cosa possibile era accoppiarsi, nella carne e nella vita. E così avevamo fatto.

- Di specchi c'è solo quello del bagno, - dissi.

- Era nella tua camera da letto.

- Sì. Ma adesso c'è solo quello del bagno.

Abbassò le mani, staccandole da me. Sorrise e mi precedette verso la toilette. La segui. Il cuore batteva come il giorno in cui era entrata in quella stanza per la prima volta. Davanti allo specchio iniziò a spogliarsi. Non riuscivo a smettere di guardare ogni centimetro di pelle tatuata man mano che emergeva dagli abiti.

- Dovresti guadarmi attraverso lo specchio – mi ricordò.

- Non ci riesco.

- Eddai…

Feci come diceva. La guardai nel suo insieme. Le sue forme erano un po' cambiate. La sua eleganza no. Il suo fascino intatto. Al mio fianco, come tanti anni prima, percepii il calore del suo corpo intiepidirmi il braccio.

- Dovrei spogliarmi anch'io, suppongo – dissi riuscendo a prevaricare le mie emozioni.

- Sì, era andata così.

- Vorrei che tu fossi qui ora, Roan. Non qui con la mente ad allora.

- Ci sono. Non so nemmeno io perché, ma ci sono.

Finii di spogliarmi, mi rimisi eretto di fianco a lei a fissare allo specchio le nostre figure.

Rimanemmo così per un po', poi mi girai verso di lei ed il mio pene eretto sfiorò i suoi fianchi. Roan fece lo stesso verso di me. Ci ritrovammo l'uno di fronte all'altra, coi volti a pochi centimetri.

Quando vidi che il suo sguardo si abbassò sulle mie labbra, capii che saremmo di nuovo stati una cosa sola.

Dead man smoking

Marzo 2006

Roan era tornata a casa sua dopo alcune ore. Avevamo entrambi saltato la cena. Quando era uscita dalla mia camera non avevo saputo far altro che addormentarmi. Felice.

Il risveglio era stato tutt'altra cosa. Sapevo bene che un conto era l'attimo e un conto era il sempre. Non potevo essere certo che quanto era accaduto in quella stanza la sera precedente avrebbe significato che Roan sarebbe tornata con me. Tornata dove, poi? In Italia? Con me ma in Nepal? In Messico? Mi prese il classico panico da persona felice che ha tutto da perdere. Sapevo però cosa andava fatto per fronteggiare la situazione. Comportarmi come se nulla fosse cambiato. Roan non aveva fatto proclami, non aveva per nulla parlato di cosa sarebbe successo nei giorni a venire. Sicuramente quelli erano i pensieri che affollavano anche la sua mente in quel momento. La sola cosa che potevo sperare era che si stesse domandando come portare avanti la storia con me, non che la stesse mettendo in discussione.

Passo numero uno: fare colazione. Passo numero due: procedere con l'idea del trek, come da intendimenti della sera precedente.

Scesi d'abbasso con la Lonely Planet in mano.

Mauro era con Katerina alla reception che dialogava col proprietario dell'albergo.

- Avete fatto colazione? – domandai quando ebbero finito.

- No, - rispose Katerina.

- Passeggiata sul lago e bicchiere di tè, Trottolina? – proposi.

- Sì.

- Sei allegro, questa mattina – notò Mauro.

Mi avvicinai al suo orecchio e bisbigliai un "Grazie". Lui mi guardò in faccia, strabuzzò gli occhi e fece un'espressione che non poteva significare altro che "Non mi dire!?". Annuii sforzandomi di non far esplodere il sorriso.

- È inutile che cerchi di trattenerti, - disse scuotendo la testa. – Ti ride anche il culo!

- Cosa vuol dire? – domandò Katerina.

- Che lo zio Michele è contento, - le spiegai.

- Hai fatto l'amore con Roan? – domandò ancora la bambina.

Guardai Mauro, sconcertato, con fare interrogativo.

- Siamo nel ventunesimo secolo, - mi vece notare, - e lei è una ragazza sveglia.

Senza darle risposta sorrisi, guardandola negli occhi. Poi ci avviammo tutti verso l'uscita.

Poco più tardi Katerina si mise a rompere le scatole ad un pescatore, che bonariamente l'assecondava facendola salire sulla barca ormeggiata e spiegandole come funzionava in chissà quale lingua. Sulla riva, io e Mauro la guardavamo giocare.

- Dunque? – domandò.

- No, dimmi prima tu. Non è che io abbia ben capito come stanno andando le cose. Come sei messo con la cura?

- Io mi sento molto bene, che ti devo dire?

- Quello è l'effetto delle canne. Il medico che cosa dice?

- Lui dice che devo procedere così per un po', prima di avere qualche risultato.

- I risultati esattamente in cosa si misurerebbero?

- Beh, dovrei andare a farmi fare una nuova risonanza e vedere cosa è cambiato.

- Stai continuando a prendere quella sostanza che ti aveva prescritto quel simpaticone del tuo medico italiano?

- Il THC? Sì. Ne ho parlato anche con questo dottore qui. Tra parentesi ho visto che ha anche una laurea in medicina tradizionale, presa in Germania. Non usa quel tipo di medicina ma sa di cosa parliamo, quando gli riferisco quello che mi hanno detto i medici in Italia. Lui ha detto che non ha nulla in contrario se continuo con quel farmaco. Non vede di buon occhio la chemio, ovviamente. Dice che non si può avere un esercito debole per combattere una grande battaglia, anche se si hanno alcuni soldati valorosi.

- Non sono sicuro di avere compreso la metafora.

- Ci ho messo un po' anche io. Credo volesse dire che la chemio è un soldato valoroso ed efficace. Però se per lasciarlo operare, in solitudine, bisogna accettare che tutto il resto dell'esercito, ossia il corpo, vada in malora per via degli effetti collaterali, allora le possibilità di vincere la battaglia sono poche.

- Il ragionamento non fa una piega. Certo pensare che l'intera medicina occidentale si affidi alla chemio sapendo che la battaglia con la chemio non si vince, è un po' difficile da credere, non pensi?

- Viso Pallido, io sono un morto che cammina. Non so se hai realizzato la cosa. A me che la chemio vinca o non vinca le battaglie, ormai, non interessa più di tanto. Se questa cosa funziona, bene. Se succede un miracolo, altrettanto bene. Altrimenti, buonanotte suonatori.

- Ok, ho afferrato il concetto.

- Dunque?

- Dunque speriamo che tutte queste canne naturali e sintetiche compiano il miracolo.

- No, voglio sapere se il miracolo lo hai compiuto tu.

Sorrisi annuendo.

- È andata come avevi previsto.

- Scusa?

- Ha visto il tatuaggio, ha visto che i tatuaggi che lei conosceva erano tutti spariti e ha fatto due più due. Proprio come tu avevi immaginato succedesse.

Abbassò lo sguardo e credetti di vederlo sorridere. La bocca non si mosse, però gli occhi sono sicuro fossero quelli di una persona che stava sorridendo soddisfatta.

- Per caso ti ho detto io, in un momento in cui ero fatto, che avevo previsto tutto questo?

- No, - risposi domandandomi come mai non volesse parlare della cosa.

- Ah, ecco. Perché non me lo ricordavo proprio.

Aspettai che sollevasse di nuovo il capo e mi guardasse. Ci volle quasi un minuto prima che la cosa succedesse ma quando lo fece, forse colpito dal mio silenzio, piantai i miei occhi nei suoi, cercai di trasmettergli la mia gratitudine con lo sguardo e chiusi lì l'argomento.

- Sono il solito sognatore, allora, - dissi.

- Evidentemente i miracoli accadono, - precisò.

- Già. Non è nemmeno tanto male pensarla così.

- No. Non è proprio male.

Infilò la mano nel taschino e ne estrasse due canne. Accese la prima poi me ne passò una seconda assieme all'accendino. Ci sdraiammo sul prato a guardare il fumo che volava verso il cielo blu sopra le nostre teste.

- Adesso cosa pensi di fare? – domandò un minuto dopo.

- Pensavo di andare a fare qualche giorno di trek, se non hai bisogno di me.

- Vai con lei?

- No, pensavo di no.

- Scusa forse non ho capito. Mi hai fatto capire che ieri sera…

- Sì, siamo stati assieme. Non faccio nessun commento perché non credo sarei obiettivo.

- Nel senso che sei contento, no?

- Sono euforico. Troppo. Devo darmi una calmata o rischio di prendere una batosta tremenda.

- Dici che è stata una botta e via?

- Per me no di sicuro, ma chi può dirlo cosa è sia stato per lei.

- Cazzo, lo saprai, no? Almeno ti sarai fatto un'idea.

- Sì, che abbia capito lo sbaglio che ha fatto. Che vuole cogliere l'occasione che ha per ricominciare.

- E allora?

- Ti sembro uno che può essere obiettivo, riguardo a lei?

-No. In effetti no.

- Ci metto un attimo a confondere le mie speranze con la realtà, se mi impegno.

- Anche se non ti impegni. Hai ragione. Il tuo giudizio non è affidabile. Quindi vuoi andare senza di lei?

- No. Vorrei andare con lei. Ma non mi va di proporglielo. Penso che abbia bisogno di pensare. Di metabolizzare quello che è successo ieri sera e decidere se le va di dargli seguito.

- Ho capito. Sembra quasi un discorso da persona responsabile.

- È quello che mi sono detto anch'io.

- Bravo Viso Pallido.

- Grazie.

Seguirono altri dieci minuti di sguardi al cielo.

- Andiamo, che dici? – propose mettendosi in posizione seduta.

- Non so se sono in grado di camminare, ma proviamoci. Volevo andare a cercare l'agenzia per fare il trek, ma magari rimando al pomeriggio. Non vorrei mi proponessero di scalare l'Everest e io dicessi di sì.

- Accompagnami alla clinica, va'. Così riporti tu Katerina in albergo.

Mauro andò a recuperare la figlia. Assieme ci dirigemmo verso l'Ayurveda Health Center.

Roan apparve all'ingresso e ci incontrammo a metà della rampa di scale esterna.

- Ehi! – esclamo vedendoci. Si avvicinò a me. Senza nascondere il gesto, mi diede un bacio veloce sulle labbra. - Stavo giusto venendo a cercarvi. Mi sono appena fatta fare un massaggio favoloso.

Katerina sorrise e guardò il padre, lasciandosi scappare una risatina.

Mauro rispose al sorriso della figlia e ne rivolse poi uno a Roan. Imbambolato e piacevolmente colpito dalla dichiarazione pubblica di Roan, io guardavo tutti senza riuscire a dire una parola.

- Stavo dicendo a Romeo, qui, - iniziò a dire Mauro con aria guascona, - che dovrei stare qualche giorno qui in clinica a fare non so quale super ciclo depurativo.

- Li ho fatti anche io, quei cicli, - disse Roan, salvo poi rendersi conto che con molta probabilità non proprio la medesima procedura stava aspettando Mauro. – Se ti fanno quel che han fatto a me, ti fanno sentire davvero bene, dopo.

- Sarà… Mi faranno cagare bianco, mi hanno detto, tanto sarò pulito dentro.

- Non ci interessa sapere se anche tu la facevi bianca, - intervenni rivolgendomi a Roan. – Non è vero, Trottola?

- A me interessa! – rispose dispettosa.

- Comunque! – esclamò Mauro. – Non so se a qualcuno interessa, ma stavo dicendo che siccome devo stare chiuso qui dentro e Michele mi ha detto che vorrebbe fare qualche giorno di trekking, pensavo che potrebbe essere una bella cosa se andate tutti assieme, no? Se c'è anche lei magari non vi perdete nemmeno. Ci andresti a camminare su per le montagne con lo zio Michele e Roan?

- Uh Uh – acconsentì Katerina.

Guardai Mauro. Scossi la testa. "Fai sempre di testa tua, eh?", pensai.

- È una bella idea, - disse Roan. – Non mi hai detto che volevi andare a fare questo giro.

- Sì, mi piacerebbe. È un'idea di un paio di giorni fa e non mi sembrava il caso di disturbarti.

- Adesso puoi disturbarla! – urlò Katerina, ridendo.

- Siamo nel ventunesimo secolo e lei è una ragazza intelligente… - commentai.

- Come? – domandò Roan, non capendo.

- Poi ti spiego.

- Va bene, signori. Allora siamo d'accordo. Adesso vado a fare la terapia. Voi organizzatevi che poi quando siete pronti dico al dottor Maharjan che possiamo cominciare con la tre giorni di cacca bianca.

- D'accordo, - disse Roan. – Katerina torna con noi, adesso?

- Sì, per favore, - rispose Mauro.

Mauro salì gli ultimi gradini e noi c'incamminammo.

- Arrivo subito, - dissi dopo qualche passo. Feci dietro front e corsi verso Mauro.

- Meno male che avevi detto di essere d'accordo con il mio discorso responsabile… - gli dissi sorridendo.

- Ti ha baciato. È ovvio che se ti bacia il tuo discorso non sta in piedi. E poi lo hai detto tu stesso.

- Cosa?

- Che la tua opinione non è affidabile. Ho pensato di seguire la mia.

- Accade spesso, ultimamente.

- E pensa che te ne lamenti pure! Va da mia figlia, va'. Ci si vede più tardi.

Corsi verso le donne e assieme tornammo all'hotel.

Non fosse stato per quella cosa invisibile chiamata glioblastoma, si sarebbe potuto dire che tutto andasse per il meglio.

Sentiero in salita

Marzo 2006

Roan scelse un trek di quattro giorni. Il Dott. Maharjan le aveva detto che dopo i tre giorni di depurazione Mauro sarebbe stato un po' debole fisicamente per via della scarsa alimentazione. Non gli avrebbe fatto male un giorno di riposo nel quale riattivare le principali funzioni metaboliche che durante la depurazione venivano tenute al minimo.

- Non pensi che Katerina possa stancarsi? – le chiesi.

- Penso proprio di no. Mal che vada è abbastanza leggera per caricarla sulle spalle di un portatore.

- Addirittura coi portatori, andiamo?

- Ci costa meno avere due portatori e un po' di cibo da cucinare che mangiare nei rifugi lungo la strada. E poi così diamo una mano a della povera gente.

- Io che pago uno Sherpa. Chi l'avrebbe detto, solo pochi giorni fa? - commentai allegramente.

Partimmo un paio di giorni dopo, giusto il tempo di organizzare la cosa, controllare gli zaini mio e di Katerina, sincronizzarci con la terapia di Mauro. In quelle quarantott'ore la mia tranquillità e sicurezza vennero messe duramente alla prova. Non ci fu occasione di trascorrere un'altra nottata con Roan. Immaginai fosse impegnata con il lavoro per potersi prendere quattro giorni di vacanza, ma non avrei potuto giurarci. Per contro durante il giorno riuscivamo sempre a salutarci e il suo comportamento sembrava quello di una persona che aveva deciso di fare coppia. Mi baciava per salutarmi, sia quando arrivava che quando se ne andava. Stando a Mauro, quello doveva essere un gran bel segnale. Stando a me, quello non avrebbe dovuto essere il solo segnale. Mi disturbava il fatto che dalla nostra serata assieme non avessimo più parlato di noi. Ci eravamo ricongiunti, mentalmente e fisicamente, come apice di una chiacchierata franca, profonda e per certi versi dolorosa, ma nessuna chiacchierata sull'argomento era poi seguita nei giorni successivi. Non volevo sembrare pesante e chiederle una conferma anche solo verbale della sua decisione di stare con me, ma ne sentivo un bisogno crescente man mano che le ore passavano. Mi feci forza e decisi di pazientare poiché immaginavo che durante i quattro giorni di trekking, il momento per approfondire la situazione sarebbe comunque arrivato.

Partimmo da una località chiamata Nayapul l'ultimo lunedì di Marzo. Il sentiero saliva dolcemente fiancheggiando dapprima un torrente e poi addentrandosi tra coltivazioni di riso a terrazza e boschi di rododendri. Si attraversavano numerosi centri abitati. Poche case e attività sorte a supporto dei tanti escursionisti. Era un percorso adatto a principianti, composto da gradini spesso naturali e saltuariamente attrezzati dall'uomo che massacravano i quadricipiti in salita e le ginocchia in discesa. Katerina e Roan non sembravano accorgersi di questo problema, mentre io accolsi con gioia la fine della nostra prima tappa presso la località di Tikhedunga. Roan aveva prenotato una stanza molto spartana in una sorta di *guesthouse* immersa nelle piante di marijuana. Cenammo molto presto assecondando Katerina nei commenti della giornata. L'ascoltavo descrivere con entusiasmo tutto ciò che avevamo visto, dai muschi ai sistemi di irrigazione delle risaie, dalle smorfie di fatica dei portatori ai vestiti degli scolaretti nepalesi che in ciabatte raggiungevano le scuole dislocate a chilometri di distanza. Con mia grande soddisfazione, più parlava e più la sua si abbassava. Più passavano i minuti e più io invece mi rinfrancavo della fatica e ritrovavo voglia di godermi il riposo nella quiete del bosco.

- Andiamo a nanna? – le proposi di lì a poco.

Acconsentì passando il pugno negli occhi, senza bisogno di dire nulla.

- La porto io, - disse Roan.

- Vieni tu, zio? – mi supplicò invece la bambina.

- Certo, andiamo, - risposi guardando Roan con orgoglio.

- Allora, che te ne sembra di Roan? – domandai mentre camminavamo all'esterno verso le stanze che erano al primo piano. – È strano che tu non mi abbia ancora detto la tua opinione.

- Lei mi ha chiesto per prima delle cose su di te.

- Ah sì?

- Sì. Siete strani, voi grandi. Fate i fighi ma poi chiedete consiglio ai bambini.

- Già. Che consiglio ti ha chiesto?

- Non posso dirlo, è il nostro segreto.

- Ho capito. Sei diventata amica anche sua.

- Sì.

- Fila dentro, traditrice! – esclamai dandole un calcetto sul sedere.

Aspettai che si preparasse e uscisse dal bagno, poi la misi a letto.

- Ti sei stancata molto?

- No.

- Sicura? Guarda che se domani andiamo avanti, poi ci vogliono altri due giorni per tornare indietro.

- Sì.

- Ok. Allora ci vediamo domani mattina. Buonanotte.

Non ottenni risposta. Era andata. Spensi la luce e uscii dalla stanza.

Scesi nel cortile del rifugio, mi sedetti su un tronco e accesi una sigaretta. In primo piano le piante si stagliavano nere sul blu scuro della volta celeste, colma di stelle. Vidi Roan affacciarsi alla finestra. Le feci segno di raggiungermi.

- E così usi Katerina come spia, eh?

- Addirittura! – disse sedendosi accanto a me. - Per un paio di domande… Ti ha detto cosa le ho chiesto?

- La bimba ha le palle. Non mi ha detto nulla. Però è cotta. Meno male perché vederla così attiva, oggi, mi aveva fatto sentire una schiappa.

- Tu sei una schiappa. Lei ha solo sette anni, è normale che sia stanca. È anche normale però che domani sia di nuovo iperattiva. Mentre tu inizierai a trascinarti.

- Ti ringrazio. Torniamo all'argomento principale.

- Che sarebbe?

- Quello che le hai chiesto.

- Le ho chiesto se le avevi mai parlato di me. E cosa le avevi detto.

- Sposti sempre i problema sugli altri, invece di guardare a te stessa.

- Scusa?

- Ciò che io penso di te è l'unica cosa che è sempre stata chiara, ma sembra che tu debba sviscerarla e comprenderne ogni sfumatura. Quasi non ci credessi. Anni fa hai dato più peso alla mia maledizione che al mio pensiero. Adesso stai cercando ancora di capire cosa provo per te quando sei sempre tu quella che non ha chiaro cos'ha dentro.

- Mi dipingi proprio come una senza spina dorsale.

- Non è così! Sei una specie di wonder woman, per certi aspetti. Mi riferisco solo al lato introspettivo. Lo hai detto tu stessa che non fa parte delle tue caratteristiche capire con certezza cos'è che vuoi veramente.

Mi fermai un attimo per capire se fosse il caso che portassi a compimento il discorso vomitando tutti i dubbi sorti nelle ore precedenti.

- Guarda solo come ti sei comportata negli ultimi due giorni. Scopiamo dopo esserci confidati le pene passate in dieci anni e tu che fai? Niente. Un bacetto al ciao e uno all'arrivederci. Mi spieghi come riesci a non farmi stare tranquillo nemmeno adesso, dopo aver compreso quanto poco tranquillo mi hai fatto stare per anni?

- Prova a vederla dalla mia parte. Ti scopo dopo che mi hai detto che sei riuscito a continuare ad amarmi per dieci anni e tu che fai? Niente. Aspetti che ti arrivi il mio bacio del ciao e quello dell'arrivederci. E per fortuna che arrivano quelli, perché se devo capire da quello che fai tu, se sei contento di questa cosa, sto fresca!

- Ma cristo santo! Lo vuoi capire o no che dopo dieci anni in cui sei scappata posso non essere sicuro che tu voglia rimanere?

- E che dopo dieci anni in cui mi hai tirato degli accidenti io non possa essere certa che tu vuoi solo giocare un po', magari vendicarti, lo puoi capire?

Non capivo chi dei due fosse la persona ottusa. Magari io. Magari entrambi. Decisi che fosse lei. In fondo era lei che mi aveva abbandonato.

- Roan, con tutto il rispetto, tu mi hai mollato perché invece di ascoltare i nostri cuori hai dato peso a una cosa che io definisco soprannaturale. Ora mi incontri di nuovo, per caso, e sottolineo *per caso*, e decidi di rimetterti con me dopo che vedi che il tuo tatuaggio non è sparito. Ancora una volta usi come metro la storia soprannaturale invece di guardare noi. Se permetti, credo che qualche dubbio sul fatto che tu abbia idee poco chiare e sia guidata da altro, nelle tue decisioni, mi possa venire.

Chiusi la bocca, mi accesi un'altra sigaretta e nel silenzio che si creò attorno a noi iniziai a darmi del coglione. Roan mi aveva appena detto di aver bisogno di sentirsi dire che ero felice che lei era tornata da me, e io la stavo allontanando? Mi aveva appena confessato di aver paura che io la stessi usando per vendicarmi di lei, e io la dipingevo come persona senza carattere? Forse ero impazzito. Eppure, nella piena consapevolezza del disastro che avevo appena combinato, sapevo anche di essere stato sincero come poche volte nelle mia vita ma come sempre mi era successo con lei. Da me, infatti, Roan aveva sempre ricevuto verità. Era stato facile comportami così perché le cose che avevo pensato di lei erano tutte positive, però l'avevo fatto. La novità stava nel fatto che non avevo saputo nasconderle nemmeno ciò che di poco gradevole avevo iniziato a pensare di lei.

- Hai ragione, - disse alzandosi. – Scusa ma credo che andrò a letto.

Era chiaramente fuggita. Di nuovo. A pochi metri da me e forse solo per pensare, ma era fuggita. Mi accesi la terza sigaretta in mezz'ora. Avevo appena mandato in fumo dieci anni di speranze eppure l'unica cosa che mi veniva in mente era il senso di colpa per non averle detto, già che c'ero, che il tatuaggio non era quello originale. Forse non se lo meritava nemmeno di sapere che io l'avrei amata comunque, anche senza quel segno del destino. Mi sentivo tuttavia in colpa perché sapevo quanto peso lei dava alla cosa e non dirle nulla faceva di me una persona poco diversa da quella che lei aveva ipotizzato che fossi: uno che poteva approfittare delle sue emozioni per vendicarsi del passato. Finii la sigaretta e mi avviai verso la stanza, deciso a chiamare Roan fuori ancora qualche minuto e svuotare il sacco.

Quando arrivai in camera, aprendo la porta per fare meno rumore possibile, Katerina dormiva un sonno profondo ma Roan non era presente. Con l'angoscia nel cuore cercai di convincermi che non se ne fosse andata. Che le avrei parlato l'indomani del tatuaggio ribadendo tuttavia per l'ultima volta i miei sentimenti per lei. Mi lavai i denti nella semioscurità poi mi coricai nella mia branda. Ci volle quasi un'ora prima che riuscissi a prendere sonno.

La sentii entrare, non so quanto tempo dopo. Avevo il sonno troppo leggero. Seguii i suoi movimenti lenti e rispettosi del nostro riposo. Prese una t-shirt e andò in bagno. La sentii fare pipì e lavarsi i denti. Quando uscì appoggiò gli abiti in fondo al letto e si sedette sul bordo del materasso, rivolta dalla mia parte. Non sapevo se poteva vedere i miei occhi aperti. Stette lì per un minuto intero poi si alzò e venne verso il mio letto. S'inginocchiò portando il suo viso a poca distanza dal mio.

- Sei sveglio? – sussurrò.

- Sì.

Si alzò in piedi, si sfilò la t-shirt e s'infilò sotto le mie coperte.

Portai il palmo della mia mano sulla sua nuca e le dita fra i capelli, spinsi il suo volto verso il mio e la baciai. Il baciò durò un'eternità. La mia mano scese dalla nuca lungo la sua schiena fino all'osso sacro e risalì. Più volte. Avrei voluto affondare le mie dita nella sua carne, usare quelle per farle capire che cosa voleva dire essere certi di un amore. Cosa significava averlo dentro, quell'amore, senza poter far nulla per rifiutarlo. Non lo feci solo perché c'era Katerina a due metri da noi. Non lo feci perché ancora non mi sentivo pulito.

Roan però prese la mia mano nella sua, afferrò due dita, se le infilò negli slip e le passò fra le grandi labbra, grondanti di liquidi.

- Viviamocela, ora, questa cosa. Ti và? È bella, viviamocela. – disse sottovoce ed ammetto che per un attimo pensai stesse parlando della sua passera. - È tutto così strano, adesso. Tu che arrivi, Mauro malato, Katerina che non si capisce quanto stia soffrendo. Non facciamo altro casino, che non ce n'è bisogno.

Forse era sincera, forse davvero sperava che tutto sarebbe andato bene, che Mauro sarebbe guarito e che io e lei saremmo stati insieme e felici per sempre, ma aveva bisogno di qualche tempo per assimilare le emozioni. O forse era solo un po' vigliacca e non aveva la forza né di rinunciare a me né di prendermi definitivamente. Forse stava davvero parlando solo della sua passera. Del resto io continuavo a tacere sul tatuaggio. Quel che era certo è che non avrei avuto le dita così fradice se lei non avesse voluto essere in quel momento dove esattamente era. Non avrei avuto il cazzo così duro se nemmeno io avessi voluto essere lì con lei, qualunuqe cosa avesse in mente.

- Va bene, - le risposi.

- Vieni dentro di me, - disse sfilandosi gli slip.

Mi spogliai anch'io, la penetrai stando su un fianco dietro di lei e poi la strinsi a me più forte che potevo, mentre le sue braccia, strette sulle mie, aumentavano ancora di più l'intensità della mia morsa.

Rimanemmo così, abbracciati. Non so per quanto. Certo fino a quando il mio cazzo non perse vigore dentro di lei e il sonno ci prese entrambi, ancora uniti.

Bene bene bene

Aprile 2006

Non lo vedevo così dal giorno del suo matrimonio. Sbarbato, con unghie e sopracciglia curate. Capelli raccolti a cipolla. Stentai quasi a riconoscerlo forse anche per via di quei tre, quattro chili che aveva perso nei giorni della depurazione. Lo guardai e immaginai che dietro alla parola depurazione altro non si nascondesse che una quattro giorni di purghe somministrate da un'estetista.

Eravamo nel cortile dell'hotel di Pokhara. Roan e Katerina erano in camera assieme per una doccia. Io stavo attendendo che arrivasse il mio turno.

- Come andiamo? – gli domandai vedendolo.

- Sto da dio! Bene bene bene!

- Bene.

- No. Bene bene bene.

- Ho capito, dicevo per dire. È stata dura?

- Assolutamente no. Mi davano una tisana che mi toglieva lo stimolo della fame e potevo farmi tutte le canne che volevo. Mi hanno fatto anche fare dello yoga per stimolare certi organi interni. È interessante. Faticoso, ma interessante.

- Tutto questo esattamente come dovrebbe agire nei confronti del tumore?

- Da quello che ho capito, non c'entra un cazzo. Serve solo a predisporre il corpo a lavorare meglio in alleanza con le altre cure che mi stanno facendo. Che poi sono sempre intrugli naturali, a volte sotto forma di tisane, altre di impacchi, altre di pappette schifose. Comunque non so che dirti. Mi sento bene. Non ho avuto nessun altro episodio neurologico ed è abbastanza strano visto che in Italia non ho fatto le terapie solite per ridurre l'edema. Le prime volte mi avevano bombardato di cortisone in vena.

- Tutte le medicine non sono derivate dalle piante, in fondo?

- Già, è la stessa cosa che mi ha detto quel medico. A voi come è andata? Katerina come sta?

- Sta come te: da dio. Secondo me si è divertita un sacco. Credo che si sia un po' affezionata a Roan, il che non era difficile da immaginare.

- No, infatti.

- Eccole lì, - dissi vedendole sbucare dall'hotel.

Mauro si voltò, Katerina lo guardò un mezzo secondo perplessa e poi si mise a correre per saltargli addosso. Lui, che non doveva aver mangiato nulla per quattro giorni, barcollò al contatto, ma riuscì comunque a reggere l'urto. Si chinò e le sparpagliò i capelli.

- Allora, com'è andata? – le domandò.

- Bene bene bene! – rispose la figlia in quello che doveva essere un loro codice per esprimere massimo entusiasmo. Prese poi il controllo completo delle operazioni e iniziò a parlare a raffica per ragguagliare il padre su quanto aveva vissuto. Di tanto in tanto si rivolgeva a me e Roan affinché confermassimo la veridicità del suo racconto.

Dopo aver ascoltato per qualche minuto, mi staccai e andai a sedermi su una sedia ad un paio di metri di distanza. Guardai la scena nel suo complesso. Roan rideva e stava in piedi, pronta a dire, *"è vero"* ogni qual volta Katerina glielo chiedeva. Di tanto in tanto guardava me e mi strizzava l'occhio quasi per farmi partecipe del suo pensiero che doveva essere *"è proprio una dritta, questa bambina"*. Mauro bello come il sole, tirato a spigolo vivo, sfoggiava un sorriso e una pace che difficilmente erano percepibili sotto la sua barba abituale. Katerina saltellava, come se tutto ciò che era attorno a lei fosse la quintessenza della vacanza perfetta.

Roan venne accanto a me dopo alcuni minuti. Mi fece allontanare di un paio di passi.

- Mi sembra in forma, - disse.

- Già, così sembrerebbe.

- Che ti ha detto?

- Che sta bene bene bene.

- Bene.

- No. Bene bene bene.

- Mi prendi in giro?

- No. So che ci tiene a farci sapere che non è un solo bene, ma tre.

- Ho capito. E tu come stai?

- Tutto ok. Sono solo un po' malinconico.

- Lo vedo. Come mai?

Feci una pausa.

- Non è facile da spiegare. È una cosa un po' contraddittoria. Quando le cose non vanno come vorresti, cerchi di adoperarti per farle andare meglio. Se sei infelice, cerchi di diventare felice. Non è così?

- Certo.

- Però, quando anche solo per un attimo, come è accaduto poco fa, le cose sembrano perfette, la sola cosa che puoi fare è cercare di non farle cambiare. O sperare che non cambino, per quella parte che non dipende da te.

- Che è pur sempre una preoccupazione…

- Esatto. Paradossalmente è così. È la paura che le cose possano cambiare, a generare la malinconia.

- A me succede una cosa simile il giorno del solstizio d'estate. Mi ritrovo ogni anno a dire *non ci sarà mai più luce di così* e mi prende la tristezza. Invece, nel grigiore del solstizio d'inverno, sento una sorta di tranquillità perché so che i giorni a venire porteranno sempre un po' più di luce nella mia vita.

- Sì, qualcosa del genere. Sono contento che tu mi abbia capito.

- Comunque…, tutto questo discorso sulla tua malinconia…, era un modo per dirmi che stai bene?

- No, era un modo per dirti che sto bene bene bene.

Ok

Aprile 2006

Con una settimana abbondante di ritardo, quaranta giorni dopo il nostro arrivo, la permanenza in Nepal giunse al termine. Il volo era fissato per quella sera. Ci eravamo trattenuti oltre le previsioni per una sola vera ragione: eravamo sereni. Il motivo di facciata era invece un altro. Dare fiducia ulteriore alla terapia del Dott. Maharjan e fare in modo che Mauro fosse in grado di portarla avanti da solo in Italia. Sapevo che era terrorizzato dall'idea che la fine potesse arrivare per lui al Policlinico di Modena, in un letto illuminato da luce al neon. Lo era per via dell'esperienza che avevamo vissuto a Pashupatinath, che lo aveva convinto di quanto fosse più sana una pira di un letto di vermi, ma non solo. Avrebbe voluto stare in Nepal a oltranza fino alla certezza della guarigione perché, se essa non fosse arrivata, sarebbe stato meglio aver vissuto gli ultimi giorni accanto a sua figlia in estasi da vacanza, piuttosto che con il muso lungo da scolara in affanno per il tempo perduto. Forse, però, proprio la preoccupazione legata all'anno scolastico lo convinse a porre termine al viaggio. La vita di Katerina era più importante della sua e sarebbe proseguita con o senza di lui.

L'annuncio che si tornava a casa era arrivato già da un paio di giorni. Mi ero sforzato di prenderlo nel modo migliore possibile, senza per questo rinunciare a proporre scenari alternativi.

- Non capisco perché tu non stia qui, - dissi a Mauro una sera mentre sorseggiava una delle sue tisane. - In fondo l'istruzione che Katerina può ricevere qui potrebbe essere comunque valida. Specie se rimanete nell'alveo della clinica. Potrei trovare un lavoro qui anch'io. Con tutti gli occidentali che frequentano queste montagne, se aprissi un bar che fa cappuccini come si deve, probabilmente diventerei ricco.

- Ci ho pensato. Però dovrei organizzare meglio la cosa. Far finire l'anno scolastico a Katerina e poi convincere i miei a venire qui. Sono in gamba, ma sono comunque anziani. Non posso togliere loro Katerina. Non posso pensare di averli lontani da lei se dovesse succedermi qualcosa.

Gli avevo dato ragione e l'argomento era stato chiuso. Dentro di me, invece, di chiuso non c'era nulla. Si stavano anzi riaprendo le falle della mia fragile sicurezza. L'idea che di lì a poche ore io e Roan ci saremmo ritrovati in un aeroporto, anche se microscopico come quello di Pokhara, a dieci anni di distanza dalla prima volta, non poteva non far riemergere dalla memoria le immagini e le sensazioni del suo addio, nella sala delle partenze internazionali a Bologna. Come sua abitudine non aveva accennato a voler intavolare discorsi riguardanti il nostro futuro. Come mia abitudine, avrei voluto intavolarli da settimane ma non lo avevo fatto per non forzare il nostro accordo che prevedeva di vivere alla giornata. Il problema era che quella giornata per noi sarebbe però giunta al termine in luoghi diversi. Il nostro trasferimento verso il campo volo di Pokhara sarebbe stato il termine ultimo per capire qualcosa del nostro futuro ed ero intenzionato a giungere a quella scadenza con le idee più chiare. A costo di partire depresso.

La sveglia aveva suonato. Il momento era giunto. Avevamo raccolto, io, Mauro e Katerina, tutti i bagagli nel cortile dell'hotel. Seduti sulle nostre stesse valigie aspettavamo mesti l'arrivo di un mezzo che ci avrebbe condotto all'aeroporto. Roan si era incaricata dell'organizzazione, arrivò di lì a pochi minuti a bordo di un van a nove posti. Mi infilai per primo in auto andando a occupare il sedile dietro all'autista. Mauro e Katerina andarono nei sedili posteriori. Roan salutò il proprietario dell'hotel, disse all'autista che eravamo pronti e fece per accomodarsi al suo fianco. Attirai la sua attenzione e le feci cenno di sedersi accanto a me.

- Preferisco salutarti qui. L'idea di farlo all'aeroporto non mi fa impazzire.

Fece un'espressione vergognosa, capendo a cosa mi riferivo.

- Immagino che tu abbia bene idea di cosa mi stia passando per la mente in questo momento, - le dissi.

- Sì, penso di sì.

- Allora forse immagini anche che non ti chiederò nulla. Se sei preoccupata per questo, stai pure tranquilla, niente scenate. In aeroporto a implorare ci sono già stato una volta, non è servito granché – dissi sorridendo.

- Sì, lo so, - rispose. - Penso anche che sia normale che tu non dica nulla.

- Davvero?

Ero sincero quando dicevo che non l'avrei implorata. Un segno che lei volesse trovare un modo per proseguire la nostra storia, però, avrei tanto voluto vederglielo manifestare.

- Sì, toccherebbe a me, lo so. È che… È così difficile capire se il mio istinto a non mettere radici non si farà più sentire.

Le sue parole furono come una pugnalata in pieno petto. Nulla che non sapessi, già, in effetti. Nulla però che non sperassi fosse superato. Girai il volto verso la strada e stetti in silenzio per un minuto. Roan mi prese la mano. Pensai volesse cavarsela così, dimostrando con quel gesto che era conscia e dispiaciuta di darmi un nuovo dolore. Che non poteva però contrastare la sua natura. In una stretta di mano potevano esserci mille cose. Lei mi stava trasmettendo tutte quelle che non volevo.

Arrivammo all'aeroporto alcuni minuti dopo. Scendemmo tutti dall'auto. Katerina volse lo sguardo alle sue spalle. L'aeroplanino che ci avrebbe portato a Kathmandu era visibile anche da dove avevamo parcheggiato. Venne verso di me e mi abbracciò le gambe.

- Dobbiamo proprio andare via?

Roan era ad un passo da me e vide la scena. Si rabbuiò. Guardò la bimba e le passò la mano tra i capelli senza dire nulla. Mi piegai sulle ginocchia, afferrai le braccia di Katerina con le mie mani.

- Ti stavi abituando a stare senza scuola, eh?

- Sì.

- Ma a parte questo, ti piacerebbe vivere qui?

- Sì.

- Mi sa che lo avevo capito, sai? Però bisogna che torniamo a casa. Ho saputo che i tuoi nonni hanno voglia di vederti. Non vorrai mica lasciarli soli?

- No, - rispose. – Però possiamo farli venire anche loro.

- Facciamo allora che andiamo là e glielo chiediamo, se gli va, ok?

- Sì.

- Però voglio che tu sappia che il motivo principale per cui torniamo a casa è che dobbiamo andare a controllare come è andata la cura che ha fatto tuo padre.

- Ma lui sta bene! E secondo me anche lui vorrebbe stare qui.

- Sì, anche secondo me a lui piacerebbe.

- Tu no?

“Non sai quanto, Trottolina”, avrei voluto dirle.

Guardai Roan, poi di nuovo Katerina.

- Io sto dove ci sei tu e tuo padre, Trottolina – le dissi baciandola in fronte.

- Ok.

- Ok.

Afferrammo le nostre valige e andammo verso l'edificio aeroportuale. Controllarono le nostre carte d'imbarco e i passaporti in modo assai lento e approssimativo. Sbrigate le pratiche, un inserviente ci fece segno che potevamo procedere verso l'aereo. Roan si avvicinò a Mauro, lo abbracciò e gli sussurrò qualcosa nell'orecchio. Katerina andò subito dopo a prendersi il suo saluto. Quando tornò mestamente da suo padre, vidi che aveva gli occhi lucidi. Poi arrivò il mio turno. Mi avvicinai a Roan tirando la fune dell'arpione che dai miei occhi avevo infitto nei suoi. Non le dissi niente, la strinsi a me per imprimermi la forma del suo corpo nella mia carne e nella mia memoria. Con un cenno del capo la salutai.

- Michele, - mi disse quando le avevo già dato le spalle e mosso i primi passi verso l'esterno.

- Dimmi.

- Dammi qualche giorno. E aspettami. Ci voglio provare.

Sorrisi, confuso. Riuscii solo a dire *Ok*.

Riposo, condottiero!

24 Maggio 2006

Appoggiai il polpastrello del mio dito indice sulla sua prima vertebra dorsale. Svettava sulle altre per conformazione e per essere un punto di pelle sgombra da tatuaggi. Fissai con curiosità le linee del Moko che la circondavano, mi accorsi per la prima volta della presenza di un volto. Del fatto che quel punto chiaro, privo d'inchiostro, rappresentasse un occhio. Ci rimasi male. Non averlo notato mi faceva sentire colpevole di disattenzione. Di una mancata venerazione che non si addiceva al mio perenne e reiterato tentativo di memorizzare ogni particolare del corpo di Roan.

Era tornata già da un mese. Viveva a casa mia. La sua villa all'interno del Modena Golf & Country Club, il luogo in cui era stato posato il primo mattone della nostra storia, era stata venduta ormai da anni.

Scesi di una vertebra. Non sapevo nemmeno se avesse già preso sonno. Averla lì a fianco, poterla toccare come fosse un bassorilievo, sentirne il respiro ormai da trenta giorni, aveva qualcosa di sacro. Il ripetersi di un miracolo che appariva tale anche per la modalità con la quale stavano procedendo le cose. Avevo imparato a convivere con la mia paura d'essere abbandonato. Aver già vissuto quel dolore mi dava forza. Sapere a cosa sarei andato incontro nel caso lei avesse preso la via della fuga, riusciva a rendermi fatalista quel tanto che bastava a non soffocarla.

- Non lo avevo notato, - bisbigliai.

- Il viso? – domandò.

- Sì.

- É un po' nascosto, in effetti.

- Ti ricordi come è fatto, anche se non lo vedi mai?

- Oh, sì. Ce l'ho bene in mente. E' un vecchio disegno che rappresenta il volto di un condottiero Maori chiamato Te Pēhi Kupe.

- Ti guarda le spalle?

- Guarda alle mie spalle, più che altro.

- In effetti è strano che una come te, che è andata correndo per tanta parte della sua vita, abbia tatuato un volto rivolto all'indietro.

- Quando sono partita dalla Nuova Zelanda, tanti anni fa, l'ho fatto con la cieca convinzione che hanno solo i giovanissimi. È una convinzione che deriva dalla forza della ribellione. È un'ideologia, più che altro. Però ho sempre avuto una voce che mi diceva che se fossi scappata via avrei poi pagato un prezzo. Che avrei perso qualcosa di importante. Ti ricordi che ti dissi che avevo una fidanzata, quando sono partita?

- Sì. Ricordo che le consigliasti di non aspettarti. Mi colpì molto questa parte del tuo racconto.

- Esatto, andò proprio così. Beh, comunque, quello che volevo dirti è che in quel momento pensavo che la vocina si riferisse a lei. Che mi mettesse in guardia dall'abortire l'embrione di quel rapporto.

- Non era così?

- Forse anche quello. La voce si riferiva a tutto ciò che avrei lasciato indietro di incompiuto, credo. Ma questo non c'entra. Mi sono tatuata il corpo con il racconto della mia discendenza perché volevo portare con me la mia storia. Mi sono tatuata quel volto che guarda all'indietro perché volevo che una parte di me non perdesse mai il contatto con il passato. Il passato che lasciavo man mano, intendo. Tutte le cose, appunto, che non portavo a compimento perché era già ora di cambiare luogo.

Col polpastrello scorsi rapidamente la spina dorsale fino a farmi spazio fra le natiche. Sentendomi in zona, le serrò. Mi feci largo a fatica ed andai a fermarmi con la punta del dito in corrispondenza del suo ano.

- Ti sei parata il culo, insomma. Hai fatto lo strappo senza ammettere di volerlo fare del tutto.

- Una cosa del genere, - rispose dopo un accenno di risata.

Era un mese filato che guardavo quel corpo e non notavo più la sua differenza col passato. Era il corpo della donna che avevo iniziato ad amare, forse, perché icona di tutto ciò che non si sarebbe mai potuto conquistare, ma che avevo continuato ad amare perché affascinato dalla semplicità della sua concezione della vita. A distanza di anni scoprivo che di quella stessa concezione lei non era del tutto convinta. O almeno consapevole. Ma continuavo ad amarla perché la sua visione critica delle proprie scelte la rendeva ora più umana, fallace. Più simile a me. La mia giovanile fascinazione per la sua folle determinazione, per l'anticonformismo, non era più così potente. A quarant'anni era averla accanto, sdraiata, a raccontarmi di sé mentre si faceva accarezzare, che mi dava gioia. Era il fatto di pensare che il suo racconto sarebbe ripreso domani. E domani ancora.

Le accarezzai le reni, sentii che si rilassava ancora più di quanto già con fosse. Mi scostai dal suo fianco, con le gambe ai lati delle sue ginocchia mi posizionai sopra di lei. Giocai con le dita e la sua spina dorsale, percorrendola con due polpastrelli che dall'osso sacro, verso l'alto, seguivano gli avvallamenti delle vertebre intersecando il loro percorso tra esse, cambiandosi di lato. I muscoli della sua schiena si contraevano e distendevano come per trovare la giusta posizione per stirarsi. Ad ogni decontrazione, man mano che mi avvicinavo alle vertebre cervicali, il sue respiro si faceva più profondo.

- Sai cosa mi sta dicendo la faccina lì dietro? – disse.

- Cosa?

- Che un po' mi manca, quello che ho lasciato all'inizio.

- Stai parlando della tua fidanzata? – domandai incredulo.

- Beh, in un certo senso, - rispose maliziosa.

- Ah, ho capito. Sei una maledetta.

- Perché?

- Perché invece di chiedermi di leccarti, di dirmi che hai voglia che ti lecchi, mi dici che ti manca la tua fidanzata lesbica.

- Quindi non mi lecchi?

- Ah, lo ammetti pure?

- Mi lecchi o no?

Non le risposi. Coi pollici allargai le sue natiche fino a quando la vulva si schiuse davanti a me. Posizionai la punta del mio naso sul suo ano e con la punta della lingua iniziai a cercare una strada dentro di lei.

- Il fine giustifica i mezzi, - disse balbettando di piacere.

- Mi stai usando, - commentai ironico.

- È il prezzo che devi pagare per avermi qui.

- Essere il tuo schiavo?

- Essere al mio servizio. Essere sempre eccitato per me.

- Come fai a sapere che sono eccitato? Non puoi vedere.

- Sei perso nel mio sedere. Non me la dai a bere. Sei lì che stai morendo dalla voglia di leccarmi il buco del culo e prepararlo per te.

- Se non la smetti di farmi parlare, non lecco un bel niente.

- Ok, - disse per darmi il via.

Adoravo sentirmi descrivere ciò che lei avrebbe voluto le facessi. Mi eccitava da morire essere certo di darle il piacere che voleva quando lo voleva. Quel tipo di sesso lo avevamo fatto una sola volta. Me la ricordavo bene, quell'occasione. Non perché fosse la mia prima volta, ma per la ragione per cui Roan mi aveva domandato di farlo. *"Ho bisogno di un po' di dolore per credere che tutto questo sia vero"*, mi aveva detto. Non era stato sesso, per me, dopo quella frase. Ero caduto in uno stato di trance indotta dalla felicità di comprendere che il coinvolgimento e la gioia della mia compagna erano così intensi. Poche settimane dopo, però, Roan mi aveva chiesto di fare sesso con un'altra donna affinché potesse avere la prova che il fenomeno dei miei tatuaggi fosse reale. Da lì tutto era precipitato.

Tentai di scacciare quei pensieri. Di scacciare l'idea che un episodio simile avrebbe scatenato la stessa sequela di eventi. Se mi chiedeva di farlo, se lo faceva in quel modo, era perché lei era lì con me totalmente. Solo a questo dovevo pensare.

Sputai sul perineo, col dito indice spalmai la saliva lungo la fessurazione della vagina spingendo il liquido in basso. Voltai il palmo della mano all'insù, con il polpastrello dello stesso dito iniziai a massaggiare ai lati della clitoride picchiettando nel mentre l'ano con la punta della lingua. Sentivo su di essa le contrazioni dello sfintere che si sforzava d'allargarsi per farmi entrare e si stringeva improvvisamente ad ogni sussulto di piacere. Continuai così, superficialmente, per farla eccitare sempre più. Roan conficcò le dita nelle lenzuola, puntò la fronte sul materasso, si sollevò infine appena sulle ginocchia col bacino proteso verso l'alto. Capii che era il segnale, ma non volli farlo così. Volevo vederla in faccia, questa volta. Desideravo mi mostrasse la complessità delle sensazioni che provava nel sentirmi così pienamente dentro di sé. Le andai accanto, supino, e la strattonai con forza fino a farmi cavalcare. Presi l'asta del pene nel mio pugno e la rivolsi dritta verso l'alto.

- Prendimi dentro, - le dissi guardandola fisso negli occhi.

Roan scansò la mia mano dal mio cazzo per sostituirla con la sua. Si abbassò, avvicinò il glande, sentii che lo mise in posizione e con l'altra mano, passando da dietro, tenne le natiche divaricate. Il suo sguardo era perso nel vuoto, visualizzava la scena che stava avvenendo sotto di lei: la cappella che piano piano scompariva dentro di lei, infliggendole le sensazioni che leggevo una per una sul suo volto: totale appartenenza, dolore, immenso piacere. Arrivò a sedersi su di me, respirando intensamente. L'accarezzai sulle guance, sul seno, lungo il costato. Lei oscillava appena il bacino, socchiudendo gli occhi. Li chiuse del tutto, portò due dita alla bocca, le succhiò, iniziò a toccarsi. Ero immobile, estasiato dallo spettacolo. Sentivo il pene infisso dentro di lei, avvolto da lei. Lo sentivo morso alla base, azzannato e rilasciato ad un ritmo impreciso dettato da spasmi. Guardavo la sua fronte imperlarsi di sudore, la bocca mordersi le labbra, le dita della mano accarezzarsi, le sue costole sporgersi all'esterno. La guardai godere, rantolando come non l'avevo mai sentita, inarcò la schiena all'indietro e si accasciò poi di colpo raccolta su se stessa con la fronte sul mio petto. Il mio cazzo venne come espulso, in quella posizione. Roan mi guardò di sghimbescio per verificare che il suo movimento non mi avesse fatto male, poi andò a sedersi sulle mie cosce. Afferrai il mio pene umido. Iniziai a masturbarmi davanti a lei, con forza. Venni in pochi secondi. Roan si gettò allora definitivamente su di me, sullo sperma che mi sporcava la pancia, lunga distesa.

- Cazzo! – disse, sfiancata.

- Già – convenni.

Scoppiò a ridere, di gusto.

- Che sta guardando, adesso, il tuo omino la dietro? – le domandai.

- Credo abbia gli occhi chiusi, in questo momento – rispose tenendo i suoi bene aperti davanti a me.

- Si riposa? Era ora.

- Sì, era ora.

Appoggiò la guancia sul mio petto e si addormentò.

Mission Impossible

25 Maggio 2006

Arrivai all'*Oetsi Tattoo* con quindi minuti di anticipo.

Ero proprio contento di prendere parte alla *"Mission Impossible"* che si sarebbe svolta di lì a pochi minuti. Leggevo la sua richiesta di avermi al suo fianco come la prova che il mio comportamento nei suoi confronti era stato apprezzato. Sarei entrato, avremmo definito le ultime strategie, scelto le parole, sincronizzato le risposte. Poi saremmo partiti alla volta dell'abitazione dei suoi genitori, dove questi ci attendevano per non meglio specificate comunicazioni. Più che di comunicazioni, in effetti, si sarebbe trattato di proposte, una in particolare: mollare tutto e andare a vivere a Pokhara. Mauro l'avrebbe presentata saltellando su un piede solo, chiudendo gli occhi e camminando su una linea retta immaginaria, toccandosi infine il naso con la punta di un dito. Qualunque acrobazia per dimostrare l'efficacia della cura del dott. Maharjan. Avrebbe mostrato le foto di Katerina saltellante su per i monti a giocare con i portatori, correre attorno al lago. Primi piani delle sue risate di felicità che non potevano che sortire l'effetto desiderato.

- Fammi un ripasso di come pensi di affrontare la cosa. La tua prima frase, ad esempio. Così mi sintonizzo.

- Loro non hanno ancora visto la risonanza di un mese fa. Pensavo di partire con quella.

- Quella che hai fatto al rientro in Italia?

- Sì.

- Perché non gliel'hai fatta vedere? Diceva che l'edema stava regredendo, non capisco.

- Non volevo che si facessero illusioni. E poi me l'ero tenuta per questo momento, nel caso fosse arrivato.

- Beh, che dire? Ben fatto.

- Gliela faccio vedere e poi gli spiego un po' la terapia del dott. Maharjan, che dici?

- Boh, non so. Se gli dici che bevi tisane e ti fai le canne per un tumore al cervello non so come possano prenderla.

- Ma non bevo solo tisane!

- Beh, vedi di metterla giù nel modo giusto. Ricordati che non hanno trent'anni.

- Mmm… Ok, gli dico genericamente che ho iniziato una terapia con un medico nepalese.

- Meglio.

- E poi vediamo come reagiscono. Metti che siano loro a dirmi di tornare là…

- Dici che potrebbe succedere?

- Se mia figlia fosse malata e mi dicesse le cose che sto per dire io a loro, certo.

- Un conto è che ti dicano di tornare là, un altro è che prendano armi e bagagli pure loro per andare a vivere ai piedi dell'Himalaya!

- Cazzo, a Modena d'estate c'è più umido che in un hamman di Marrakesh, d'inverno c'è più freddo che in Antartide... Io spero basti questo a convincerli che ci sono luoghi migliori per passare gli ultimi anni della loro vita!

- Se glielo dici così ce la puoi fare, - commentai convinto.

- Glielo dirò così.

- Ottimo, possiamo andare, allora?

Mauro si mise a fissare la busta che aveva sul tavolo di fianco a lui. Era una di quelle buste da referto radiologico e conteneva le lastre della TAC e il compact disc con le immagini della risonanza magnetica.

- Mauro?

Non rispose, sempre immobile col capo chino verso il tavolo.

- Mauro, che c'è? Non sei più convinto di fargli vedere la risonanza?

- Sì, - rispose.

- E allora prendila che andiamo.

Ancora silenzio. Mi avvicinai a lui.

- Non ci riesco, - mi disse.

Non capii a cosa si riferisse fino a quando non piegai la testa e notai lo sguardo spaventato nei suoi occhi. Poi vidi la mano destra. Il suo pollice sfregava ritmicamente sul lato dell'indice come per far schioccare le dita, ma senza produrre alcun rumore. Era una sorta di spasmo che non poteva essere volontario.

- Non riesco a muovermi! – disse con voce debole, ma agitata.

- Mauro, stai tranquillo, è la tensione che ti sta giocando un brutto scherzo.

- Non è la tensione. Non riesco a controllare gli arti.

Gli andai di fronte per tranquillizzarlo, ma scomparì dalla mia vista. Mi sfilò davanti, verso il basso. Guardai ai miei piedi. Era inginocchiato, la testa rivolta all'indietro e gli occhi bianchi, spalancati e privi di pupilla.

- Mauro, cazzo!

Feci per afferragli le spalle, ma arrivai tardi anche questa volta. Si piegò di lato e finì a terra, tremante. La saliva cominciò ad accumularsi nella sua bocca. Non sapevo un accidente di crisi epilettiche, ma quella ne aveva tutta l'aria. Non sapevo come comportarmi, se lasciare che passasse, se adoperarmi per evitare che si soffocasse con la saliva o con la lingua. Ero pietrificato dalla paura e dalla mia ignoranza. Nel frattempo Mauro era in preda a convulsioni sempre più forti. Il suo sguardo bianco e le palle dei suoi bulbi oculari che sembravano in procinto di schizzare via dall'orbita accentuavano la mia indecisione e contribuivano a bloccarmi. Poi vidi un pezzo di lingua far capolino tra le bolle di bava e i denti che sembravano azzannarla. Pensai che se la sarebbe mozzata e questo mi aiutò a sbloccarmi. Provai ad infilare due dita per ogni mano tra i suoi denti. Ci riuscii a malapena con grosso sforzo. La lingua era segnata di sangue ma non era recisa. Lottai ancora contro la forza bruta della sua mandibola e con le dita doloranti riuscii a spalancargliela. Stetti così per qualche secondo che mi sembrò eterno, con la sua testa che, ancorata per la bocca alle mie dita, sballottava con violenza da una parte all'altra.

Poi tutto finì, in un baleno.

La forza sovrumana si spense all'improvviso e Mauro si accasciò privo di sensi sulle mie ginocchia. Lo chiamai, senza ottenere risposta. Cercai di fare mente locale, di ritrovare un poco di lucidità. L'ospedale era abbastanza lontano, ma la mia auto era parcheggiata proprio di fronte al negozio. Lo afferrai per i piedi, lo trascinai verso l'uscita. Corsi poi ad aprire la portiera dell'auto. Tornai all'interno del negozio e sollevai il suo corpo. Mi sembrò un fuscello. Non so se per la magrezza degli ultimi mesi o per via della paura che mi rendeva forte. Mi feci aiutare da un passante e lo sistemai sul sedile del passeggero, bloccai la cintura di sicurezza e poi mi misi alla guida, avvisando il 118 del mio arrivo al pronto soccorso.

Relatività

25 Maggio 2006

- Non ne ha fatta una giusta.

Questo mi disse un infermiere trenta minuti dopo il mio ingresso al pronto soccorso. Era uscito dall'ambulatorio in cui avevano portato Mauro per una prima osservazione. Da lì non lo avevo ancora visto uscire.

Mentre mi guardavo le mani ferite dai suoi denti, seduto in sala d'aspetto, la voce decisa ma compassionevole di quel ragazzo continuò a spiegarmi le procedure che avrei dovuto seguire, a dirmi quanto ero stato fortunato di non avere quattro falangi dentro allo stomaco del mio amico.

- Ho peggiorato la situazione? – domandai.

- Grazie, può andare – disse una voce alle mie spalle.

Nella stanza era entrato il neurologo che avevo conosciuto assieme a Mauro quando aveva avuto la prima crisi. Congedò l'infermiere con quella frase, piuttosto stizzito.

- Signor?

- Licometti.

- Signor Licometti, non deve colpevolizzarsi per nulla. Il ragazzo non è stato molto cortese. Inoltre quello che ha detto, che è sostanzialmente vero, sarebbe stato al limite a suo vantaggio, non certo del suo amico. Ha rischiato di farsi mozzare le dita, ma il suo intervento non ha peggiorato o migliorato il quadro clinico generale.

- Quadro clinico che è? – domandai ringraziandolo nel mentre con un cenno del capo.

- È quello di sempre. Né più né meno quello di quando ci siamo visti la prima volta.

- Non capisco. La chemio, la terapia del dott. Maharjan, non sono servite a nulla? Mi era sembrato di capire che il tumore fosse regredito.

- Sig. Licometti, quel tipo di tumore lascia un anno di vita, statisticamente. È fra i più aggressivi e letali. In alcuni casi, come quello del suo amico, la posizione del tumore lo rende operabile, ma la probabilità di recidiva è statisticamente del novantasette percento. Lei capisce che quando siete venuti da me e si era accertata la recidiva in una zona del cervello non operabile, il dado era ormai stato tratto.

- Mi scusi. Le sembrerò infantile, forse, ma c'è una cosa che non ho capito. Secondo lei il mio amico era al corrente di tutto questo?

- Certo. Ne abbiamo parlato in modo approfondito anche una settimana dopo la vostra visita. Abbiamo discusso sull'opportunità di proseguire o meno la terapia farmacologica. I pro e i contro, insomma, di qualcosa che poteva dare qualche settimana di vita in più rendendola al contempo poco piacevole.

Lo guardavo come avrei guardato Einstein spiegarmi la teoria della relatività.

- Siamo stati in Nepal a fare una terapia. E lui stava meglio. Non sono sicuro di capire.

- Sì, mi ha parlato di questa cosa. Conosco i principi alla base di quella cura. In effetti si possono ottenere risultati interessanti in termini neurologici e di controllo del dolore utilizzando certi decotti e certi derivati della cannabis, ma a quello stadio della malattia stiamo comunque parlando di miglioramento della qualità degli ultimi giorni rimasti, non di altro.

- Me l'ha proprio data a bere, insomma.

- Le ha fatto credere che stesse guarendo?

- Se le cose stanno come dice lei, sì. O magari ci ha sperato davvero, per un attimo. Non saprei. Temo però, conoscendolo, che il piano fosse ben altro. Comunque la ringrazio. È stato gentile a spiegarmi come stanno davvero le cose. Lo ha visitato, adesso?

- Sì, vengo appunto da lì.

- Posso allora domandarle quanto gli resta?

- Potrebbe accadere fra dieci minuti come fra un mese. Ma è ragionevole pensare che tempo una settimana o dieci giorni le sue funzioni motorie e la sua capacità di comunicare verranno pian piano compromesse e che poco dopo, non appena l'edema premerà sui centri della respirazione, sopraggiungerà la morte.

- La teoria della relatività sarebbe stata più semplice.

- Mi scusi?

- Lasci perdere, un pensiero idiota ad alta voce. Volevo solo dire che è difficile mandare giù la cosa.

- La lascio solo, adesso. Cerchi di raccogliere le idee e vada a salutare il suo amico, se riesce.

- È cosciente?

- Sì, sta benissimo, adesso, se così si può dire. Ma visto che citava la relatività, immagino che capisca cosa intendo. Lo stiamo idratando, proteggendo dagli attacchi epilettici che sono dovuti al tumore e stiamo contenendo l'estensione dell'edema col cortisone.

- D'accordo. Grazie.

Mi salutò con la mano e uscì dalla stanza.

Ultimi divertimenti

25 Maggio 2006

Mi sedetti sulla sedia accanto al letto.

Mauro stava leggendo una rivista. Supposi l'avesse presa dal compagno di stanza, un signore che scatarrava dietro una tenda a due metri di distanza. Come facesse a trovare la forza di leggere, ancora me lo domando. A parte lo sguardo veloce che mi aveva rivolto quando ero entrato, non mi prestava attenzione. Lo fissai cercando di entrare nella sua testa, d'immaginarne lo stato d'animo. Quello di quel momento e quello dell'ultimo anno.

Mi risultava difficile credere che il viaggio in Nepal non fosse stato accompagnato da una reale speranza, che lo scopo di quella trasferta fosse stato ben altro. Essere stato una pedina nella sua mano, una pedina che peraltro aveva compiuto ogni mossa in modo tanto puntuale quanto inconsapevole, cozzava, nella mia testa, con l'immagine che avevo davanti, che era quella di un uomo con un'aspettativa di vita di massimo un mese che avrebbe dovuto avere la testa in stato di completa confusione e prostrazione. Se pensavo alle tappe principali delle ultime settimane, ai passi percorsi assieme a Mauro dal momento in cui aveva annunciato la sua fasulla partenza per Los Angeles sino ai progetti di poche ore prima, il suo piano mi appariva chiaro. Era il gioco dei puntini numerati, che avevo davanti agli occhi della mia mente. Una serie di puntini numerati e Mauro che li univa con la penna dando vita ad una architettura di possente lungimiranza. Aveva dapprima creato confidenza fra me e Katerina. Poi mi aveva tatuato intuendo che quello sarebbe stato il passaggio chiave di un possibile ricongiungimento con Roan. Ora che tutto era andato a buon fine, secondo previsioni, eccolo lì sereno a sfogliare una rivista in attesa della fine. Troppo semplice per essere vero. Troppo lineare per essere stato pensato da uno che stava per morire. Troppo assurdo pensare che proprio a me, seppur affiancato da Roan, lui avesse desiderato affidare il compito di allevare una figlia.

- Che leggi?

- Era lì sulla sedia e m'è caduto l'occhio. C'è un articolo sul Nepal, pensa un po'! Ci stavo giusto pensando.

- Al Nepal?

- Sì.

- Già. Pare proprio che la tua idea di trasferirci tutti non sia realizzabile…

- Che cosa ti ha detto il neurologo? – domandai per cercare di capire quanto quel medico fosse stato sincero con lui.

- Che è meglio se ci salutiamo oggi perché da domani potrei già far fatica a sventolare il fazzoletto. Con te è stato più brutale?

Accennai un sorriso amaro.

- No, anzi. È stato cortese. Ha addirittura evitato di prendermi per il culo per la storia della pisciata sui sedili della mia auto.

- E dire che lo avevo pregato di farlo! Si vede che avrà visto questa tua faccia da cane bastonato e si sarà impietosito.

- Può essere, - commentai abbassando lo sguardo.

Non sapevo se fargli la domanda tale e quale a come era formulata nella mia mente: *"Desideri davvero che mi prenda cura di Katerina assieme a Roan?"*. Mi sembrava un sopruso anche il semplice fatto di averla in testa. Il compito sarebbe spettato alla madre, o meglio ancora ai nonni, per quanto anziani. Se si fosse trattato di una mia idea balorda, lo avrei costretto a ridermi in faccia dandomi dell'idiota per l'ennesima volta. Magari non era quello il modo in cui aveva voglia di salutarmi. Qualcosa mi diceva inoltre che non me lo avrebbe mai detto esplicitamente. Avesse voluto, lo avrebbe fatto da tempo. La situazione era però troppo delicata perché quel dubbio potesse rimanere tale. Se quelle erano le sue ultime volontà, dovevo saperlo in modo inequivocabile.

- Non ti ho mai ringraziato per avermi fatto il tatuaggio maori, - dissi per cercare di avere la mia risposta in modo indiretto.

- Sei felice di avere un mio ricordo sulla pelle?

- Anche. Mi riferivo più che altro al fatto che senza quel tatuaggio Roan non sarebbe qui.

- In che senso?

Questa era la risposta che mi aspettavo. La negazione completa della sua responsabilità per me corrispondeva all'esatto contrario.

- Ha pensato che fosse un segno del destino, che solo quel tatuaggio non fosse scomparso.

- Cioè che tutte le donne del tuo passato non contavano nulla e invece lei sì?

- Esatto.

- Boh, sarebbero dovute bastare le tue parole, non credi?

- È quel che le ho detto anche io, ma tant'è…

- Se sei contento, che ti devo dire? Meglio così. Però francamente io il tatuaggio te l'ho fatto perché volevo vendicarmi per quanto eri stato stronzo.

- Mi avevi detto che era perché mi ricordassi per sempre delle due persone con cui avrei passato la vacanza più bella della mia vita.

- Mentivo.

- Sei bravo in questo, - commentai guardandolo in modo che capisse che non credevo ad una parola.

- In effetti ho molti talenti, - rispose. – O meglio… Avevo molti talenti. Comunque ora che il tatuaggio ce l'hai e la situazione è andata com'è andata, devi farmi una promessa.

- Dimmi.

- Che lo farai vedere a Katerina ogni volta che te lo chiederà. In fondo sei la mia sola *"opera"* di sua conoscenza…

- Mi stai chiedendo di spogliarmi davanti a tua figlia?

- Dalla cintola in sù. O verrò a infestarti la casa di fantasmi.

- D'accordo, - risposi sorridendo. – Te lo prometto.

- Bene. Ora penso che dormirò un po'. Questa roba mi sta rincoglionendo.

- Ok, ti lascio riposare. Però anche tu devi promettermi una cosa.

- Non ci contare.

Ignorai la sua sbruffonaggine.

- Qualunque cosa ti venga in mente, in questi giorni, qualunque pensiero, idea balzana o sotterfugio ti sovvenga di mettere in piedi per farmi fare chissà che cosa, parlamene. Domanda. Spiega. Vedrai che otterrai comunque il risultato.

Abbassò lo sguardo verso l'articolo della rivista e sorrise appena.

- Come ti stavo appunto dicendo…

- Non ci devo contare.

- Esatto.

- E perché?

- Non sarebbe così divertente, Viso Pallido, - rispose.

Alzò le sopracciglia e mi fece l'occhiolino.

Miracoli cercansi

8 Giugno 2006

Roan inarcò la schiena ed assaporò il suo orgasmo.

Eravamo entrambi seduti, l'una sull'altro. Io dentro di lei, stretto a lei.

Ero finito su quel divano appena arrivato a casa, come se a buttarmi fra le sue braccia fosse stato lo slancio con il quale ero scappato dalla camera d'ospedale di Mauro. C'ero rimasto tutta la mattina ed era stata forse la mattina più difficile della mia vita. Solo molti anni addietro, nel momento in cui mi ero svegliato dallo svenimento causato dalla scoperta del mio primo tatuaggio, avevo provato una sensazione mista di rabbia e d'impotenza che aveva qualcosa in comune con ciò che avevo dovuto fronteggiare solo due ore prima di fare l'amore con Roan.

Già, l'amore con Roan. Cosa di più inappropriato poteva apparentemente esserci, nel mio comportamento, che scopare sul divano di casa? Cosa di più ordinario poteva stridere con l'eccezionalità e la gravità della situazione? Eppure mi capivo e mi giustificavo, sentivo che lo stesso Mauro mi avrebbe dato la sua benedizione. Perché da solo non potevo farcela a tenermi dentro le sue parole di quella mattina e il sesso con Roan non era sesso, era una fusione per appropriarmi del suo sostegno, della sua forza e del suo coraggio.

- Mi ha chiesto se lo aiuto a morire, - dissi sottovoce direttamente nell'orecchio di Roan, mentre il mio cazzo s'ammorbidiva dentro di lei e il suo volto stanco si riposava sulla mia spalla.

Piegò la testa all'indietro, l'appoggiò tra la mia guancia e la spalla, per riuscire ad intravedere il mio viso.

- Non sai quante volte ci ho pensato, in questi giorni, che potesse succedere, – ricominciai a sfogarmi. - Solo quando me lo ha chiesto, però, ho capito che non pensavo davvero che sarebbe successo. Mi sono detto che se fossi stato di fianco a lui e lo avessi visto smettere di respirare, avrei fatto finta di nulla, avrei aspettato di essere sicuro che se ne fosse andato, e poi avrei chiamato gli infermieri. In modo che non ci fosse modo di provare a rianimarlo. Ma questo è diverso.

Roan si divincolò dal mio abbraccio. Lo fece in modo che capissi che non lo faceva perché imbarazzata a stare uniti in quel modo mentre parlavamo di Mauro, ma perché voleva avermi di fronte e condividere con me le emozioni anche attraverso gli sguardi.

Si alzò in piedi di fronte al divano e si toccò le ginocchia che erano state a lungo piegate.

"Quanto sei bella", dissi, o forse solo pensai. Guardavo il suo corpo e sentivo che stavo proiettando in esso e in lei tutte le mie emozioni di quel momento. Non volevo smettere di guardarlo perché per me era icona della bellezza e del desiderio. Queste due cose rappresentavano il senso del vivere, e vivere, in un momento in cui il mio migliore amico mi domandava di smettere di farlo, era ciò che mi sembrava avesse maggior valore. Volevo quel corpo accanto per sentirne il calore, per immagazzinare una sensazione di compagnia che non solo mi sarebbe stato necessario trasmettere a mia volta a Mauro, ma, egoisticamente, mi faceva sentire lontano dalla sua condizione, vivo. Per la prima volta in età adulta, decenni dopo i primi pensieri giovanili più legati alla scoperta di sé che alla vera consapevolezza del ciclo della vita, avevo paura di morire. E di essere solo, quando sarebbe successo.

- Vieni qui, per favore, - dissi a Roan, invitandola a stendersi di fianco a me sul divano.

Presi il panno che stava sul ripiano accanto, quando fummo entrambi sdraiati coprii i nostri corpi. Non avevo avuto un orgasmo e la sensazione di desiderio inappagato, che si faceva sentire ancora di più ora che tutto il corpo di Roan aderiva al mio e la mia mano destra ne poteva percorrere le forme, mi teneva maggiormente aggrappato a lei, a tutto ciò che significava vivere. Essere curiosi, famelici, alla continua ricerca del completamento di sé.

- Che cosa gli hai risposto?

- Che mi ero posto il problema prima che me lo chiedesse, ma che ci avrei pensato oggi e gli avrei risposto domani.

- E cosa pensi?

- Penso che sia squallido che nel momento in cui deciderò di fare quello che mi ha chiesto, (e so che deciderò di farlo perché è quello che penso sia giusto e perché lo stesso chiederei a lui o a te se fossi al suo posto), invece di concentrarmi su di lui, capire come entrare ancora più in contatto con lui e essergli ancor più vicino, dovrò invece preoccuparmi di dettagli tecnici come per esempio non finire in galera.

- So che è facile dire queste cose quando non si è i diretti interessati, ma penso che tu debba fregartene, se quella è la tua opinione.

- Fregarmene? Non ho mai fatto niente per lui in tutta la vita e adesso che mi chiede questo favore dovrei fregarmene?

- Non hai capito! Devi fregartene delle conseguenze se sei convinto che quella sia la scelta giusta, - spiegò meglio. - E comunque fino a che è cosciente puoi procurargli qualcosa da mandare giù e lui lo farà se e quando crede.

- Stamattina faceva già fatica a muovere le braccia. I medici hanno detto che l'edema sta toccando i centri del movimento. E anche la deglutizione è difficile. Se gli dessi qualcosa anche sciolto nell'acqua rischierei di farglielo andare di traverso.

- Mmmm - commentò Roan, dubbiosa.

- Tu lo faresti?

- No, - rispose decisa. - Io non lo farei, ma ti appoggerei se decidessi di farlo. Soprattutto perché è lui a chiedertelo.

- Perché tu non lo faresti?

- Sono opinioni che lasciano il tempo che trovano, lo sai vero? Nel senso che fino a che non ci sei tu, nei panni del malato, non puoi davvero sapere cosa si prova, da cosa è mosso il desiderio di morire. Se dal fatto che non si sopporta il dolore. O la vergogna di una situazione che non è più dignitosa, o da un estremo gesto di altruismo, per evitare la pena a chi ti sta attorno.

- O da chissà cos'altro, - conclusi, sconsolato.

- Appunto.

- E allora cosa faresti? Staresti lì a fargli compagnia e basta? I medici hanno detto che non ci sono più speranze. Che è questione di giorni e che potrebbero essere penosi.

- Di solito si pensa che chi non ha il tempo per rendersi conto che sta per morire, per esempio uno a cui arriva una pallottola vagante in testa, sia fortunato. Sì, può essere. Io però non la penso così. Si ha solo un'opportunità di viversi il trapasso. Di capire che il percorso è terminato. E se siamo mortali è perché nel disegno generale c'era scritto che dovessimo goderci la vita, ma anche la morte.

- Dovrei magari parlagli di questo? Di assaporarsi la morte?

- No, penso che lo capisca da solo. Però tu puoi stare lì a fargli compagnia e intanto puoi sperare in un miracolo.

- I miracoli non esistono, - obiettai stancamente.

- Disse quello a cui appaiono tatuaggi sulla pelle... - chiosò sarcasticamente Roan.

Sorrisi.

- Ricapitoliamo, - dissi approfittando della sua battuta per sdrammatizzare, - mi sproni a vestire i panni del Dr. Morte, mi confessi che tu, la tua morte te la guarderesti con gli occhialini 3D, condisci il tutto col consiglio di aspettare il miracolo… Se speravo di chiarirmi le idee parlandoti, sono proprio cascato male!

Roan mi baciò il naso, teneramente.

- Tu mi hai chiesto un'opinione, ma lo sai benissimo, se no non me l'avresti chiesta, che la decisione non è facile e che appena pendi per una soluzione, ti vengono subito mille dubbi che sia quella sbagliata. Premesso questo…

- Dimmi.

- Premesso questo, lasciando perdere il miracolo al quale mi sembra di capire che non vuoi credere, io credo che tu non possa sbagliare, perché se deciderai di fare quello che ti chiede il tuo amico, lui ti sarà grato, se invece deciderai di non farlo, lui capirà quanto gli vuoi bene e ti sarà grato comunque. Sta morendo, Michele. Se al suo fianco ci sarà un amico, la figlia e altre persone che gli vogliono bene, sono sicura che minuti in più di vita, per quanto dolorosi o penosi possano essere, non potranno fargli schifo.

Forse era davvero quello che avevo bisogno di sentirmi dire. Che non potevo sbagliare proprio perché era la dimensione enorme del problema che rendeva piccole le differenze tra decisioni così apparentemente diverse.

Chiusi gli occhi e provai a rilassarmi accarezzando il fianco e la coscia di Roan e perdendomi, come spesso mi era capitato di fare in passato, nel seguire coi polpastrelli le quasi impercettibili cicatrici dei suoi tatuaggi. Ma quel corpo era una calamita per la voracità delle mie mani che non avrebbero mai smesso di esplorarlo, spaventate com'erano dal fatto che esso potesse di nuovo scomparire da un giorno all'altro. Ben presto, partita dalle mani, la soddisfazione di quel tocco arrivò al mio inguine, ancora insaziato.

Roan percepì il movimento e andò a salutare il mio cazzo redivivo con la sua mano.

Aprii gli occhi per un istante, appena il necessario per vedere il suo sorriso immergersi sornione sotto al panno, avvertire la lingua sul glande e sentire la sua voce ovattata preannunciare a suo modo l'arrivo di un bel pompino.

- Vedi che i miracoli accadono?

Un giorno per vivere, uno per morire

9 Giugno 2006

- È la prima volta che ti tocca fare qualcosa per me e... - disse Mauro con un filo di voce.

Aggrottai le ciglia affinché non lasciasse in sospeso quel *"e..."*, e terminasse la frase.

- ...e sei anche fortunato che non sarà per molto, - concluse.

Tenne gli occhi sbarrati per qualche secondo. Era facile capire lo sforzo che gli costava, ma pur di vedere la mia reazione alla sua provocazione, si produceva in quella fatica che gli faceva assumere un'aria ebete, che tutto raccontava di lui tranne la verità.

Pensai che fossimo davvero fatti di chimica, e che, fottuta quella, si fottesse pure l'anima.

La sua anima era in lui, in quel momento, anche se faceva fatica ad emergere. Ma l'avevo visto senza di essa solo pochi giorni prima, durante la crisi, e così lo avrei presumibilmente visto sempre più spesso nei giorni a venire: un corpo che non conteneva più la persona che conoscevo. I movimenti erano diventati rari e torpidi. Non gli vedevo spostare le gambe già da una settimana. Di tanto in tanto lo osservavo spalancare gli occhi e concentrarsi per portare la mano sul pene. Abbassavo lo sguardo per non imbarazzarlo, ma sapevo bene cosa stava facendo. Controllava con grande sforzo che il catetere fosse al suo posto, quindi chiudeva gli occhi e si abbandonava a una lunga pisciata. Aveva fatto lo sbruffone come al solito, in quell'occasione, ma immaginavo che essersela fatta addosso nella mia auto lo avesse riempito di vergogna. Non voleva rischiare di subire una nuova umiliazione.

- Non è vero. Ho sempre fatto qualcosa per te, - mi difesi quando le sue palpebre cedettero. Per proseguire aspettai che con un cenno qualunque mi manifestasse di aver ascoltato la mia affermazione e fosse curioso di conoscerne il seguito. Vidi le sopracciglia andare verso l'alto, come a dire che stavo dicendo stronzate e quello mi bastò.

- Ho sempre pensato che sotto sotto tu fossi un insicuro. Secondo me, se tu non avessi avuto me come punto di riferimento, non avresti saputo con altrettanta certezza cosa fare della tua vita, - dissi osando un'ironia che non ero sicuro potesse cogliere.

Un colpo di tosse causato dall'impulso alla risata, però, mi rassicurò.

- Facendo il contrario? - domandò strascicando le sillabe.

- Ovviamente, - confermai.

Lui aprì gli occhi per un istante, giusto il tempo perché potessimo scambiarci un sorriso. Il suo, di sorriso, per mandarmi amichevolmente a cagare.

- Certo che c'era da aspettarselo, - disse ancora.

- Non parlare, che ti stanchi, - lo sgridai.

- Cosa c'era da aspettarsi? - domandai rassegnato quando in risposta alla mia raccomandazione lui alzò il dito medio.

- Che quella medicina… Quel concentrato di canne… non avrebbe funzionato…

- Perché?

- Ero troppo abituato! - rispose ridendo solo con una strizzata agli occhi chiusi.

La porta della stanza si socchiuse ed i capelli, la fronte e gli occhi di Roan fecero lentamente la loro comparsa. Fu una fortuna, perché sentire Mauro fare ironia sulla sua morte mi sembrava un gesto estremo di cortesia nei miei confronti, più che di esorcizzazione della sua paura. Se non fossi stato distratto mi sarei messo a piangere davanti a lui. Con un cenno del mento Roan mi domandò come stessero andando le cose e io con un altro l'invitai ad entrare. La guardai e la vidi fare l'occhiolino a Mauro, che evidentemente doveva aver aperto gli occhi per un altro secondo.

- Hai pensato a quella cosa? - mi chiese Mauro piegando la testa verso di me.

Aveva visto Roan entrare ed aveva deciso che fosse quello il momento adatto per avere la risposta alla domanda che mi aveva fatto il giorno prima. Me ne domandai il motivo. Forse immaginava che io avessi cercato nel dialogo con Roan la forza per dare a me stesso quella risposta ed avessi conseguentemente bisogno di lei al fianco per comunicarla. Forse, per evitare che io cercassi di farlo recedere dai suoi propositi, mi costringeva a dargli una risposta secca, un sì o un no, per via della presenza di una persona che lui riteneva ignara della cosa.

Sentivo gli occhi di Roan puntati su di me. Sulla mia bocca che faticava ad aprirsi per articolare parole. Lei accennò ad un "*sì*" con la testa per invitarmi a parlare. Era ciò che avrei fatto io con lei, del resto, a parti invertite. Sentivo che mi era solidale al cento per cento anche se a quel proposito lei non la pensava come me e Mauro. Mi aveva detto la sua opinione, ma ora che avevo preso la mia decisione e che questa coincideva con il desiderio di Mauro, era come se lei fosse concorde. Tra noi in quel momento c'era solo una differenza: il fatto che la mano che lo avrebbe aiutato a morire sarebbe stata la mia e non la sua.

- Sì, ci ho pensato, - riuscii finalmente a dire, - devi solo dirmi quando.

Fu più facile di quanto avessi pensato. Confesso che mi sentii perfino eroico nell'averlo detto, nell'accettare quella sfida che avrebbe rischiato di farmi finire sulle prime pagine dei giornali, se non in galera. Arrivai persino a pensare *Chissà quante copie venderà il mio libro, se la cosa si viene a sapere.* Poi per fortuna, guardando il volto di Mauro distendersi dallo sforzo di concentrazione che gli era costato nel fare la domanda e attendere la risposta, capii che forse ero anche un uomo di merda ad avere una mente che partoriva simili pensieri, ma che indipendentemente da quello, mi apprestavo certamente a fare ciò che era giusto.

- Katerina, - sussurrò Mauro.

- Pensavo di portarla qui più tardi, - dissi.

- Domani, - continuò.

- Vuoi che te la porti domani?

- No, va bene oggi. Domani il resto.

Non avrebbe potuto essere più chiaro. Voleva un giorno ancora per vivere e uno per morire.

La cicatrice bella

9 Giugno 2006

Lasciai Katerina in corridoio, assieme al nonno, ed entrai nella stanza.

Il tempo aveva accelerato. La situazione mi parve precipitata. Mauro aveva la bocca aperta e il respiro pesante. Avrei giurato fosse caduto in coma. Poi, nel sedermi, spostai la sedia che urtò il comodino del letto e il rumore lo svegliò. La bocca si ricompose e il respirò tornò quasi normale. Presi una garza e la bagnai d'acqua, strizzai qualche goccia sulla sua lingua e passai poi il tessuto umido sull'interno delle sue labbra, per pulirle dalle piccole incrostazioni che si erano formate durante il sonno a bocca aperta. Era sudato. Gli misi la mano sulla fronte. Scottava. Sollevai la parrucca. Si era legato a coda di cavallo i capelli posticci e si era raccomandato con me e con gli infermieri che non la levassero per nessun motivo. Con un'altra garza umida gli asciugai la fronte e rimisi i capelli a posto.

- Ti rendo presentabile a tua figlia.

Sbatté le palpebre.

- Riesci a dirle qualcosa?

Spostò le pupille verso di me. Lo sguardo appariva strano, circondato da quel volto quasi inespressivo. Qualche secondo dopo una lacrima cadde dall'occhio sul mio lato.

- No, - bisbigliò.

- Allora senti che cosa facciamo: io le dico che ti hanno appena dato un sonnifero. Che stai per addormentarti. La faccio entrare così lei ti saluta ma non si aspetta di fare chissà quale chiacchierata. Okkei?

Sbatté le palpebre di nuovo, per darmi il suo assenso. Mi alzai dalla sedia, mi fermai davanti alla porta della stanza per un attimo, passai le mani sul mio volto, respirai ed uscii con l'espressione più distesa possibile.

Raccontai la frottola a Katerina e non dissi nulla di diverso al padre di Mauro. Li invitai ad entrare prima che lui si addormentasse e attesi in corridoio il loro ritorno.

Ci volle un po'. Pensai più volte di entrare e davanti al lui, davanti a loro, confessare quali erano i piani, gridare *"prendetevi tutto il tempo che volete perché domani sarà tutto finito"*, ma sapevo che non mi era permesso. Avevo trascorso le ore tra le due visite all'ospedale ad un internet café a completare una transazione che con sorprendente facilità mi avrebbe fatto arrivare dalla Svizzera, direttamente a casa in ventiquattro ore, il flacone necessario ai miei scopi. Essere l'unico a sapere di quel flacone in viaggio proprio in quel momento, mentre padre e figlia cercavano di massimizzare il tempo rimasto, mi sembrava l'unico vero reato che stavo compiendo.

Un infermiere arrivò per le medicazioni. Invitò tutti ad uscire dalla stanza. Lui stesso entrò ed uscì un paio di volte coi ricambi per le flebo.

- Sei riuscita a dirgli ciao? – domandai a Katerina.

- Sì.

- Bene.

- Gli ho fatto vedere questo, - disse scoprendosi il braccio sinistro dalla manica della camicetta a fiorellini. Era tatuato di fresco.

- Ti sei tatuata? – domandai sbigottito.

- Sì.

- Ma chi te lo ha fatto?

- Io.

- Te lo sei fatta da sola?

- Sì. Mi ha insegnato papà.

- Hai deciso che da grande vuoi fare il suo lavoro?

- No, però volevo fargli vedere la mia cicatrice.

- Scusa?

- Mio figlio, - intervenne il nonno, - dice sempre una cosa: che lui aiuta le persone a mostrare le loro cicatrici dell'anima. È questo che volevi dire, tesoro?

- Sì.

- Spiegate anche a me? – implorai rivolto al più anziano fra i due.

- Dice che le persone cercano sempre di nascondere quelle che ritengono le loro debolezze. Che queste debolezze derivano dalle esperienze della vita, che sono ferite dell'anima che si curano, ma che lasciano cicatrici. Che poche persone hanno il coraggio di mostrare al mondo queste cicatrici perché raccontano sbagli, amori perduti, sofferenze. Con i tatuaggi lui aiuta quelle persone che hanno il coraggio di mostrare chi sono davvero.

- Non me l'hai mai detta, questa sua teoria, - commentai sorpreso. – E dire che avrei avuto argomentazioni in merito...

- Lui dice che tu non ce l'hai mai avuto quel coraggio, - aggiunse la piccola bocca della verità.

- Dice così?

- Che non ce l'hai avuto fino a qaulche tempo fa, quando gli hai chiesto il disegno che hai lì, - concluse indicandomi il petto. Ero stato io a domandargli di farmi il tatuaggio, questa era la versione che le aveva dato.

- E così hai voluto fargli vedere che tu sei coraggiosa?

- Sì, però io non ho ancora le cicatrici brutte, sono troppo piccola. Ho disegnato un giorno in cui ero molto contenta. Vedi che c'è il lago di Pokhara? È una cicatrice bella, la mia.

Guardai il disegno. Era semplice, ma non sembrava fatto da una bambina. Buon sangue non mente, pensai. C'era un lago che si estendeva sottile creando un orizzonte dal quale spuntava la cima del Machhapuchhre. In primo piano, stilizzate, le silhouette di due persone dai capelli lunghi, una alta e una bassa, che si tenevano per mano.

- Hai avuto una gran bella idea, sai?

- Sì.

- Sarà molto contento e orgoglioso di te.

Guardò il suo disegno e sorrise.

Non si tirò più giù la manica per tutta la sera.

Sostanze diverse, stessa pace

10 Giugno 2006

Quando arrivai all'ospedale erano le ventuno. Le ventuno del giorno del mio quarantesimo compleanno. Mauro era assopito. Al suo capezzale c'era il padre. Uscimmo dalla stanza per alcuni minuti, mi disse che Mauro non aveva aperto gli occhi per tutto il pomeriggio, che il respiro era diventato molto faticoso. I medici erano stati a parlare con lui, gli avevano detto che quel tipo di respiro loro lo chiamavano respiro periodico e stava ad indicare che il tumore aveva iniziato ad attaccare il sistema cardio polmonare. La cosa strana era il modo in cui mi raccontava quelle cose. Come se fossero lontane anni luce e non riguardanti il figlio morente che stava a tre metri da noi. Era piccolo e molto più vecchio di un mese prima.

Prima di salutarmi e passarmi il testimone per trascorrere la notte tornò dentro a salutare Mauro. Restò da solo un altro paio di minuti, poi uscì dalla stanza, alzò la mano e si allontanò.

- Porca miseria! - urlò quando si trovava già a dieci metri da me. - Mi stavo dimenticando!

Si avvicinò di nuovo con una sorta di corsetta ridicola e mi venne quasi addosso. Si guardò attorno circospetto, mi mise una mano sulla spalla affinché mi abbassassi a tendere l'orecchio all'altezza della sua bocca e intanto m'infilò l'altra sua mano nella tasca posteriore dei pantaloni.

- Dagli questa, se si sveglia… L'ho provata ieri sera ed è favolosa. Sono sicuro che non vede l'ora… Buonanotte… - sussurrò facendomi l'occhiolino.

Non dissi nulla ma se avessi avuto il coraggio di fare la domanda che mi sorse spontanea in quel momento, ossia domandargli se fosse lui il pusher del figlio, son certo che mi avrebbe risposto di sì.

Entrai e mi accomodai sulla poltrona di fianco al letto del mio amico. Stetti immobile ad osservarlo per almeno quindici minuti. Era senza parrucca, quasi irriconoscibile ai miei occhi, coi pochi radi capelli che uscivano da una bandana nera madida di sudore. Mi domandai per quale motivo gli infermieri avessero disatteso la sua preghiera di lasciarlo coi suoi lunghi peli in testa. Mi sforzai di non pensarci. Il respiro era ritmico per alcuni cicli di espirazione ed inspirazione, poi però arrivava quasi sempre una lunga apnea dalla quale usciva con una sorta di rantolo. Sembrava raschiare l'aria non più dai polmoni ma dal diaframma, per non dire dal fondo dei piedi.

Andai proprio sul fondo del letto ad accarezzargli le caviglie e fu lì, nel cercare di sentire il suo battito appoggiando i polpastrelli ai lati del malleolo, che mi accorsi come quei piedi erano ormai fuori dal suo controllo. Li spostavo in posizione verticale, ma quando li lasciavo andare ricadevano a lato senza nerbo alcuno. Eppure l'arteria batteva forte anche alla periferia del suo corpo e ad ogni pulsazione sembrava volermi ricordare che colui che stavo per uccidere era da considerarsi tutt'altro che già morto.

Mauro emise un lungo gemito. Un misto tra un flebile grido di dolore ed un sibilo che poteva essersi generato tra le sue corde vocali. A letto da due settimane e quasi immobile da una, aveva già le gambe molto magre.

- Sembri un alce, - sussurrai senza pretesa di farmi sentire. - Un osso con un miliardo di peli attorno, - dissi ancora sperando che credesse di avere ancora la parrucca in testa.

Gemette ancora. Pensai gli piacesse il mio massaggio e continuai in modo più deciso, lungo gli stinchi e sulle dita dei piedi. Fu quando gli sollevai il piede per massaggiargli un tallone e sentii il suo terzo lamento, che ebbi un dubbio. Tenendo le gambe sollevate dalla caviglia vidi un arrossamento su un tallone e una piccola ferita sull'altro.

Forse mi sarebbe bastata quella scoperta e l'immagine del suo dorso completamente piagato che mi si andò formando in quel momento come una sorta di finestra sul futuro, a darmi la forza di fare ciò che gli avevo promesso, ma puntuale come un orologio, come sempre nei miei momenti di bisogno, lui venne di nuovo in mio aiuto. Quando volsi il mio sguardo pieno di pena verso il suo volto, infatti, vidi Mauro ad occhi spalancati che mi stava fissando. La bandana gli conferiva un'aria piratesca, la magrezza del volto non faceva che accentuarla aggiungendo un non so che di carismatico che sostituiva ai miei occhi l'idea di burbero visionario con il quale lo avevo sempre affettuosamente guardato.

Sapevo che non sarebbe riuscito a parlare, ma capivo dai suoi occhi che era lucido e gli sarebbero bastati quelli per comunicare con me.

- Hai male?

Sbatté piano le palpebre ed io capii *sì, ma poco, sopportabile.*

Riposi le gambe sul letto e ripresi a fissarlo. Non volevo abusare delle sue energie quindi mi feci coraggio e glielo dissi.

- Ho una cosa per te.

Lui strinse gli occhi. Voleva essere sicuro di aver capito bene.

- Sì, quella cosa.

Chiuse di nuovo gli occhi, espirando, ed io capii che fino ad ora non aveva mai creduto al fatto che sarei andato fino in fondo. Poi li riaprì e li spalancò due volte, cercando al contempo di dire qualcosa che però suonò poco diverso da una serie di "*a*" e che io interpretai come un invito a darmi una mossa.

- Ci scommetto la casa, che hai tenuto duro fino ad oggi pur di farmi questo, come regalo di compleanno…

Non sarebbe stato così divertente, interpretai dal suo viso essere la risposta.

- Sei sempre convinto?

Sì.

- Sei contento di liberarti di me, eh?

Sì.

- Fanculo.

Smettila e vai avanti.

- Ok…

Afferrai la pulsantiera che penzolava a lato della sua testa e spensi le luci, lasciando che fosse solo il chiarore del corridoio a filtrare nella stanza.

- Non ci vedo un cazzo, un attimo che mi abituo, - dissi sottovoce. - Va a finire che me lo inietto nel dito per sbaglio e poi mi trovano stecchito su di te. E domani sui giornali parleranno di suicidio di due amanti gay.

Sei un idiota.

- Ok, ci sono, - dissi afferrando la siringa che tenevo nel marsupio che avevo in vita.

Mi sedetti di nuovo a lato del letto frapponendo il mio corpo fra lui e la telecamera. Poi con le dita trascinai i tubicini delle flebo verso il basso, in modo che il punto della loro giunzione, dove c'era la membrana fatta apposta per le iniezioni estemporanee, arrivasse quasi tra le mie mani nascoste.

- Vado?

Sì.

- Addio, somaro! - sussurrai iniziando ad iniettare. - Mi mancherai un sacco. E scusami per tutte le mie cazzate. Ma prometto che con Katerina non ne farò.

Speriamo…

Estrassi l'ago, riposi la siringa nel marsupio e mi abbandonai sulla poltrona.

I primi minuti, scanditi dal metronomo ormai scarico e rallentato del suo respiro, non passarono mai, ma li trascorsi con la mia mano sulla sua guardandolo rilassarsi e fu bello non vedere alcun accenno di paura.

Poi il silenzio fu totale e vennero i venti minuti peggiori, quelli dell'attesa di un allarme che non sarebbe mai suonato, quelli del rimorso, quelli delle frasi mai dette. Ma a tutta quella mia agitazione lui rispondeva col silenzio e capii che quella era la sua tranquillità di sempre, la stessa serenità con cui mi aveva ogni volta accompagnato nei momenti peggiori.

Mi alzai ed aprii la finestra. Mi sporsi il più possibile alla brezza estiva e mi accesi il cannone di suo padre. Non molto più tardi riuscii quasi ad addormentarmi ed in un certo senso a godermi la sua pace.

Un altro nuovo mattino

11 Giugno 2006

Era poco dopo l'alba. Mi alzai dalla poltrona, andai in bagno e feci un paio di prove allo specchio. Un minuto dopo correvo per il corridoio con espressione allarmata e pregavo gli infermieri perché venissero a controllare Mauro che mi sembrava non respirasse più. Andarono da lui più lentamente di quanto avessi fatto io a raggiungerli e mi confermarono che le cose stavano proprio così. Finsi rimorso per essermi addormentato e non averli chiamati quando era necessario e mi confortarono con grande umanità. Mi dissero ciò che avevo sperato, che Mauro era stato fortunato ad andarsene relativamente in fretta, senza aver sofferto ed aver costretto i parenti a lunghi e penosi giorni di veglia, ma ciò che raccolsi dalle loro parole non fu il tatto e la compassione, ma la conferma che non ci sarebbe stata alcuna indagine riguardo alle cause della morte.

Il tumore aveva vinto la sua guerra. Questo era quanto. Nessuno se ne sarebbe stupito.

Arrivò un medico donna a confermare il decesso, mi domandò se fossi un parente e risposi che ero un amico e che avrei aspettato almeno le sei del mattino e poi sarei andato immediatamente ad avvertire i genitori affinché venissero a sbrigare le pratiche.

Era certamente triste, quella donna. Così come lo ero io. Ma mi allontanai domandandomi chi fra me e lei avesse finto di più.

Mi fermai a fare colazione all'aperto, nel *dehors* di un bar prospiciente l'ospedale. Mi sforzai di prendermela comoda quasi ad indurre me stesso ad affrontare senza alcuna ansia una giornata che meteorologicamente si annunciava favolosa. La luce tiepida del mattino lasciava intuire che il sole avrebbe regnato nelle ore a venire. Mentre sorseggiavo il cappuccino pensavo alle parole che avrei usato coi genitori di Mauro e soprattutto con Katerina, ma sentivo che proprio quella luce e quel calore mi avrebbero reso le cose più facili.

Mi alzai dal tavolino del bar e misi una sigaretta in bocca. Non fumavo mai, la mattina, e non l'avrei fatto nemmeno quel giorno. Entrai nell'abitacolo dell'auto che la sigaretta pendeva ancora spenta dalle mie labbra, ma il gesto di estrarre il pacchetto dal marsupio mi permise di mettermi in mano la siringa, mentre quello di gettare la plastica protettiva, di sbarazzarmene nella prima buchetta fognaria. Erano le sei di un sabato mattina. Il funerale sarebbe stato non prima di lunedì ma la morte era ormai alle spalle. In quei due giorni avrei dovuto pensare a chi era ancora vivo.

L'investitura

11 Giugno 2006

Trovarmi il padre di Mauro seduto all'aperto sui gradini di casa fu davvero una sorpresa.

- Ha funzionato? - domandò con un sorriso.

Utilizzai il gesto di sfilarmi gli occhiali da sole e riporli in un astuccio nel marsupio per riflettere sul significato di quella domanda. Come avevo avuto modo di notare altre volte, quell'uomo era decisamente il padre di suo figlio. La possibilità che fosse completamente fatto non era da escludere, tuttavia non riuscii a fare a meno di pensare che la sola interpretazione possibile per la sua domanda fosse che il cannone che mi aveva pregato di dare a Mauro fosse pieno di qualche sostanza tossica che avrebbe avuto lo scopo di ucciderlo. Poi mi concessi la possibilità che si riferisse al solo effetto distensivo dell'erba e mi stesse in effetti domandando se Mauro ne aveva in qualche modo tratto beneficio.

- Sì, - risposi paralizzato dalla paura. In fondo la risposta andava comunque bene. Mauro era morto e poteva esserlo subito dopo aver trovato pace con la marijuana. Quel che restava da appurare era se di lì a qualche ora sarei morto anch'io.

- Bene, - sentenziò.

La bivalenza delle sue frasi non mi era d'aiuto.

- L'ho fumato io, quello spinello, - azzardai, e che andasse come doveva andare.

- Si vede che eri quello dei due che ne aveva più bisogno.

- Già... - confermai tirando un sospiro di sollievo.

- Ha sofferto? - domandò spiazzandomi nuovamente.

In effetti la mia visita così mattiniera poteva avere solo lo scopo di portare loro la notizia.

- No.

- E tu?

Come avrei dovuto rispondergli? Con un sì? Dicendo che avevo sofferto perché ora lui non c'era più, ma mentendo sul fatto che ero felice di aver accontentato il desiderio di suo figlio? O con un no?

Infilandomi in un ginepraio di spiegazioni e di emozioni nel quale io stesso facevo fatica districarmi?

- Sono contento di essere stato lì quando è successo, - risposi salomonicamente.

- Ti ringrazio. Anche a nome di mia moglie.

Feci un timido gesto con la bocca e gli occhi per dire *prego* a un *grazie* che non avrebbero dovuto rivolgermi.

- Non so se ce l'avrei fatta. Nemmeno con quello spinello. Nemmeno con dieci, - proseguì abbassando lo sguardo.

Avevo tenuto i miei occhi fissi nei suoi da quando ero arrivato perché avevo sperato che essi mi svelassero il vero significato delle parole che aveva pronunciato quando mi aveva prima spaventato e poi stupito. Non mi avevano detto niente, quegli occhi, ma le risposte erano arrivate pochi istanti dopo da altre sue parole. Furono invece gli occhi bassi e la mia impossibilità a entrare in loro che mi svelarono ciò che aveva inteso comunicarmi con l'ultima frase. Avrebbero potuto significare che sarebbe stata davvero dura per lui assistere all'ultimo respiro del figlio. In fondo questo era comunque sottinteso, ma non era quella la verità. Non era quello, ciò che aveva voluto dire. Lui sapeva. Lui e la moglie, sapevano. Sapevano che gli avevo appena ammazzato il figlio. Questo era il messaggio. Ed io, scoprendo in me una tensione che non mi ero accorto di avere se non in quel momento scoppiando a piangere, lo guardai come a chiedergli perdono.

- Come lo sa? - domandai singhiozzando.

- Perché glielo avevo chiesto io e lui mi aveva detto che si era già… attrezzato.

- Quindi ieri sera…

- Ieri sera quando ho visto la tua faccia ho capito che era arrivato il momento. Lo spinello lo avevo in tasca per me, in effetti…

- Quindi è a me che lo ha regalato… Non è vero che fosse per lui nel caso si fosse svegliato…

- Mah. Diciamo che a me serviva meno di quanto non potesse servire a chiunque in quella stanza.

Lo guardai ammirato, mentre gli occhi smettevano di colare lacrime.

- E poi, - continuò infilandosi le mani in tasca, - io ne ho sempre altri!

Tirò fuori un'altra canna, la accese, prese un'enorme boccata e me la passò.

Mi sedetti accanto a lui e finimmo di fumare in silenzio, alternandoci come vecchi amici. Poi lui si alzò ed accennò ad entrare.

- E Katerina? - domandai afferrandolo per caviglia.

- Non lo sa.

- Mamma mia…

- La tieni tu mentre siamo in ospedale?

- Sì. Io e Roan.

- È la bella gnocca del matrimonio di Mauro, vero?

- Sì.

- Bene.

- Un'altra cosa…

- Sì?

- Riguardo a Katerina…

- Ti stai domandando che intenzioni abbiamo io e mia moglie, rispetto a lei?

- Non esattamente, ma quasi.

- Il fatto che Mauro non sia mai venuto a parlare con noi di lei, di come gestire le cose da oggi in poi, intendo, credo volesse dire che aveva un piano. Che si era già… attrezzato, appunto.

- Già, credo anche io, - confermai sorridendo, cercando di nascondere la mia preoccupazione.

Entrò in casa e io aspettai fuori per una decina di minuti, poi qualcosa sembrò spezzarmi le vertebre cervicali e capii che l'attesa era terminata.

- Zio, andiamo al mare? - mi gridò nell'orecchio mentre mi strangolava.

La portai davanti a me e la fissai negli occhi, sorridendole e baciandole la fronte.

Pensai a suo padre prima, a suo nonno poi. Mi convinsi che forse, dirle che era orfana e che mi sarei occupato io di lei, sarebbe stata meno dura di quanto io, come al solito, mi stavo immaginando. Se solo aveva ereditato qualcosa da loro, sarebbe stata lei stessa a rendermi le cose facili.

- Dai, andiamo al mare. Prendi il costume, ti aspetto qui.

- Nonna!? - urlò rientrando.

In effetti fu proprio sua nonna a passarmela in consegna. Non disse nulla. Aveva occhi gonfi che di lì a poco sarebbero esplosi in lacrime, ma passandomi lo zainetto con la roba da mare della bambina, strinse un poco la mia mano fra le sue e mi sorrise.

Se non ricominciai a piangere fu solo perché l'effetto della droga stava iniziando a farsi sentire.

L'ultimo tatuaggio

11 Giugno 2006

- Ehi! - disse Roan sulla soglia di casa, rivolta alla bambina.

- Ciao! Vado a fare la pipì, - rispose Katerina scavalcandoci entrambi.

- Come stai? - domandò ancora Roan appoggiando una mano sulla mia guancia.

- Ho appena scoperto che non morirò avvelenato entro sera, che i genitori di Mauro sanno che *gli ho suicidato* il figlio e che Katerina vorrebbe andare al mare. Tu che dici?

- Mi sembrano tutte ottime notizie. Quindi deduco tu stia bene.

- Sì, infatti, - confermai sorridendole, pieno di silenziosa riconoscenza.

- Inoltre anch'io ho voglia di andare al mare.

- Ti amo, lo sai?

- Sì, lo so. Sono dieci anni che me lo dici.

- Sono dieci anni che sono costretto a pensarlo, più che altro…

Mi fece una linguaccia, per prendermi in giro.

- E ti amerei anche nel caso tu non avessi ancora ben realizzato che quella marmocchia che è corsa dentro a fare pipì, d'ora in poi piscerà molto spesso qui da noi.

- So anche questo.

- Che ti amerei anche in questo caso o che lei piscerà qui da noi?

- So entrambe le cose, stai tranquillo. Le cose si possono sapere anche se non si capiscono, no? Ad esempio non so come tu sia riuscito a continuare ad amarmi per tutto quel tempo così come non so come sia riuscito Mauro a convincersi ad affidare a te sua figlia, però le cose stanno così.

- Già.

- Sono contenta che stiano così, questa è la cosa importate, no?

- Sì, però a questo punto ci starebbe bene che anche tu dicessi che mi ami - osservai sornione.

Fece una pausa. Sorrise, mi guardò negli occhi e me lo disse.

- Ho una grana voglia di scoparti! - confessai candidamente, per nulla stupito che un momento di estremo romanticismo come quello potesse scatenare in me una simile tempesta ormonale.

- Ecco, appunto! - sussurrò Roan.

- Cosa?

- Dicevo su come avesse fatto Mauro…

- Eh?

Roan mi fece segno col dito di guardare verso il basso.

Il muso di Katerina sbucava in mezzo alle sue gambe.

- Lo zio Michele è uno sporcaccione! - disse ridendo.

- Perfetto… - commentai sconsolato. La mia entrata nel mondo dell'educazione infantile era avvenuta non propriamente dall'ingresso principale.

Chiesi a Roan se poteva preparare una sacca con la roba per il mare e mi sedetti al sole sui gradini davanti a casa. Ero decisamente rintronato, non sapevo proprio se quello fosse il momento migliore o peggiore per dire a Katerina che il papà era morto.

- Trottolina, vieni qui un attimo.

Lei si avvicinò, la feci sedere di fianco a me. Teneva lo zainetto sulle ginocchia stretto fra le braccia, con la guancia appoggiata sopra di esso mi guardava, atteggiata a persona seria.

- Sei una bimba molto sveglia, quindi penso che tu abbia capito, in quest'ultimo mese, che cosa stava succedendo a tuo papà, vero?

- Sì, - rispose spostando gli occhi verso il basso.

Provai ad immaginare come si sentisse. Quando potesse essere profonda la consapevolezza della situazione in una bambina di sette anni, cosa sarebbe successo di lì a pochi minuti, quando avrei tentato di chiarire come sarebbero andate le cose nel prossimo futuro.

- È morto? - domandò, folgorandomi, come se la mia titubanza l'avesse messa in allarme.

- Sì.

Attesi un attimo. Katerina mosse le labbra, sbatté gli occhi e mi fissò come fosse in attesa.

- È morto qualche ora fa, mentre tu dormivi e io ero con lui in ospedale.

- Tornerà la mamma, adesso?

Sentii chiaramente il rumore del mio cuore che si spaccava in due.

- Non lo so, tesoro. Mi dispiace ma non lo so. Non so nemmeno dove sia, tua mamma. Essere mamma e papà è un po' come essere amici. Non puoi dire di essere amico di qualcuno se poi non ti fai mai vedere quando lui ha bisogno. Io per un po' ho fatto così con tuo papà e me ne sono andato quando lui aveva bisogno. Lui infatti si è molto arrabbiato. E aveva ragione. Tua madre ha fatto così con te e tutti noi siamo molto arrabbiati. Però se torna e ci fa vedere che ti vuole bene, vedremo di perdonarla come il papà ha fatto con me.

- Ok.

- Bene.

- Comunque lui me lo aveva detto…

- Cosa? - domandai mentre Roan usciva e veniva a sedersi diedro di noi.

- Che forse per un po' dovevo fare come se ero io la tua bambina.

- Se io *fossi*… - la corressi, ormai calato nella parte. - Ti ha detto così?

- Sì.

- Ti ha detto che dovevo farti da papà?

- No, che io dovevo farti da figlia.

Roan non riuscì a trattenere una risata.

- È proprio un bel birbone, tuo padre! - commentai.

- Che cos'è un birbone?

- Uno che fa sempre gli scherzi. Che fa finta di essere cattivo, ma invece è buono.

- Anche tu sei un birbone?

- No, è una cosa che faceva meglio lui.

- Non lo vedrò più, vero?

- Fra due o tre di giorni, - intervenne Roan vedendomi ormai alle corde, - ci sarà il funerale, che è il modo in cui si salutano per l'ultima volta le persone a cui vogliamo bene e che non ci sono più.

- Quindi posso salutarlo?

- Certo.

- Ma lui non mi risponde, giusto?

- Guarda, Trottolina, - dissi intrufolandomi nel discorso, - se io gli faccio una domanda, è come se la sentissi, la sua risposta. Tu no? Per esempio: *brutto birbone, credi che sia una buona idea andare al mare a divertirci un po' sulla spiaggia mentre aspettiamo di venirti a salutare?* La senti, la risposta?

- Mi tratti come una bambina…

- Guarda che dico la verità, io sono grande, però la sento. Tu non la senti? - domandai girandomi verso Roan, che annuì sorridendo.

- Va bene… - disse Katerina.

- Cosa?

- Faccio finta di averla sentita. Solo perché devo fare finta di essere tua figlia.

Scoppiammo tutti a ridere, con le lacrime agli occhi.

- Guida tu, per favore, - dissi a Roan porgendole le chiavi dell'automobile, - io sono fatto come mai nella mia vita. Poi ti spiego.

Chiudemmo casa e partimmo alla volta della riviera romagnola.

Il viaggio fu piuttosto silenzioso. Di tanto in tanto la quiete irreale veniva rotta dalla voce di Katerina che molestava pezzi di canzoni alla radio o da frasi estemporanee fra me e Roan.

Arrivammo al mare poco prima dell'ora di pranzo. I bagni non erano affollati. Ne scegliemmo uno più o meno a caso e andammo a cambiarci. Roan prese Katerina con sé ed assieme entrarono in una cabina a cambiarsi. Le attesi all'esterno, visto che al contrario della bimba che aveva il suo zainetto personale, noi avevamo una sacca in due.

- La luce è rotta! - sentii dire da Roan all'interno. Seguirono risate e gridolini divertiti come se nell'ombra si facessero solletico a vicenda. Poi l'uscio di aprì e un quasi sorridente Gatto Silvestro avanzò a bocca aperta verso l'esterno. Con quel costume nessuno avrebbe potuto immaginare cosa quella bimba stesse passando. Poi la luce accolse la sagoma slanciata di Roan e la bocca di Katerina si spalancò alla stregua di quella del micione che portava fieramente sul petto. Ipnotizzata dal corpo di Roan e dalle le spirali dei suoi tatuaggi, non si accorse che le sfilai accanto per entrare a mia volta in cabina.

- In effetti non si vede un tubo! - borbottai per farle ridere un po'.

- Non ti mettere le mutande alla rovescio! - mi fece eco la più vecchia delle due compari.

- Che belli che sono! - sentii sussurrare da Katerina, evidentemente ancora imbambolata.

- Vedrai che brutto che è invece lo zio Michele!

- Prendetemi pure in giro…

Armeggiai ancora un po', più o meno a tentoni, man mano che l'occhio si abituava all'oscurità. Infilai a casaccio i vestiti nella borsa, infilai il costume e aprii la porta. Me le trovai davanti, pronte a schernirmi per la palese differenza di stile fra i miei tatuaggi sparsi e scoordinati e la compostezza formale del Moko sulla pelle di Roan. Katerina piegò la testa per analizzarmi come avrebbe potuto fare un pittore rivolto alla sua modella. Roan non mosse ciglio.

- Dai, non è così brutto, - disse la piccola, innescando una mia espressione fiera e compiaciuta che sfoggiai alla mia donna in segno di sfida.

- No, in effetti... - osservò Roan sussurrando appena, assai perplessa.

C'era qualcosa di strano nel modo in cui mi guardò. Nulla a che vedere con il modo in cui mi aveva guardato tanti anni prima quando aveva visto il tatuaggio che mi era comparso per causa sua proprio sopra il pene, ma neanche completamente diverso. Non così diverso, almeno, da non farmi immediatamente sospettare cosa fosse accaduto.

Volsi dunque lo sguardo verso il basso e non notai nulla di strano, in prima istanza. Il tatuaggio fatto da Mauro campeggiava sul mio petto limpido e brillante. Coi polpastrelli della mano sinistra, inoltre, sentii i suoi punti in rilievo estendersi sulla spalla destra e sul collo, fino al mio occhio, come era sempre stato. Ebbi anche il tempo, in quei pochi istanti, di rendermi conto che per la prima volta stavo verificando la presenza di un tatuaggio con il timore che esso potesse non esserci più. Fu la tranquillità di quella presenza, forse, a darmi la lucidità di accorgermi di tutto ciò che, invece, sul mio corpo era cambiato

L'orologio colante era del tutto scomparso dal mio addome, svanito lasciando solo le spire del Moko con le quali Mauro lo aveva avvolto. Con un gesto che fece molto ridere Katerina mi guardai nelle mutande e vidi che non c'erano serrature sopra il pene. Torsi allora il collo prima da una parte e poi dall'altra e con sollievo accolsi il vuoto lasciato dalla seppia di Anita fra le scapole. Sollevai il ginocchio sinistro e vidi che sul quadricipite non c'era più nemmeno traccia del tradimento di Sara. Il Picasso del sesso si era finalmente tolto dai coglioni. Tornai a guardare Roan, che si era spostata al mio fianco, immaginando che avesse assunto un'espressione radiosa, enormemente felice del fatto che solo l'opera manuale di Mauro a lei dedicata spadroneggiasse sul mio corpo. Roan però non stava guardando il mio viso altrettanto raggiante, non stava nemmeno prendendosi cura di Katerina. Era assorta con lo sguardo puntato verso il basso, verso le mie gambe. Le estremità delle mie labbra piegarono all'ingiù, vittime della forza di gravità indotta dalla mancata condivisione della mia gioia. Non potei far altro che piegarmi in avanti e lateralmente sul mio fianco per cercare di capire cosa stesse distraendo la mia donna.

Non fu difficile. Invisibile dalla posizione eretta, un nuovo tatuaggio decorava la parte posteriore e laterale delle mie gambe. Ma non solo. Non era un tatuaggio qualunque. Era la prosecuzione della trama di linee che contraddistinguevano *La Gabbia* e ad esso parzialmente si univa a livello del bacino e del costato in una sorta di abbraccio in cui gli estremi delle linee dell'uno lambivano senza toccare gli estremi dell'altro. Lo stile e la tecnica dei due tatuaggi era la medesima. Era la stessa dei tatuaggi sul corpo di Roan. Era Moko e ne sentivo le cicatrici in rilievo. Mi girai per mostrare a Roan la mia schiena.

- Sì, - mi disse comprendendo la mia curiosità sulla presenza di quel nuovo disegno anche nella parte posteriore del mio corpo. Si avvicinò e sentii il suo polpastrello sulle mie reni e poi sul fianco, salire lungo il collo dalla parte sinistra ed abbandonarmi dietro l'orecchio.

Mi girai ancora ed afferrai Roan per le spalle, forzandola a guardarmi dritta negli occhi. Sapevamo entrambi il motivo per cui per oltre quindici anni i tatuaggi avevano preso possesso del mio corpo: era successo puntualmente alla fine di una mia relazione. Il nuovo tatuaggio era dunque un segno che qualcosa era terminato e sapevo che Roan avrebbe preso la cosa molto seriamente. Se si fosse convinta che era il segno che la nostra storia fosse finita, l'avrei vista allontanarsi in meno di un minuto. Se si fosse convinta che l'avessi tradita, forse in due minuti.

La guardai terrorizzato che pensasse una qualunque di queste cose. Ma evidentemente non era così perché, come un fiore spento e rifornito d'acqua, anche lei si riprese e mi guardo commossa in modo molto dolce. Come sempre, allontanata la paura, presi anch'io coscienza delle cose e fu il suo sguardo velato di lacrime a condurmi sulla giusta strada.

Una relazione, forse la relazione più significativa della mia vita, certamente la più lunga e sincera, era in effetti terminata poche ore prima. Diedi un bacio a Roan e mi piegai sui talloni, chiamando a me Katerina e portandola fra le ginocchia. Presi le sue mani e le appoggiai ai rilievi del Moko sul mio collo.

- Hai visto che ultimo bel regalo m'ha fatto il tuo papà? E pensa che era così bravo che quasi non me ne sono accorto.

- Birbone ma bravo, - sottolineò Katerina.

- Sì, - dissi passandole le mani fra i capelli. - Molto bravo.

- Un'altra cicatrice bella, – disse ancora.

Mi mise il braccio tatuato al collo e con l'altra mano afferrò la gamba istoriata di Roan che così si unì a noi in quell'abbraccio. Sentii una sua lacrima rigarmi la schiena. Rimasi così, a stringere entrambe, ancora per qualche secondo, poi mi alzai, presi la mano di Katerina, indicai a Roan di prendere l'altra e feci due passi verso la spiaggia. Katerina però non si mosse. Io e Roan fummo costretti a frenare. Lasciò le nostre mani, si filò lo zainetto dalle spalle e lo sistemò a terra davanti a lei. Lo aprì e tirò fuori qualcosa di strano, grigio e peloso. Lo scosse davanti a sé come un lenzuolo e quella cosa strana prese forma. Era la parrucca del padre. Doveva avergliela data lui all'ultimo incontro. Katerina passò a Roan lo zaino e indossò la parrucca con un gesto da diva. L'enorme massa di lunghi capelli grigi le copriva interamente le spalle, la schiena e arrivava a lambirle le caviglie creando una sorta di buffo nano anziano, mostruoso nelle fattezze e angelico nel volto. Completata la vestizione riprese le nostre mani, alzò lo sguardo e fieramente diede segno che si poteva procedere.

E così facemmo, c'incamminammo a passo deciso. Roan da un lato, più che mai se stessa, io dall'altro, ricoperto e avvolto dai miei amori, una miniatura di Mauro al centro che ci teneva tutti uniti, verso il sole e l'unica vita che avremmo dovuto vivere.

www.ingramcontent.com/pod-product-compliance
Lightning Source LLC
Chambersburg PA
CBHW022147170626
46807CB00005B/2111

* 9 7 8 8 8 9 0 8 0 1 8 5 3 *